REZENSIONEN

„[Jan Moran] ist eine fesselnde Stimme, die man im Auge behalten sollte." *Booklist*

„Romantik-Fans werden von diesem Pageturner mit seiner liebenswerten Heldin begeistert sein! " *Library Journal*

„Dieser Roman berührt das Herz. Man wünscht sich, dass er nie endet." *Book Queen Reviews*

„Eine hinreißend erzählte Geschichte über zwei starke, bemerkenswerte Frauen." *Luxury Reading*

„Einen Toast auf diesen atemberaubend schönen Roman – Familiengeheimnisse und Romantik pur!" *One Book At A Time*

„Jan Moran ist die neue Königin der epischen Liebesgeschichten." *USA Today*-Bestsellerautorin Rebecca Forster

„Liebe, Schicksal und zweite Chancen vor der prächtigen Kulisse des Comer Sees. Ein wunderbarer Roman."
— Kristy Woodson Harvey über *Sterne über dem Comer See*

„So sinnlich und atmosphärisch, dass man beim Lesen das Gefühl hat, mitten im Napa Valley und in Italien zu sein." The Booktrail über *Die Zeit der Traubenblüte*

„Ein wunderbarer Roman um Wein, Liebe und Wiedergutmachung. Jan Moran ist ein Fest für die Sinne gelungen." Hook Of A Book

„Jedes von Jan Morans Büchern ist fesselnd und spiegelt ihre Liebe zum geschriebenen Wort sowie ihre unersättliche Neugierde wider." Andrea S.

„Ich liebe es, dass die Heldinnen in Jans Geschichten mutige, intelligente Geschäftsfrauen sind. Und im Zentrum aller ihrer Bücher steht eine starke, eng verbundene Familie." B.J.T.

BÜCHER VON JAN MORAN

DEUTSCH

Rückkehr ins Coral Cottage

Neuanfang im Coral Cottage

Weihnachten im Coral Cottage

Hochzeit im Coral Cottage

Sommerfest im Coral Cottage

Die Chocolatière

Die Zeit der Traubenblüte

Im Sturm der Jahre

Sterne über dem Comer See

ENGLISCH

Summer Beach Series

Seabreeze Inn

Seabreeze Summer

Seabreeze Sunset

Seabreeze Christmas

Seabreeze Wedding

Seabreeze Book Club

Seabreeze Shores

Seabreeze Reunion

Seabreeze Honeymoon

Seabreeze Gala

Seabreeze Library

Coral Cottage

Coral Cafe

Coral Holiday

Coral Weddings

Coral Celebration

Coral Memories

Beach View Lane

Sunshine Avenue

Orange Blossom Way

The Love, California Series

Flawless

Beauty Mark

Runway

Essence

Style

Sparkle

20th-Century Historical

Hepburn's Necklace

The Chocolatier

The Winemakers: A Novel of Wine and Secrets

The Perfumer: Scent of Triumph

Life is a Cabernet

SOMMERFEST IM
Coral Cottage

JAN
MORAN
USA TODAY BESTSELLING AUTHOR

Library of Congress Cataloging-in-Publication-Daten
Moran, Jan.
/ by Jan Moran

ISBN 978-1-64778-242-9 (ebook)
ISBN 978-1-64778-244-3 (Taschenbuch)
ISBN 978-1-64778-184-2 (Gebundenesbuch)

Herausgegeben von Sunny Palms Press. Umschlaggestaltung von Sleepy
Fox Studio. Copyright Titelbilder: DepositPhotos.

Sunny Palms Press
9663 Santa Monica Blvd STE 1158
Beverly Hills, CA 90210 USA
www.sunnypalmspress.com
www.JanMoran.com

Für alle meine den Strand liebenden Leserinnen und Leser

Mein tiefster Dank geht an Ivonne Senn für ihre Akribie bei der Übersetzung dieses Romans. Es ist ein wahres Vergnügen, mit dir an diesem und den anderen Büchern der Reihe zusammenzuarbeiten. Ich freue mich, dass ich die Geschichte mit meinen Leserinnen und Lesern auf Deutsch teilen kann.

„Bestellung fertig!", rief Marina ihrer Tochter zu, die auf der sonnigen Terrasse mit Blick aufs Meer kellnerte.

Sie träufelte noch ein wenig Himbeer-Vinaigrette auf die Spinat-Salate, die sie mit Beeren, Fetakäse und glasierten Walnüssen zubereitet hatte. Dieses Gericht war im Coral Café im Sommer besonders beliebt.

Heather kam in die Küche, um die Bestellung abzuholen. „Klingt, als wäre die Jahrhundertfeier außer Kontrolle. An Tisch fünf wird gerade der Aufstand geprobt."

Marina warf ihr einen warnenden Blick zu. „Was habe ich dir über das Verbreiten von Klatsch und Tratsch gesagt?"

„Ich nenne es nicht Klatsch, sondern gut informiert sein", erwiderte Heather und zwinkerte Cruise zu, der gerade am Grill Truthahnburger wendete.

Marina schaute von ihrer Arbeit auf. Sie sorgte sich um diese wichtige Veranstaltung in Summer Beach, die dieses Jahr die größte Touristenattraktion sein würde. Der kleine

Ort war vor hundert Jahren gegründet worden, und die Bewohner konnten es nicht erwarten, diesen Anlass zu feiern.

Als sie auf die Terrasse hinausschaute, sah Marina, dass die Freiwilligen sich um einen Tisch unter einem der breiten, korallenfarbenen Sonnenschirme versammelt hatten. „Was ist da draußen los?", fragte sie.

„Das Komitee stimmt darüber ab, ob sie Rhoda ersetzen sollen, die zu dem heutigen Meeting nicht erschienen ist", antwortete Heather und senkte ihre Stimme. „Oder zum letzten. Ich habe gehört, dass sie es kaum geschafft hat, den großen Umzug zu organisieren. Aber niemand will sich diese Verantwortung aufbürden."

„Rhoda ist in Gedanken vermutlich woanders." Marina hatte gehört, dass Rhodas Mutter mit gesundheitlichen Problemen zu kämpfen hatte. Das setzte der armen Frau bestimmt schwer zu, die auf Marina auch sonst nicht besonders organisiert wirkte. „Ich bin mir sicher, dass sie eine Lösung finden."

Heather nahm die Salate. „Du würdest das in Nullkommanichts organisiert haben, Mom. Man muss sich ja nur ansehen, was du aus deinem Café hier gemacht hast."

„Ich habe angeboten, mit dem Foodtruck dabei zu sein. Nach unserem Wochenendtrip werde ich sie deswegen noch mal ansprechen."

Marina machte sich zunehmend Sorgen um die Gemeinschaft und die Veranstaltung. Sie hatte Rhoda Nachrichten hinterlassen und ihrem Interesse Ausdruck verliehen, mit dem Foodtruck des Coral Cafés bei der Veranstaltung dabei zu sein, aber Rhoda hatte ihre Anrufe nie erwidert. Sie hatte sich aber auch nicht bei anderen Restaurants gemeldet.

Dabei würden sie alle Zeit brauchen, um Mitarbeiter anzu-heuern, sich Speisen zu überlegen und die Zutaten zu besorgen. Doch bis zum Fest waren es nur noch wenige Wochen.

Kein Wunder, dass die Leute nervös wurden. Die Hundertjahrfeier von Summer Beach wurde in ganze Südkalifornien beworben, und man rechnete mit einer beträchtlichen Anzahl an Besuchern. Die Inns im Ort waren schon seit Wochen ausgebucht.

Marina war mit ihrem Café auf alles vorbereitet, aber sie hatte gehofft, ihren Foodtruck am Veranstaltungsort am Strand aufstellen zu können. Nun schnalzte sie nachdenklich mit der Zunge und fragte sich, wen das Komitee wohl finden würde, der die Organisation der Veranstaltung mit so wenig Vorlauf übernehmen könnte.

Ich werde es Ginger gegenüber erwähnen, beschloss sie. Ihre Großmutter kannte jeden im Ort.

Was Marina anging, sie hatte andere Dinge im Kopf. Jack war bereits zu Hause und packte den VW-Bus für den kurzen Trip, den sie geplant hatten. Es war ihr erster Urlaub, seitdem die Touristensaison im Frühling ange-fangen hatte. Sie würden am nächsten Morgen losfahren und nur zwei Nächte wegbleiben, aber das war es wert.

Sie wandte sich an Cruise, der gerade frische Süßkar-toffel-Pommes-frites in kochend heißes Öl gab. Er war jung und voller Energie. Bunte Tattoos zierten seine Arme, und die sonnengebleichten Haare hatte er im Nacken zu einem Knoten zusammengefasst.

„Ich habe dir eine Checkliste geschrieben."

„Keine Sorge, ich habe alles im Griff", versicherte er und legte weitere Truthahnpatties für die beliebten Burger auf den Grill.

„Dessen bin ich mir sicher, aber es wäre mir trotzdem lieb, wenn du sie dir noch einmal anschaust", sagte sie.

Cruise war talentiert, aber manchmal stellte er Mutmaßungen an oder nahm eine Abkürzung, die sie korrigieren musste. Dennoch mochte sie ihn. Er war nur für den Sommer hier und arbeitete in Teilzeit für sie, um den Rest seiner Zeit so viel zu surfen, wie er nur konnte.

Marinas Schwester Brooke würde während der zwei Tage das Kellnern übernehmen, und ihre Großmutter Ginger würde die Gäste begrüßen und sich generell ums Café kümmern. Und doch machte Marina sich Sorgen. Das Café lief zwar gut, aber ein Patzer könnte ihren Ruf beschädigen und ihr Unternehmen in Gefahr bringen. Sie hatte hart daran gearbeitet, ein System zu entwickeln, dem andere Mitarbeiter wie Cruise folgen konnten, um Konsistenz zu gewährleisten.

Ansonsten würde sie kein Leben außerhalb der Arbeit haben. Das hatte sie so schon kaum.

Heather kehrte in die Küche zurück und klemmte eine weitere Bestellung an das Klippbord. „Die Pommes riechen gut, Cruise. Bewahrst du mir welche auf?"

„Na klar", erwiderte er grinsend. „Mit meiner besonderen Knoblauch-Aioli."

Heather strahlte ihn an. „Du bist der Beste."

Er straffte die Schultern. „Das glaube ich auch."

Lachend schlug Heather mit ihrem Geschirrhandtuch nach ihm. „Du bist so eingebildet."

Cruise duckte sich weg, wobei er den Griff einer heißen Pfanne erwischte.

„Hey ihr zwei", mahnte Marina. „Vorsichtig in der Nähe von offenem Feuer und scharfen Messern. Wir können uns keine Unfälle leisten."

„Sorry Mom." Heather nahm die fertigen Bestellungen und verschwand aus der Küche, wobei sie Cruise noch einmal zugrinste.

Diese Interaktion erregte Marinas Aufmerksamkeit. Heather und Cruise hatten sich miteinander angefreundet. Mehr ist das nicht, dachte sie. Obwohl Heather, die ihrer Mutter normalerweise alles anvertraute, diesen Sommer anscheinend mit keinem Jungen ausgegangen war.

Marina blies sich eine Strähne aus den Augen. Vielleicht machte sie sich zu viel Gedanken; eine Angewohnheit, die sie nach dem Tod von Stan entwickelt hatte, als sie sich allein um die Zwillinge hatte kümmern müssen.

Jetzt war sie Mitte vierzig und hatte einen neuen Mann, den sie anbetete. Es war an der Zeit, die Gewohnheiten abzulegen, die ihr nicht länger dienten. Morgen früh würde sie mit Jack und ihren Kindern unterwegs sein – außer Ethan, der mit Kunden auf dem Golfplatz war.

Mit Jack an ihrer Seite und einer neuen Zukunft vor sich, war es an der Zeit, ihr Herz zu öffnen und ihren Geist zu klären. Während sie an der nächsten Bestellung arbeitete, lächelte sie. Zwei Tage in der Natur waren genau das, was sie jetzt brauchte.

Während Jack den alten VW-Bus lenkte, lehnte Marina sich in ihrem Sitz zurück und nahm den Meerblick in sich auf. Es war ein sonniger Tag, sodass sie Jeansshorts und ein weißes T-Shirt trug, und je mehr sie den Stress, unter dem sie seit Monaten stand, abschüttelte, desto mehr fühlte sie sich wieder wie ein Kind.

Heather und Leo saßen hinten. Scout, der junge Labrador, hatte sich zwischen ihnen ausgestreckt und wedelte mit dem Schwanz, während er darum bettelte, dass sie ihm den Bauch kraulten.

Ja, das hier war die kleine Auszeit, die sie alle nötig hatten.

„Behaltet das Meer im Blick", sagte Jack, als er über die schmale Straße fuhr, die am Strand entlangführte. „Vielleicht sehen wir ein paar vorbeiziehende Wale."

Leo presste die Hände an die Fensterscheibe. „Was für Wale, Dad?"

Als Jack nicht antwortete, zerzauste Heather ihrem jungen Stiefbruder das Haar. „Es ist Sommer, was bedeutet Finn- und Blauwale."

Jack grinste. „Ich bin beeindruckt."

„Ich auch", sagte Marina. „Wo hast du das gelernt?"

Heather tat die Komplimente mit einem Schulterzucken ab. „Das sind Dinge, die ich im Café aufschnappe. Ihr wärt überrascht, was man alles lernen kann, wenn man zuhört. So wie bei dem Aufstand wegen der Hundertjahrfeier gestern. Ich bin überrascht, dass die Leute immer noch denken, dass das Personal nichts hört."

„Warum?", fragte Leo mit großen Augen. „Du hast doch Ohren."

Alle lachten, und Heather schenkte ihm ein Lächeln. „Das sagt man so. Aber es ist wahr. Die Leute vergessen, dass die Kellnerinnen und Kellner ihre Geheimnisse mit anhören."

Jack warf Marina einen besorgten Blick zu. „Was höre ich da von einem Aufstand?"

„Das Komitee hat abgestimmt und beschlossen, Rhoda ihres Amtes zu entheben", erklärte Marina. „Im Moment ist das Freiwilligenkomitee damit führungslos."

„Das könnten du und Ginger doch lösen", schlug er vor.

„Nicht du auch noch." Marina lachte, als Heather sie in die Seite stieß. So gut das Leben in Summer Beach auch war, der Sommer bedeutete für ihr Café den reinsten Marathon. Sie musste sich ihre Energien gut einteilen, um keinen Burn-out zu erleiden.

Sie war froh, dass ihre Tochter im Café half. Heather hatte gerade Semesterferien. Im letzten Jahr hatte sie in dieser Zeit ein Praktikum gemacht, aber dieses Jahr hatte sie sich dafür entschieden, in Summer Beach zu bleiben, weil sie einen Sommer zu Hause verbringen wollte, bevor sie ihren Abschluss machte und eine Arbeit anträte, die sie vermutlich in eine andere Stadt führen würde.

Marina würde sie sehr vermissen.

Nachdem Marina ihren Job als Nachrichtensprecherin auf spektakuläre Weise verloren hatte, hatte sie ihre Wohnung in San Francisco aufgegeben und war nach Summer Beach gezogen. Damals waren die Zwillinge noch auf die Duke University an der Ostküste gegangen.

Ethan hatte ein Golfstipendium gehabt, doch wegen seiner Dyslexie war ihm das Studieren schwergefallen. Deshalb hatte er die Uni verlassen und den Job in einem Golfclub in San Diego angenommen, um Golfprofi zu werden. Heather hatte daraufhin nicht allein in North Carolina bleiben wollen, also war sie zu ihrer Familie nach Summer Beach gezogen und setzte ihr Studium nun in San Diego fort. Jack rollte die Schultern und verzog dabei das Gesicht.

„Brauchst du eine Pause?" Marina streckte die Hand aus, um ihm den Nacken zu massieren. „Wow, du hast da ein paar heftige Verspannungen."

„Ah, ja, genau da", sagte Jack und drückte sanft Marinas Knie. „Lass uns noch ein kleines Stückchen fahren, dann halten wir an und essen das Picknick, das du eingepackt hast."

Sie legte ihre Hand auf seine. Mit jedem Tag fühlte sie sich bei Jack wohler, und sie genoss die kleinen Berührungen und Unterhaltungen, aus denen ihr Alltag bestand. Bald schon stand ihr erster Hochzeitstag an.

In ihrem ersten Jahr hatten sie sich beide an neue Abläufe gewöhnen müssen. Leos Ankunft hatte Jacks Leben gehörig durcheinandergewirbelt. In der einen Minute war er ein in New York City lebender Single gewesen, der als Investigativreporter gearbeitet hatte, und in der nächsten ein frischgebackener, unerfahrener Vater in einem ruhigen, südkalifornischen Strandort.

Jack hatte sich den veränderten Umständen angepasst, aber Marina auch gestanden, wie schwer diese neue Rolle und die Verantwortung für seinen Sohn, der bald in die sechste Klasse kam, auf ihm lastete. Das war ein kritisches Alter für einen Jungen, und Jack wollte nicht noch mehr Fehler machen als bisher schon.

Aus dem Augenwinkel sah Marina, dass Jack ein Gähnen unterdrückte. Wenn man zu dem Ganzen mit Mitte vierzig noch eine neue Ehe hinzufügte, war es kein Wunder, dass er Probleme hatte, zu schlafen.

„Wir sollten bald eine Pause machen", sagte sie. „Schließlich haben wir keine Eile."

„Okay. Sobald ich eine gute Stelle finde." Er rieb sich über die Augen.

„Wie läuft es mit den Illustrationen für das neue Buch?", fragte sie, um ihn wach zu halten. Jack hatte intensiv an neuen Illustrationen für die überraschend beliebte Kinderbuchreihe ihrer Großmutter gearbeitet.

„Ziemlich gut", antwortete er. „Ginger ist eine ausgezeichnete Kollegin. Ihre Geschichten zum Leben zu erwecken ist eine nette Abwechslung zur Plackerei der Großstadt."

„Der Artikel scheint länger zu brauchen, als du erwartet hast."

Er schüttelte den Kopf. „Ein Hinweis führt oft zu fünf weiteren. Und ich muss ihnen allen folgen."

Neben den Illustrationen schrieb Jack an einem längeren Artikel für seinen ehemaligen Chef in New York. Als Pulitzerpreisgewinner war Jack in seinem Feld hoch angesehen. Diesen neuen Auftrag hatte er angenommen, weil er sich Sorgen um die Kosten für Leos Ausbildung machte.

Marina verstand sein Bedürfnis, die Herausforderungen als Vater anzunehmen und zu erfüllen. Zudem hatte er im letzten Jahr den Strandbungalow gekauft, den er zuvor gemietet hatte. Mit ihren Einnahmen aus dem Café steuerte Marina ihren Anteil zu den Lebenshaltungskosten bei.

Sie war stolz auf Jack, und er war genauso stolz auf ihr Café und den Foodtruck. Doch es war schwer, Zeit füreinander zu finden. Das war der Grund für diesen kleinen Ausflug mit ihrer neu zusammengewürfelten Familie.

Mit einem Mal erregte etwas Marinas Aufmerksamkeit. „Langsamer!", rief sie alarmiert und schaute aus dem Fenster. „Da war was am Strand angespült. Wir müssen umdrehen."

Jack verzog das Gesicht. „War es lebendig oder tot?"

„Oh, warte. Ich sehe es, Mom." Heather drehte sich

auf ihrem Sitz um, sodass ihr Pferdeschwanz hin und her schwang. „Da liegt irgendein Klumpen."

„Ich glaube, es ist ein Fischernetz", sagte Marina und blinzelte gegen die Sonne. „Aber es bewegt sich. Vielleicht hat sich ein Tier darin verfangen."

„Ein Delfin?", fragte Leo besorgt.

Heather beugte sich vor und tippte Jack auf die Schulter. „Wir müssen wirklich anhalten."

„Kein Problem." Jack schaute zu Leo. „Hey, kannst du ein Auge auf Scout haben? Wir wollen nicht, dass er die arme Kreatur anbellt, während wir sie uns anschauen. Bekommst du das hin?"

„Na klar, Dad." Leo strich mit der Hand über das goldene Fell des Labradors, der ihn daraufhin mit der Schnauze anstupste.

Mit seinen dichten, dunklen Haaren und den strahlend blauen Augen war Leo das jüngere Ebenbild seines Vaters. Und mit elf war er auch schon sehr verantwortungsvoll. Marina war erleichtert, dass der Junge die Ehe seines Vaters akzeptiert und sie selbst als Stiefmutter angenommen hatte. Ethan gab Leo Golfunterricht, während er selbst an seinem Traum arbeitete, Profi zu werden.

Auch wenn ihre Kinder Jack mochten, schien er ein wenig unsicher zu sein, was seine Rolle in Heathers und Ethans Leben anging. Zu heiraten war eine Sache. Eine Familie zu werden eine ganz andere.

Jack ließ ein entgegenkommendes Auto passieren, bevor er umdrehte. „Wo genau befindet sich diese Kreatur aus den Tiefen des Meeres?"

„Auf der anderen Seite der Felszunge." Marina zeigte auf die Stelle am Strand. „Siehst du es?"

„Ja." Er hielt am Straßenrand. „Ich habe hinten ein

Messer, damit kann ich versuchen, das Tier oder was auch immer es ist zu befreien." Er schaltete die Warnblinkanlage ein. „Es könnte sich auch um einen neugierigen Hund handeln. Leo, nimmt Scout an die Leine und halte ihn gut fest."

„Ich helfe ihm", sagte Heather und schlüpfte in ihre Flipflops.

Sie stiegen aus dem Bus und gingen vorsichtig auf den sich bewegenden Haufen zu.

Als Marina sah, was sich unter dem schweren Fischernetz befand, machte ihr Herz einen Satz. „Das sind junge Seelöwen."

„Bist du sicher, dass es keine Robben sind?", fragte Jack und ging noch ein Stück näher heran.

Marina blieb mit einigem Abstand vor dem Bündel stehen. „Siehst du ihre Flossen und wie sie sich auf denen bewegen? Außerdem haben sie Schnauzen wie Hunde."

Sie wusste, dass man Meerestiere nur anrühren sollte, wenn man wusste, was man tat. Und das galt für sie definitiv nicht.

„O nein, es sieht aus, als wäre einer von ihnen verletzt", sagte Heather und presste sich eine Hand aufs Herz. „Wir können sie nicht einfach so freilassen. Sie brauchen Hilfe."

„Vielleicht gibt es hier in der Gegend eine Tierrettung." Doch als Marina auf ihr Handy schaute, sank ihr Herz. „Ich habe keinen Empfang."

Mit einem Mal ertönte ein lautes, ersticktes Bellen hinter ihnen.

Marina wirbelt herum. Das Bellen klang gequält. „Ich glaube, das ist die Mutter. Oder der Vater", sagte sie. „Wir sollten lieber Distanz halten."

„Die arme Mutter", sagte Heather. „Ich wünschte, wir könnten ihr die Babys jetzt gleich zurückgeben."

„Haltet Scout fest", sagte Jack und zog sich zurück.

Der größere Seelöwe schien zu spüren, dass von ihnen keine Gefahr ausging, fuhr aber dennoch fort, gestresst auf und ab zu kriechen. Marina stieß einen kleinen Seufzer der Erleichterung aus.

Als sie sich von dem Netz zurückzogen, rief Heather mit einem Mal: „Ich habe Empfang."

„Schnell, such eine Nummer einer örtlichen Station, die sich um verletzte Meeressäuger kümmert", sagte Marina. „Und rühr dich nicht von der Stelle."

Heather tippte ein paar Mal auf ihr Display. „Ich glaube, ich hab's. Aber ich weiß nicht, wo wir hier sind."

„Tipp auf den Pfeil auf der Karte", erklärte Leo, die Arme fest um Scout geschlungen. „Das ist dein Standort."

„Woher weißt du das?", fragte Jack, eindeutig beeindruckt.

Leo grinste. „Das habe ich in einem Video gesehen."

Heather reichte Marina das Handy. „Mom, kannst du mit ihnen reden?"

„Na klar." Marina schaute auf das Display. „Jack, kannst du ein Auge auf die Mutter und ihre Jungen haben?" Dann wählte sie die Nummer und erzählte der Person, die den Anruf annahm, wo sie waren und was sie gefunden hatten.

Nachdem sie aufgelegt hatte, fragte Jack: „Wie schnell können sie hier sein?"

„In ungefähr zehn Minuten", antwortete Marina. „Sie meinten, wir sollten uns nicht nähern und auch nicht versuchen, zu helfen. Da eines der Jungen verletzt ist, könnte das die Mutter aggressiv machen. Seelöwen sind normalerweise nicht gefährlich, aber sie verteidigen ihre Jungen."

Sie warteten und wachten über die Seelöwenfamilie. Bald schon fuhr ein blauer Allradtruck mit einem grellgelben Logo an den Strand.

Ein Team aus mehreren Frauen und Männern stieg aus. Der Größte, ein gut aussehender junger Mann mit kurz geschnittenen Haaren und einem fitten Körperbau, schien die Leitung innezuhaben.

Er hatte ein ansprechendes, aufrichtiges Lächeln, das Marina sofort mochte.

„Ich bin Blake Hayes", stellte er sich vor. „Danke, dass ihr uns angerufen habt. Wir sehen das hier öfter, als uns lieb ist. Mein Team kann das Netz aufschneiden, aber da eines der Jungen verletzt ist, müssen wir sie alle zur Beobachtung mit in unser Zentrum nehmen."

„Was glaubst du, ist passiert?", fragte Heather.

Blake schaute zu seinem Team, das dabei war, die Situation einzuschätzen. „Seelöwen und andere Meeressäuger verfangen sich in Fischernetzen und werden von der Brandung an Land gespült. Das da drüben ist vermutlich die Mutter. Sie muss den Jungen gefolgt sein in dem Versuch, sie zu retten. Sie wirkt ebenfalls erschöpft. Es ist wirklich gut, dass ihr angerufen habt."

Heather strich sich eine Strähne hinters Ohr. „Tja, ehrlich gesagt war das meine Mutter."

„Aber Heather hat darauf bestanden, dass wir anhalten", sagte Marina.

Ein Lächeln huschte über Blakes Gesicht. „Ich bin froh, dass du das getan hast. Schön, dich kennenzulernen, Heather."

Einer von Blakes Kollegen hob eine Hand. „Hey, Dr. Blake, den kleinen Kerl hier müssen Sie sich angucken."

„Entschuldige mich bitte", sagte er zu Heather. „Es war sehr nett, dich und deine Familie kennengelernt zu haben."

„Sollten wir hierbleiben?", fragte sie.

„Das müsst ihr nicht, aber ihr könnt." Blake griff in seine Tasche. „Hier ist meine Karte, für den Fall, dass du noch mal gestrandete Meeressäuger siehst. Wohnst du hier in der Gegend?"

„In Summer Beach", antwortete Heat.

„Netter Ort." Blake lächelte. „Das hier wird nicht lange dauern." Damit joggte er zu seinem Team.

Scout wand sich in Leos Armen, und Jack übernahm. „Danke, Kumpel. Ich hab ihn."

Marina legte einen Arm um Heather. „Es war gut, dass du Jack gebeten hast, anzuhalten. Du hast ein gutes Herz."

Heather, die Blake und sein Team beobachtete, zuckte mit den Schultern. „Hätte das nicht jeder gemacht?"

„Du wärst überrascht", sagte Marina. Dann schauten sie alle gemeinsam zu, wie das Team die jungen Seelöwen befreite.

Nachdem sie das verletzte Junge untersucht und Erste Hilfe geleistet hatten, half Blake seinem Team, alle jungen Seelöwen auf den Truck zu laden.

Blake kehrte zu Marina und ihrer Familie zurück. „Ich wollte mich noch einmal bei euch bedanken. Wir werden alle Seelöwen zur Behandlung mitnehmen, rechnen aber damit, dass wir sie bald schon wieder entlassen können. Wenn ihr nicht angerufen hättet, wären sie womöglich elendig verreckt. Das hier ist ein sehr einsamer Strandabschnitt, vor allem unter der Woche." Er schaute zu

Heather. „Soll ich Bescheid sagen, wenn wir sie wieder in die Freiheit entlassen?"

„Das wäre schön", sagte Heather schüchtern. „Du findest mich im Coral Café in Summer Beach. Das ist das Restaurant meiner Mutter."

„Ah, da bin ich schon mal gewesen." Blake zog eine Augenbraue hoch. „Das ist sehr gut."

„Bist du ein Seelöwendoktor?", fragte Leo.

Blake ging in die Knie, sodass er auf Augenhöhe mit ihm war. „Ich bin Arzt für Meerestiere. Seitdem ich so alt war wie du, wollte ich den Tieren helfen, die im Meer zu Hause sind."

„Das ist cool." Leo musterte den Truck. „Und du darfst damit fahren?"

„Das darf ich", bestätigte Blake. „Komm doch mal bei uns im Zentrum vorbei. Dann kann ich dir alles zeigen. Wir haben eine voll ausgestattete medizinische Einrichtung für Meeressäuger. In dieser Gegend sind das hauptsächlich Seelöwen, Robben und Schildkröten, aber wir helfen allem, was schwimmen kann."

Leos Augen weiteten sich. „Auch Walen?"

„Darauf kannst du wetten." Blake lachte leise. „Ich habe schon Wale behandelt und ins Meer zurückgeschickt."

Nachdem Blake und sein Team abgefahren waren, führte Jack seinen Hund zum Auto, und alle stiegen ein. Sie fuhren noch ein kleines Stück, bevor sie anhielten, um zu picknicken. Marina öffnete die Hecktür des VW-Busses, der eine kleine, eingebaute Küche hatte. Mit Heathers Hilfe begann sie, die Sandwiches zu belegen.

„Was war das für ein Abenteuer", sagte sie. „Ich bin froh, dass wir helfen konnten."

Heather schaute zum Meer. „Ich frage mich, wie es wohl ist, seine Tage damit zu verbringen, mit Tieren zu arbeiten?"

„Ich glaube, um das zu tun, muss man eine sehr mitfühlende Seele haben", antwortete Marina.

Heather zupfte knackige Salatblätter für die Sandwiches ab. „Brauchst du immer noch Hilfe für die Feier, die Ginger dieses Wochenende geplant hat?"

Ginger hatte den Foodtruck für eine Party im Strandhaus ihrer Freunde gebucht. Durch ihre Verbindungen hatte sie viele Gäste zu Marinas Café und dem Foodtruck gebracht.

„Wenn du Zeit hast, könnte ich deine Hilfe gut gebrauchen." Marina dachte daran, wie Heather den feschen Arzt angeschaut hatte, und fragte sich, ob sie wohl an ihm interessiert war. Seitdem Heather aus North Carolina hergezogen war, war sie nicht viel ausgegangen, aber sie war auch von Natur aus eher reserviert. „Aber wenn du ein Date hast, musst du nur ein Wort sagen und ich übernehme deine Schicht."

Heather zuckte mit den Schultern. „Du musst jetzt an Jack und Leo denken."

„Dein Leben ist auch wichtig. Ich überlege, eine weitere Kellnerin anzustellen." Sie zögerte ein wenig. „Dr. Blake wirkte nett."

Das kleine Lächeln, das über Heathers Gesicht huschte, verriet sie. „Er ist älter als ich."

„Aber vermutlich nur ein paar Jahre." Wieder einmal hatte Marina das Gefühl, dass Heather irgendetwas zurückhielt. „Hast du auf der Uni jemanden kennengelernt?"

„Nein. Niemanden."

Die Antwort kam zu schnell, dachte Marina. Aber da Jack hungrig wirkte und Leo mit Scout auf sie zugerannt kam, ließ sie es für den Moment gut sein.

Während sie die Sandwiches durchschnitt, klingelte ihr Handy. Da es jemand vom Café sein könnte, bat sie Heather, zu übernehmen, und nahm das Handy heraus.

Ihre Finger waren feucht, deshalb hatte sie Schwierigkeiten, den Anruf entgegenzunehmen. Schließlich drückte sie den Knopf mit dem Fingerknöchel. „Hallo?"

„Marina, ich bin so froh, dass ich dich erwische", sagte Rhoda außer Atem.

Beim Klang ihrer Stimme sank Marinas Herz. Von allen Menschen, die sie in Summer Beach kennengelernt hatte, war Rhoda die größte Herausforderung. Sie rief immer nur an, wenn sie einen persönlichen Gefallen oder Hilfe benötigte. Einmal hatte sie Marina gefragt, ob sie nicht ein Mittagessen für dreißig ihrer Freunde ausrichten könne, um ihnen ihr Café vorzustellen. Natürlich umsonst.

Doch Marina kannte eine der Freundinnen, die ihr verriet, dass es sich um Rhodas Geburtstag handelte. Rhoda war eingeschnappt gewesen, als Marina ablehnte und sagte, dass es ihr nicht möglich sei, eine so große Gesellschaft umsonst zu bewirten. Wenn sie das nicht getan hätte, würde jeder in Summer Beach seinen Geburtstag umsonst bei ihr feiern wollen.

„Hi Rhoda", sagte Marina und bemühte sich, beschäftigt zu klingen. „Ich bin heute nicht im Café. Jack und ich machen einen kleinen Urlaub mit den Kindern, deshalb kann ich gerade nicht sprechen. Aber ich hoffe, dass es deiner Mutter besser geht."

„Ja, ein bisschen. Danke. Ich muss mit dir reden und es dauert auch nur eine Minute." Verzweiflung schwang in

Rhodas Stimme mit. „Du musst bei den Vorbereitungen zur Hundertjahrfeier helfen."

„Natürlich", sagte Marina, die sich fragte, ob Rhoda doch immer noch die Leitung innehatte. „Ich komme mit dem Foodtruck gerne zum Umzug."

„Okay, aber deswegen rufe ich nicht an. Ich habe versucht, alles zu organisieren, aber das ist für eine Person einfach zu viel. Dann habe ich an dich gedacht. Wie du dein Café managst, ist einfach unglaublich. Ich hätte nie gedacht, dass das was wird, aber du bist immer noch gut im Geschäft, auch wenn du nicht viel Umsatz machst."

Rhoda war Expertin, was zweifelhafte Komplimente anging. Marina musste sich anstrengen, um weiterhin zivilisiert zu bleiben. „Auch wenn ich deine Sicht zu schätzen weiß ..."

„Bitte, hör mich an", unterbrach Rhoda sie. „Du bist die Einzige, die mich bisher nicht abgewiesen hat, und damit bist du meine letzte Hoffnung. Ich dachte, ich würde das allein schaffen, aber niemand ist bereit, mir zu helfen."

„Hast du nicht ein ganzes Komitee aus Freiwilligen?"

„Die sind keine Hilfe."

Marina unterdrückte ein Stöhnen. Das hier hätte sie vorhersagen können. Seit der Verkündung des großen Festumzugs und Feuerwerks zur Hundertjahrfeier hatte der Bürgermeister nach jemandem gesucht, der die Organisation übernehmen würde. Rhoda hatte hart darum gekämpft. Marina schätzte, dass sie sich gerne wichtig fühlte, doch ihre organisatorischen Fähigkeiten ließen stark zu wünschen übrig.

Und das war ein Chaos, das Marina nicht gebrauchen konnte. Jack und Heather schauten sie an und lauschten ihrer Seite der Unterhaltung. Sie war es auch ihnen schuldig, sich hier rauszuhalten.

Sie wandte ihr Gesicht der Meeresbrise zu und strich sich durchs Haar. „Mit meinem Café und den Verpflichtungen gegenüber meiner Familie habe ich leider keine andere Wahl, als abzulehnen. Ich hoffe, dass du das verstehst."

Rhoda schien Marinas Zögern zu spüren. „Weißt du, ich habe dir geholfen, dein Café zu dem Erfolg zu machen, der es heute ist."

Und es geht los, dachte Marina und wappnete sich. „Wirklich? Ich sehe dich da gar nicht so oft." Sie hielt sich zurück, hinzuzufügen, dass Rhoda bei den letzten Treffen des Festkomitees im Café mit Abwesenheit geglänzt hatte.

„Vielleicht nicht, aber ich habe Hunderten, vielleicht sogar Tausenden davon erzählt. Ich bin praktisch eine Ein-Mann-PR-Firma für dich. Ich will damit nicht sagen, dass du mir etwas schuldig bist – dafür habe ich zu viel Klasse –, aber mit dir an Bord würde die Hundertjahrfeier garantiert ein Erfolg werden. Und dieses Mal werde ich ein Nein nicht akzeptieren." Rhoda hielt kurz inne und senkte dann dramatisch die Stimme. „Ich weiß, dass du die Richtige für diesen Job bist. Ich habe sogar davon geträumt."

Das war nun wirklich zu viel für Marina. Der Gedanke, bei der Planung der Feier mitzumachen, war definitiv verlockend. Aber mit Rhoda zusammenzuarbeiten war es nicht. Vielleicht meinte sie es wirklich gut – was ein sehr großzügiger Gedanke war – aber sie redete immer viel und zog dann nichts von dem, was sie angekündigt hatte, durch.

Allerdings neigte Rhoda dazu, Klatsch und Tratsch zu verbreiten, und Marina konnte es nicht gebrauchen, dass sie Gerüchte über das Café streute.

„Es ist wirklich eine Schande, dass ich im Moment so viel um die Ohren habe." Marina wählte ihre Worte sorgfältig. „Aber auch wenn ich dir bei der Planung und Durchführung nicht helfen kann, bin ich gewillt, mit dem Foodtruck und einem besonderen Menü dabei zu sein. Das ist, fürchte ich, das Beste, was ich dir anbieten kann."

Am anderen Ende der Leitung entstand eine kleine Pause. „Tja, das ist wenigstens etwas", sagte Rhoda schließlich. Sie klang geschlagen. „Aber ich brauche trotzdem deine Hilfe. Denk darüber nach. Ich rufe dich morgen wieder an."

Marinas Blick fiel auf Heather, die gerade letzte Hand an das Picknick legte. Sie dachte an das Leben, das sie sich in Summer Beach aufgebaut hatte. So sehr sie ihre Gemeinde auch liebte, mit Rhoda zusammenzuarbeiten wäre eine Katastrophe. Und wie es aussah, war das Komitee sowieso dabei, sie zu ersetzen.

„Das musst du nicht", sagte sie entschieden. „Ich tue, was ich kann. Mein Foodtruck wird da sein. Aber für die Organisation der Feier selbst musst du woanders Hilfe suchen."

Rhoda stieß einen Seufzer aus. „Ich habe viel für dich getan, aber vielleicht ist dir das nicht bewusst. Ich habe sogar für dich einen Restaurantkritiker ins Coral Café eingeladen. Er wird bald auftauchen." Sie hielt inne und seufzte noch einmal dramatisch auf. „Alle, mit denen ich gesprochen habe, sagten, du wärst die perfekte Person, um mir zu helfen. Es wäre mir sehr unangenehm, wenn die nun schlecht von dir oder deinem Café denken, weil du nicht gewillt bist, mir zu helfen, obwohl ich dich brauche. Solltest du deine Meinung also noch mal ändern, weißt du, wo du mich findest."

Klick.

Marina legte das Handy weg und warf die Hände in die Luft. „Ich hätte diesen Anruf nie annehmen dürfen."

„Bravo, dass du deinen Prinzipien treu geblieben bist", sagte Jack grinsend. „Die Frau hat vielleicht Nerven. Der letzte Teil klang wie von einem Mafiaboss. Sie hat es wirklich mit jedem Trick versucht."

„Ihr habt gehört, was sie gesagt hat?", fragte Marina.

„Ja, zurückhaltend ist sie nicht, Mom." Heather kicherte. „Und irgendwie hast du den Lautsprecher angeschaltet. Ich wäre beinahe vor Lachen zusammengebrochen, als sie davon anfing, dass sie davon geträumt hätte."

Marina musste auch darüber lachen, wie absurd das alles war. „Das Lustige ist, wenn sie nicht wäre, würde es mir vermutlich sogar Spaß machen, bei den Vorbereitungen des Festes zu helfen."

Heather verteilte die Sandwiches auf Teller, und Leo kam sofort angerast.

Jack reichte ihm einen Teller. „Lass jemand anderen diese undankbare Aufgabe annehmen."

„Ja, das sehe ich auch so." Marina packte den Rest des Brots ein. „Aber ich hoffe, dass die Hundertjahrfeier nicht eine von Rhodas erinnerungswürdigen Katastrophen wird. Summer Beach hat Besseres verdient."

Jack legte einen Arm um sie und tippte ihr gegen die Nasenspitze. „Du musst nicht die Probleme anderer lösen. Überlass das ruhig dem Bürgermeister."

2

*N*achdem sie von ihrem Campingausflug zurückgekehrt waren, flogen die nächsten Tage nur so dahin. Am Samstagnachmittag, nachdem der Mittagsansturm vorbei war, bereitete Marina alles für die Strandparty zur Feier des fünfzigsten Hochzeitstags von Gingers Freunden Valerie und Alan vor.

Jack war übers Wochenende mit einem Freund aus Los Angeles zum Angeln gefahren, und Leo war bei seiner Mutter, sodass Marina an diesem Abend allein wäre. Die Freunde von Ginger hatten Marinas Schwester Kai und deren Mann Axe engagiert, um für ihre Gäste zu singen.

Marina belud ihren Foodtruck, den sie liebevoll Coralina nannte, mit den italienischen Speisen, die sich die Gastgeber gewünscht hatten. Dann fuhr sie mit ihrem Team zu deren Haus, wo Cruise den Truck zwischen der Terrasse und dem Strand parkte.

Heather übernahm die Bedienung, während Marina und Cruise in der kleinen Küche herumwirbelten und krosse Baguettescheiben mit Antipasti und Salate sowie die

Lasagne vorbereiteten. Das Essen wurde sehr gut angenommen, und die Party war für Valeri und Alan ein großer
Erfolg.

Unter diesen Freunden befand sich auch Rhoda. Bisher
war es Marina erfolgreich gelungen, ihr aus dem Weg zu
gehen.

Während Kai und Axe die Gäste unterhielten, arrangierte Marina den Nachtisch. „Das war der Rest vom Tiramisu", sagte sie und stellte die leere Auflaufform beiseite,
um sie später abzuwaschen.

„Hast du was für Kai und Axe aufgehoben?", fragte
Heather.

Marina nickte zu ein paar kleineren Dessertschüsseln.
„Ja, da drüben. Da ist auch eines für dich. Komm, lass uns
den Rest zum Büffettisch bringen."

„Tante Kai klingt heute Abend besonders gut", sagte
Heather. „Ich wünschte, ich hätte ihr Talent."

„Du hast viele andere Talente. Und vielleicht sogar
einige, derer du dir bisher noch gar nicht bewusst bist."

„Sind Talente nicht etwas, mit dem man geboren
wird?"

„Nicht unbedingt", erklärte Marina. „Als du und Ethan
aufs College gegangen seid, hatte ich keine Ahnung, dass
ich innerhalb eines Jahres mein eigenes Café leiten würde."

Heather lächelte. „Ich war so stolz auf dich, als du im
Fernsehen warst, aber das war nur ein Job. Das Café
hingegen ist deine wahre Leidenschaft."

„Mit deiner Hilfe", sagte Marina. „Und der vom Rest
der Familie."

Kai beendete ihr Lied auf einem hohen Ton, und die
Gäste applaudierten. Heute trug sie ein glitzerndes Fünfzi-
gerjahre-Kleid mit einem herzförmigen Ausschnitt und

einem ausgestellten Rock. Ihre rotblonden Haare hatte sie zu einem glatten Chignon zusammengefasst. Als sie nun anfing, Doris Days großen Hit *Qué Será, Será* zu singen, strömten die ersten Paare auf die Tanzfläche und begannen, sich im Rhythmus der Musik zu wiegen.

Marina liebte es, Kai zuzuhören. Sie war stolz auf die Erfolge, die ihre Schwester mit ihrer Musicalkompanie gefeiert hatte, und auf ihre und Axes Arbeit in dem neuen Amphitheater, der Muschel, die sich inzwischen auch auszahlte.

Heather schaute fasziniert zu, so wie viele der Gäste. Marina hoffte, dass ihre Tochter eines Tages einen Weg finden würde, den sie so sehr liebte wie Kai den ihren.

Der Mond stand hoch am Himmel, doch es gab keine Anzeichen dafür, dass die Party bald ein Ende finden würde. „Wir sollten aufräumen", sagte Marina, und gemeinsam mit Heather kehrte sie zum Foodtruck zurück.

„Ich liebe es, Tante Kai zuzuhören." Heather sah zu, wie die Paare unter dem Sternenhimmel elegant über die Terrasse glitten. „Damals gab es so schöne Musik."

Cruise schaute von seiner Arbeit auf und grinste. „Ich dachte, du wärst ein Swiftie."

„Es spricht nichts dagegen, Taylor Swift *und* Oldies zu mögen." Heather reckte das Kinn. „Ich bin damit aufgewachsen, dass Ginger auf dem alten Plattenspieler im Wohnzimmer Lieder von Doris Day und Patsy Cline gespielt hat."

„Daran erinnere ich mich", sagte Marina lächelnd. „Und der alte Plattenspieler funktioniert immer noch. Ginger hat eine großartige Sammlung alter Platten. Die Musik stammt zwar auch von vor meiner Zeit, aber sie ist trotzdem noch wunderschön."

„Siehst du?" Heather stieß Cruise mit der Schulter an.

Als würde sie spüren, dass über sie geredet wurde, kam Ginger auf sie zugeschlendert. „Ihr seht aus, als würdet ihr nichts Gutes im Schilde führen."

„Wir haben uns nur gerade über deine Plattensammlung unterhalten und darüber, wie gut die Musik ist." Heather nickte in Richtung der Tanzfläche. „Diese Songs sorgen dafür, dass sich alle wieder jung fühlen."

„Man ist nie zu alt, um sich jung zu fühlen." Ginger schnippte mit den Fingern im Takt zu einem Elvis-Song, den Axe gerade sang, wobei er auch die Tanzschritte des Kings nachahmte. Die Gäste jubelten ihm zu.

Marina sah ihre Großmutter bewundernd an. „Ich weiß nicht, was dein Geheimnis ist, aber ich glaube, du alterst rückwärts."

„Das möchte ich auch glauben", sagte Ginger. „Das passiert alles im Kopf, meine Liebe. Ab einem gewissen Alter erkennt man, dass man das Leben viel zu ernst genommen hat." Sie sah Marina gezielt an.

„Ich hatte meine Gründe. Und zwar doppelt." Marina legte einen Arm um Heather.

Die Zwillinge nach Stans Tod allein aufzuziehen war überwältigend gewesen. Ohne Ginger hätte sie das erste Jahr nicht überstanden. Sie verdankte ihrer Großmutter so viel.

„Aber jetzt ist jetzt", erwiderte Ginger und lächelte, als ein älterer, gut gekleideter Mann auf sie zukam. „Es ist an der Zeit, das Leben leichter zu nehmen."

Als Axe *Beyond the Sea* von Frank Sinatra anstimmte, nahm der Mann, den Marina aus dem Café kannte, Gingers Hand und entführte sie auf die Tanzfläche. Ihr mit

Blumen bedruckter Rock und der dazu passende Schal flatterten in der sanften Meeresbrise.

Heather grinste. „Sie gibt nicht nur gute Ratschläge, sie lebt sie auch."

„Zeig's ihnen, Ginger!", rief Kai, und alle applaudierten. Dann kam das letzte Set zum Ende, und sie verbeugte sich und trat vom Mikrofon zurück.

Marina wusste nicht, wer mehr Spaß hatte: das Hochzeitspaar oder ihre Freunde, Kai und Axe oder die Crew vom Foodtruck.

Aber das Gefühl erstarb schnell, als Marina aufschaute und sah, dass Rhoda auf sie zugestürmt kam. In ihrem roten Paillettenkleid war sie schwer zu übersehen.

Die Frau strahlte eine gewisse Dringlichkeit aus. „Hast du deine Meinung bezüglich deiner Hilfe bei der Hundertjahrfeier geändert?", fragte sie anstelle einer Begrüßung.

Marina verspannte sich. „Wie du sehen kannst, arbeite ich oft lang." Sie zeigte auf den Foodtruck.

Rhoda stieß gereizt den Atem aus. „Marina, ich weiß, dass ich anstrengend sein kann, aber das liegt nur daran, dass die Feier für mich und Summer Beach so viel bedeutet. Bitte sag mir, dass du helfen wirst. Ich weiß nicht, was ich sonst tun soll."

Marinas Gedanken schweiften zu ihrer letzten Unterhaltung zurück. Ja, die Hundertjahrfeier war für die Gemeinde wichtig, aber mit Rhodas sprunghafter Persönlichkeit konnte sie einfach nicht umgehen. Als sie die Verzweiflung in Rhodas Augen sah, überkam sie ein Anflug von Schuldgefühlen.

Doch da sie Heathers Blick auf sich spürte, sagte sie. „Ich habe dir meine Antwort bereits gegeben. Ich bin gewillt, mit dem Foodtruck dabei zu sein, aber mehr kann ich wirklich nicht tun."

Rhodas Stimme wurde weich. „Ich verspreche dir, dieses Mal wird es anders. Und es war mein Ernst, dass ich einen Restaurantkritiker zu deinem Café geschickt habe."

„Ich wünschte, das hättest du nicht getan." Sie wollte nicht in Rhodas Schuld stehen. Außerdem hatte sie inzwischen ausreichend Gäste, und Restaurantkritiker konnten problematisch sein. „Meine Antwort lautet trotzdem Nein."

Rhoda seufzte schwer und kehrte, nach einem letzten, angewiderten Blick auf Marina, zur Party zurück.

„Ich habe mir Sorgen gemacht, dass du einknickst", sagte Heather lächelnd. „Gut gemacht, Mom."

„Jemand muss diese Feier organisieren, aber nicht ich", antwortete Marina. „Zumindest nicht mit ihr zusammen." Sie erinnerte sich an das, was Jack gesagt hatte. Das hier war ein Problem für den Bürgermeister. Und Bennett Dylan hatte sie nicht um Hilfe gebeten.

Als Kai sich zu ihnen gesellte, schenkte Marina ihr ein Glas Wasser ein. „Du hast heute großartig geklungen."

„Ich liebe die alten Klassiker", sagte Kai. „Und seht euch nur Ginger an. Ich will später mal wie sie sein." Sie trank ihr Wasser. „So, wo ist das Tiramisu, das mir versprochen wurde?"

„Hier." Marina reichte ihr ein Schälchen und warf dabei einen Blick über ihre Schulter, um sicherzugehen, dass Rhoda wirklich weg war.

„Ginger scheint nie die Energie auszugehen", sagte Heather, die mit ihrem Kopf im Takt der Musik wippte, sodass ihr Pferdeschwanz hin und her schwang. Sie war gerade damit fertig, die Arbeitsplatten abzuwischen, und lehnte sich nun neben Cruise aus dem Verkaufsfenster, um die Party zu beobachten.

„Jetzt sehe ich, wo du deine Energie her hast", sagte Cruise und stieß sie mit der Schulter an.

„Ginger legt die Latte ziemlich hoch", erwiderte sie. „Wir müssen mithalten, wenn wir nicht Gefahr laufen wollen, überrannt zu werden."

„Und das manchmal wortwörtlich." Kai wandte sich an Marina. „Erinnerst du dich noch, wie sie uns gezwungen hat, am Strand zu joggen? Sie hat es das Grandma-Bootcamp genannt. Sie hatte sogar eine Trillerpfeife."

„Ernsthaft?", Cruise lachte ungläubig auf.

Marina nickte. „Das war härter, als es klingt. Sie hätte bei den Olympischen Spielen mitmachen können."

„Wir sind dabei beinahe gestorben", warf Kai ein. „Aber damals hat sie in mir auch das Interesse geweckt, Sängerin zu werden."

„Was?" Heather beugte sich interessiert vor. „Die Geschichte habe ich noch nie gehört."

„Wir durften uns verkleiden, und dann zusammen alle möglichen Hits singen", erklärte Kai. „Ich weiß nicht, ob sie damit uns oder sich und ihre Freunde unterhalten wollte."

„Wann war das?", wollte Heather wissen.

„Während der Sommer, die wir bei ihr verbracht haben, um unseren Eltern eine Pause zu gönnen", antwortete Marina. Das war lange vor dem Unfall, der uns unserer Eltern beraubt hat, dachte sie und fing den Blick ihrer Schwester auf. Kai war damals noch sehr jung gewesen, aber sie verstand trotzdem, was Marina mit diesem Blick sagte: dass sie, Kai und ihre mittlere Schwester Brooke sich deshalb heute noch so nahestanden.

„Und nun sind wir für immer zurück." Kai reckte die Faust in die Luft. „Die nächste Generation in Summer Beach."

„Die schon an der übernächsten arbeitet", fügte Marina augenzwinkernd an.

Ein Schatten huschte über Kais Gesicht. „Ja, hoffentlich bald."

Sofort wünschte Marina, sie hätte nichts gesagt. Kai wurde mit jedem Monat besorgter, weil sie einfach nicht schwanger wurde. Sie näherte sich der Vierzig und war verständlicherweise nervös.

Während sie beobachtete, wie Axe seine letzten Songs zum Besten gab, lächelte Kai sehnsüchtig. „Es ist schwer zu glauben, dass es schon beinahe ein Jahr her ist, dass wir auf der Bühne der Muschel geheiratet haben."

„Das Jahr ist wirklich schnell vergangen." Marina sah zu, wie Kai ihren Nachtisch aß. „Wie hast du dich in die Ehe eingelebt?"

„Axe ist genauso wundervoll wie dieses Tiramisu", sagte Kai zwischen zwei Bissen. „Mir werden immer noch die Knie weich, wenn er unter der Dusche singt. Die größte Herausforderung für mich war, nicht mehr auf Tournee zu gehen."

„Ja, danach wollte ich dich schon fragen." Kai war jahrelang mit ihrer Musicaltruppe durchs Land gezogen.

Kai aß noch einen Löffel. „Du warst schon mal verheiratet, deshalb ist es für dich bestimmt leicht gewesen."

Marina schüttelte den Kopf. „Stan und ich waren noch nicht lange verheiratet, bevor er nach Afghanistan geschickt wurde, deshalb ist das alles für mich auch neu."

Im Laufe des letzten Jahres hatten sie und Jack sich an die Ehe und aneinander gewöhnen müssen. Sie liebte ihn und Leo – und Scout, auch wenn der energiegeladene, tollpatschige Hund manchmal ihre Beete zertrampelte.

Da sie beide Mitte vierzig waren, hatten sowohl sie als auch Jack tief sitzende Angewohnheiten, die nicht leicht zu ändern waren. Marina hatte sich noch nie die Fernbedienung für den Fernseher mit einem Mann teilen müssen, und Jack war es gewohnt, die ganze Nacht durchzuarbeiten und dabei Musik zu hören.

Ein Jahr. Marina fragte sich, ob sie und Jack etwas Besonderes planen oder den Tag mit Leo und den Zwillingen verbringen sollten. Ihre Erfolgsbilanz, was romantische Dinnerdates anging, war nicht gerade überragend.

Die Gäste applaudierten, als Axe den letzten Ton des letzten Songs des Abends sang. Kai eilte zu ihm, um sich mit ihm zu verbeugen. Noch immer machte keiner der Gäste Anstalten, aufzubrechen, sondern sie gingen lachend und plaudernd zu der Feuerstelle hinüber, wo sie die Feier etwas ruhiger fortsetzten.

Kai und Axe schlenderten zum Foodtruck zurück. „Wie es aussieht, haben sich alle für ein paar Trankopfer ums Feuer versammelt", sagte Kai grinsend.

Cruise wischte noch einmal über die Arbeitsfläche. „Können wir bald los?"

„Es war ein langer Tag", sagte Marina. „Du kannst mit Heather zusammen den Truck zum Café fahren. Und dann ruht euch ein wenig aus."

„Oder auch nicht", sagte Cruise und tauschte einen amüsierten Blick mit Heather.

„Oh, das habe ich gesehen." Kai wackelte mit den Augenbrauen. „Was habt ihr beide vor?"

„Wir wollen noch auf der Party eines Freundes vorbeischauen", antwortete Heather.

„Ihr seid aber vorsichtig?", fragte Marina aus Gewohnheit.

Cruise nickte. „Ich bin der Fahrer."

„Der verantwortungsvolle ältere Mann." Heather kicherte und zupfte an seinen zerzausten Haaren. „Sind das blonde Strähnen oder erste graue Haare?"

„Hey, so viel älter bin ich gar nicht", protestierte Cruise.

Marina dachte, dass er vermutlich im gleichen Alter war wie Dr. Blake. Und in Heathers Alter machten ein paar Jahre einen gehörigen Unterschied. Ihre Tochter war gerade einundzwanzig geworden. Technisch gesehen war sie erwachsen. Dennoch war Marina dankbar, dass Cruise auf sie aufpasste. Aus ihrer Zusammenarbeit war eine schöne Freundschaft erwachsen.

Heute Abend müsste sie sich keine Sorgen machen.

Ginger kehrte mit ihrem grauhaarigen Tanzpartner zu ihnen zurück. „Danke, Oliver. Es war wie immer ein Vergnügen, mit dir zu tanzen."

Oliver verbeugte sich und gab Ginger einen Handkuss. „Es war mir eine Ehre und ein Privileg, liebe Ginger. Ich habe überlegt, ob du mir wohl die Ehre erweisen würdest, die Hundertjahrfeier mit mir zusammen zu besuchen?"

Ginger lächelte sittsam. „Wie rücksichtsvoll von dir. Aber ich will dich nicht vom Markt nehmen Oliver. Zu viele Frauen haben ihre Hoffnungen darauf gesetzt, mit dir zu tanzen. Wie könnte ich sie enttäuschen?"

Kai grinste. Nachdem Oliver gegangen war, sagte sie: „Solche Männer werden heute nicht mehr gemacht. Eine Ehre und ein Privileg? Wow. Darf ich den Satz für eines meiner Theaterstücke klauen?"

„Er gehört ganz dir." Ginger reckte das Kinn. „Es könnte deiner Generation guttun, so etwas zu hören."

„Leider werden wir es vermutlich in einer Komödie verwenden", sagte Kai. „Und was für eine elegante Art, ein Date abzulehnen." Sie zwinkerte ihrer Großmutter zu. „Bist du so weit? Wollen wir los?"

Ginger schaute sehnsüchtig zu ihren Freunden am Feuer. „Früher haben wir bis zum Sonnenaufgang hier am Strand getanzt. Ich glaube nicht, dass irgendjemand von uns heute so lange durchhält."

„Nein, aber die beiden vielleicht." Kai nickte zu Heather und Cruise.

Jemand hatte Musik angemacht, und Ginger wiegte sich im Rhythmus. „Ich erinnere mich daran, wie ich zu diesem Lied auf dem Diplomatenball in Paris getanzt habe. Ich trug ein umwerfendes Kleid aus goldener Seide, das perfekt zu meinen Haaren passte. Bertrand trug eine dazu passende Brokatweste. Er war so attraktiv, dass es mir den Atem raubte. Und oh … die diplomatischen Intrigen auf diesem Ball haben den Lauf der Geschichte verändert, wie ihr wissen müsst." Sie hielt inne und holte Luft. „Man ist nur einmal jung. Aber im Kopf kann man für immer jung bleiben."

Marina legte ihr einen Arm um die Schultern, besorgt, dass ihre Großmutter sich verausgabte. „Du hast immer die besten Erinnerungen. Wir lieben es, sie zu hören. Würdest du mir heute Abend bei einer Tasse Tee mehr erzählen?"

Ginger reckte einen Finger in die Luft. „Ich habe eine bessere Idee. Wir können die ganze Nacht lang reden so wie früher. Da Jack nicht da ist, musst du doch nicht nach Hause, oder?"

Marina schüttelte den Kopf. „Ich würde gerne bei dir

bleiben." Sie hatte noch ein paar Sachen zum Wechseln in dem Schrank in ihrem alten Zimmer hängen.

Kai wandte sich an Marina. „Ich habe das Gefühl, dass diese Party gerade erst angefangen hat."

Axe nahm sie in den Arm. „Warum gesellst du dich nicht zu ihnen, Süße? Ich muss morgen früh raus, also werde ich sowieso bald ins Bett gehen."

„Bist du sicher, dass es dir nichts ausmacht?", fragte Kai.

„Ja. Zieh los und hab Spaß." Er gab ihr einen Kuss. „Sollte ich dich brauchen, weiß ich ja, wo du bist."

„Dann ist das beschlossen", verkündete Ginger. „Wir veranstalten eine Pyjama-Party. Wie schade, dass Brooke nicht auch dabei sein kann."

Die drei Frauen stiegen in Gingers Wagen, und Marina fuhr. Sie nahm die Strandstraße zu Gingers Haus, dem Coral Cottage, das seinen Namen von dem fröhlichen Korallenton hatte, in dem es gestrichen war.

Marinas Leben hatte sich verändert, aber dieses Haus hielt so viele Erinnerungen für sie und ihre Schwestern bereit. Ihre Großmutter hatte es geschafft, sowohl ihr Anker zu sein als auch ihnen Flügel zu verleihen. Ginger Delavie war eine Frau, wie es sie nur selten gab, und steckte voller Überraschungen.

Der heutige Abend wird nicht anders, schätzte Marina und fragte sich, was ihre Großmutter wohl im Schilde führte.

3

„Was für ein schöner Abend", sagte Ginger, als sie, Marina und Kai auf das Strandhaus zugingen. „Zwischendurch hatte ich das Gefühl, ich könnte die ganze Nacht durchtanzen."

Marina legte beschützend einen Arm um sie. „Das hättest du auch beinahe."

„Tanze durchs Leben, wenn du kannst, meine Liebe." Ginger öffnete ihre Handtasche.

„Das werde ich mir merken", erwiderte Marina lachend.

„Wo sind meine Schlüssel?" Ginger schnalzte mit der Zunge.

Kai öffnete ihre Tasche. „Einen Moment, ich habe meine hier."

Während Marina wartete, bewunderte sie den vollen, strahlenden Mond und dessen Reflexion auf den sich brechenden Wellen. Das Rauschen der Brandung bildete eine beruhigende Hintergrundmusik und trug Marina zu trägen Kindheitssommern zurück.

Als sie so auf der vorderen Veranda stand, blitzte eine weitere Erinnerung in ihr auf – die von jener Nacht, in der sie nach einer langen Fahrt von San Francisco hier gelandet war.

Der heutige Abend könnte nicht unterschiedlicher sein. Damals waren ihr Stolz und ihr Herz angeschlagen gewesen, weil sie ihren Verlobten und ihren Job als Nachrichtensprecherin aufgrund eines gemeinen Kommentars ihrer Kollegin vor laufender Kamera verloren hatte. Zugegeben, sie hätte die Situation professioneller handhaben können, aber dazu war ihr Herz zu sehr involviert gewesen.

Doch all das lag jetzt in der Vergangenheit. Was für einen Unterschied ein einzelner Tag machen kann, dachte sie. Wenn diese Tragödie, wie sie es damals empfunden hatte, nicht passiert wäre, hätte sie nie Jack kennengelernt oder das Leben gefunden, das sie heute so liebte.

„Hab sie." Kai klimperte mit den Schlüsseln und schloss die Tür auf.

Marina trat hinter ihrer Großmutter ein, dankbar für deren Anwesenheit in ihrem Leben. Großmutter Ginger, die einfach zu Ginger geworden war, da Marina den vollen Namen als Kind nicht hatte aussprechen können, war eine Konstante in ihrem Leben.

„Oh, was für eine fabelhafte Party." Ginger schlüpfte aus ihren Satinschuhen. „Und die Nacht ist noch jung."

Marina lächelte. Ihre Großmutter war in Partylaune. Sie hatte schon immer gute Gesellschaft, intelligente Unterhaltungen und geschmeidige Tanzpartner geliebt.

Ginger schaltete das Licht an. „Da ihr beide hierbleibt, warum macht ihr es euch nicht gemütlich? Ich habe eine Überraschung, die euch gefallen wird."

„Das klingt mehr nach einem Befehl als nach einer

Frage", sagte Kai und zog ihre glitzernden Sandalen aus. Dann schaute sie zu Marina.

Die entledigte sich ebenfalls ihrer soliden Arbeitsschuhe. „Wir haben noch alte Schlafanzüge und Strandsachen hier."

„Und ich habe eine wunderbare Flasche Margaux, die ich für genau so einen Abend aufbewahrt habe." Ginger zwinkerte ihnen zu. „Vielleicht auch zwei. Wer hilft mir, sie zu öffnen?"

Die Treppe hinter ihnen knackte. „Ich", sagte Brooke.

Ginger presste sich eine Hand aufs Herz. „Brooke, meine Liebe, du hast mich erschreckt. Was um alles in der Welt tust du hier?"

„In meinem Haus herrscht zu viel Testosteron." Brooke schüttelte sich. „Chip hat Freunde eingeladen, um ein Auto zu restaurieren, und die Jungs schauen einen Boxkampf und werfen nur so mit Schimpfwörtern um sich. Also bin ich gegangen. Sie werden mich erst vermissen, wenn sie Hunger auf Frühstück haben."

„Hast du schon was gegessen?", fragte Marina.

„Ich habe den Kühlschrank geräubert. Und dann habe ich es mir oben gemütlich gemacht und Bücher übers Gärtnern gelesen. Dazu komme ich sonst kaum."

Brooke baute biologisch-dynamisches Gemüse an, das sie zusammen mit Marinas Backwaren auf dem Markt verkaufte.

„Wir veranstalten eine Pyjamaparty", erklärte Kai. „Bleib bei uns. Da Heather dein Zimmer hat, kannst du in meinem alten Zimmer schlafen."

Brookes Gesicht leuchtete auf. „Das klingt super. Ich sage eben Chip Bescheid." Sie ließ ihre Birkenstocks bei den anderen abgelegten Schuhen in der Ecke.

„Ich bin froh, dass das geklärt ist." Ginger holte den Wein und ihre feinsten Kristallgläser heraus.

Marina ging nach oben, um sich ihrer Kochjacke zu entledigen, und Kai zog ihr schickes Kleid aus. Dann kämmten sie sich die Haare und schlüpften in die weichen Baumwollpyjamas, die sie noch in ihren alten Zimmern hatten.

„Fertig", sagte Marina, als sie die Treppe hinunterkamen.

Die vier Frauen verteilten sich im Wohnzimmer auf den mit weißen Schonbezügen und bunten Kissen versehenen Sofas. Kai zündete ein paar Kerzen an, und Marina machte Gingers liebste Jazzmusik an.

Brooke entkorkte den Wein. „Der riecht himmlisch. So reich und vollmundig." Sie schenkte ein Glas ein und reichte es Ginger. „Was meinst du?"

Ginger nippte von der dunklen, blutroten Flüssigkeit. „O ja. Ausgezeichnet. Der ist es wert, dass wir auf ihn gewartet haben."

Nachdem Brooke weitere Gläser eingeschenkt hatte, hob Ginger ihres für einen Toast. „Ich liebe es, meine Mädchen zusammen zu haben", sagte sie. „Auf euch und auf uns. Was für ein seltenes Glück das heute ist."

„Mit dem besten Wein und den besten Frauen", ergänzte Marina und stieß mit Ginger an.

„Das sollten wir öfter machen", schlug Kai vor. „Bevor ich mit Kindern ans Haus gefesselt bin." Sie lächelte sehnsüchtig. „Ich hoffe, dass ich meine Chance nicht verpasst habe."

„Ihr habt doch gerade erst angefangen, es zu versuchen", beschwichtigte Ginger sie. „Und wenn nötig, könnt ihr euch medizinische Unterstützung holen."

Kai kaute auf ihrer Unterlippe. „Ihr habt alle so viel früher angefangen als ich. Wenn man jung ist, ist es wesentlich einfacher, schwanger zu werden."

„Nicht unbedingt." Marina streichelte Kais Hand. Sie wollte nicht, dass ihre Schwester so dachte, auch wenn vielleicht ein physisches Problem vorlag.

Kai saß im Schneidersitz vor dem Couchtisch auf dem Boden. „Ich habe das Gefühl, dass mir die Zeit davonläuft, deshalb denke ich auch über andere Optionen nach. Axe und ich wollen wirklich eine Familie voller kleiner Schauspieler."

„Und die werdet ihr haben, meine Liebe", sagte Ginger. „Auf die eine oder andere Weise. Was man im Kopf hat, kann man erschaffen, wenn auch nicht immer so, wie man es sich ursprünglich vorgestellt hat."

„Du kannst dir meine Meute ausleihen", warf Brooke ein. „Aber nach einem Tag mit ihnen willst du vielleicht nie mehr Kinder haben. Wenn ich noch mehr bekomme, gebe ich sie gerne ab."

Ginger legte eine Hand auf Kais Schulter. „Mach einen Termin beim Arzt. Und Axe auch. Dann wisst ihr, ob ihr noch andere Herausforderungen zu bewältigen habt."

„Darüber haben wir schon gesprochen." Kai nippte an ihrem Wein. „Ihr wisst, wie Männer sind. Im Herzen ist Axe ein großer, liebenswürdiger Montana-Cowboy. An ihm kann es nicht liegen, richtig?"

Ginger hörte aufmerksam zu. „Manchmal muss man einem Mann einen kleinen Stups geben."

Marina sah förmlich, wie sich die Rädchen in Gingers Kopf drehten, und sie fragte sich, was ihre Großmutter im Sinn hatte. Die Unterhaltung wandte sich Brooke und ihren drei Jungs zu.

„Zumindest unterstützt Chip mich inzwischen mehr", sagte Brooke. „Drei Jungen aufzuziehen ist nichts für schwache Nerven, aber jetzt, wo mein Mann sich wie ein Erwachsener benimmt und nicht wie einer von ihnen – der heutige Abend ausgenommen – hat sich das Leben zu Hause entschieden verbessert."

„Wie kommt's?", fragte Marina und zog die Knie an.

„Ich habe das Gefühl, meinen Ehemann zurückzuhaben", gestand Brooke. „Und die Jungen lernen wichtige Lektionen fürs Leben. Wäsche waschen, kochen, Gartenarbeit. Chip hat endlich zugestimmt, dass sie genauso lernen müssen, sich selbst zu versorgen wie am Auto ein Rad zu wechseln."

Sie alle lachten, doch Marina verstand es. „Kinder aufs Erwachsensein vorzubereiten ist ein langer Prozess."

„Und wie schlägt Jack sich da so?", wollte Brooke wissen.

„Jack schließe ich da mit ein", antwortete Marina grinsend. „Manchmal weiß ich nicht, wen ich zuerst rügen soll – Jack, Leo oder Scout. Aber Jack versucht wenigstens, verantwortungsvoll zu sein, und Leos Mutter ist einfach wunderbar. Vanessa und ich sind inzwischen gute Freundinnen geworden. Was Scout angeht, nun, ich habe mich damit abgefunden, dass der Hund für die nötigen komischen Unterbrechungen in unserem Leben sorgt."

„Auf Scout", sagte Kai. „Wir müssen alle von Zeit zu Zeit mal lachen."

Alle hoben ihre Gläser für einen Toast auf Scout.

Ginger lächelte. „Zu lernen, mit dem zu leben, was wir nicht ändern können, ist der Schlüssel zur Weisheit. Und Lachen ist der Schlüssel zu einem langen Leben."

„Aber oft brauchen wir Veränderung", sagte Marina

und legte den Kopf schief. „Es war hart, allein zu sein, nachdem die Zwillinge zur Uni gegangen sind. Vermutlich war ich deshalb so empfänglich für Gradys Aufmerksamkeiten."

„Und deswegen hast du dir mit Jack Zeit gelassen", sagte Ginger. „Was eine weise Entscheidung war."

„Ich muss mich immer noch daran gewöhnen", gestand Marina. „Im Café bin ich den ganzen Tag unter Leuten und wenn ich nach Hause komme, erwartet mich auch oft das reinste Chaos."

„Hast du Zeit für dich?", fragte Brooke. „Aus dem Grund habe ich mit dem Gärtnern angefangen. Ich bin zwar da, aber nicht im Haus. Das hilft."

„Ich versuche, mir Zeit für Spaziergänge am Strand zu nehmen", antwortete Marina. „Irgendwann würde ich gerne eine Terrasse auf dem Dach bauen, damit wir aufs Meer gucken, den Sonnenuntergang beobachten und uns entspannen können, nachdem Leo ins Bett gegangen ist. Vielleicht machen wir das zu unserem ersten Hochzeitstag."

„Der für uns beide ansteht", warf Kai ein. „Wir haben ein romantisches Wochenende in Temecula geplant. Wein, Wandern und Heißluftballons – das muss man einfach lieben."

„Vielleicht machen wir etwas, wenn die Sommersaison vorbei ist." Marina fragte sich, ob sie und Jack wohl so ein romantisches Wochenende planen würden. Sie könnte es ja mal ansprechen.

Doch ihr Hochzeitstag fiel auf das Wochenende der Hundertjahrfeier von Summer Beach, und Leo hatte es sich in den Kopf gesetzt, mit seinem Vater und seiner Freundin Samantha hinzugehen. Die Veranstaltung war für alle im Ort eine große Sache.

Die Unterhaltung floss mit viel Gelächter weiter dahin. Nach einer Weile musste Marina ein Gähnen unterdrücken. Sie schaute auf die Uhr. Es war schon spät, und Heather war noch immer unterwegs.

Ginger folgte ihrem Blick. „Machst du dir Sorgen um deine Tochter?"

„Ein wenig", antwortete Marina. „Bleibt sie oft so lange weg?"

„Nein, dazu arbeitet sie zu viel", erwiderte Ginger.

„Sie ist mit Cruise zusammen." Kai zuckte mit den Schultern. „Worüber machst du dir da Sorgen?"

Brooke warf ihr einen Blick zu. „Über alles. Man muss als Eltern vieles lernen, aber bei dem dritten Kind macht man sich nicht mehr so viele Sorgen. Deshalb ist mein Jüngster kaum stubenrein."

„Ich bezweifle, dass meine biologische Uhr noch für drei Kinder tickt", sagte Kai. „Außer ich bekomme Zwillinge, wie Marina."

„Vergiss nicht, dass ich zwei Erstgeborene hatte", sagte Marina. „Das ist an sich schon eine Herausforderung." Sie strich mit der Fingerspitze über den Rand ihres Weinglases und genoss das Geplänkel mit ihren Schwestern.

„Das ist doppelter Stress", sagte Brooke. „Vor allem weil du allein warst."

„Ginger hat mir da hindurchgeholfen." Marina legte einen Arm um ihre Großmutter. Dabei dachte sie immer noch an Heather.

„Mach dir keine Sorgen, Liebes", sagte Ginger leise. „Sie ist eine kluge junge Frau."

„Ich bemühe mich." Dennoch vermutete Marina, dass Heather ihr nicht alles erzählte. Was nur natürlich war, schließlich war ihre Tochter erwachsen und hatte ein Recht auf Privatsphäre.

Zumindest glaubte der logische Teil ihres Gehirns das.

Sie erzählte ihnen von Blake, dem netten Tierarzt, den sie am Strand kennengelernt hatten. „Heather schien an ihm interessiert zu sein, aber ich weiß nicht, ob sie was von ihm gehört hat. Ich hatte gehofft, dass er anrufen oder im Café vorbeischauen würde."

Kai verwirbelte ihren Wein im Glas. „Weil du dir Sorgen um den tätowierten Koch machst, richtig? Er ist ziemlich süß."

„Cruise ist talentiert, aber ich glaube nicht, dass er zum Freund taugt. Zumindest nicht für Heather." Marina berührte Kais Hand. „Sie hat immer zu dir aufgeschaut. Hat sie dich ins Vertrauen gezogen, an wem sie interessiert ist?"

Kai neigte den Kopf. „Nein. Aber ihr redet doch miteinander, oder?"

„Normalerweise schon." Wobei, vielleicht inzwischen nicht mehr. „Ich bin immer für sie da, auch wenn wir nicht mehr unter demselben Dach wohnen."

„Das weiß sie." Kai zog eine Augenbraue in die Höhe. „Willst du mir etwa sagen, dass du befürchtest, Heather und Ethan könnten sich vernachlässigt fühlen, seitdem du mehr Zeit mit Jack und Leo verbringst?"

Darüber dachte Marina einen Moment nach. „Die Zwillinge mögen Jack, und sie sind in unserem Haus immer willkommen. Außerdem führen sie jetzt ihr eigenes Leben. Und das ist das Ziel, oder?"

Ginger nickte gedankenverloren.

Ethan teilte sich mit einem Freund ein Apartment in

San Diego. Da er ausschließlich Golf im Kopf hatte, lebte er gerade das Leben seiner Träume.

Marina und Jack hatten Heather das Gästezimmer angeboten, aber sie zog es vor, bei Ginger im Coral Cottage zu bleiben. Das war für sie alle in Ordnung, und Marina musste sich so keine Gedanken darüber machen, dass Ginger allein war.

Dennoch war sie nervös. Sie würde bald mit ihrer Tochter reden müssen.

Brooke richtete die Kissen in ihrem Rücken und streckte sich aus. „Habt ihr von dem Festwagen für den Markt gehört, den Cookie für die Parade zur Hundertjahrfeier organisiert hat?"

Kais Augen leuchteten interessiert auf. „Ich habe ihn noch nicht gesehen, aber ich glaube, sie arbeiten in irgendeiner Scheune daran. Weißt du bei wem?"

„Marilyn und Bob. Das Paar, das biologisch angebaute Kräuter und Obst auf dem Markt verkauft", erklärte Brooke. „Sie richten fabelhafte Partys auf ihrer Ranch aus. Cookie ist sehr verschwiegen, was das alles angeht, deshalb schätze ich, dass es spektakulär wird. Alles, was Marilyn anfasst, wird umwerfend."

„Ich habe gehört, dass der Wagen vom Java Beach auch zu den Favoriten gehört", warf Ginger ein. „Mitch arbeitet an einem Vintage-Look. Aber ich glaube, das Ganze ist inzwischen größer, als seine Werkstatt bewerkstelligen kann."

„Gibt es einen Wettbewerb für den besten Wagen?", fragte Marina.

„Das besagen zumindest die Gerüchte", antwortete Brooke.

Schnell wandte sich die Unterhaltung den Plänen für

die große Feier zu. Bei allem, was in ihrem Leben los war, hatte Marina es nicht geschafft, auf dem neuesten Stand zu bleiben, also erzählten ihre Schwestern ihr schnell, was die verschiedenen Gruppen geplant hatten. Kein Wunder, dass Rhoda so verzweifelt auf der Suche nach Hilfe war. „Ein Festzug mit mehreren Wagen ist eine große Sache."

„Sie wollen die gesamte Main Street entlangfahren", sagte Kai lachend. „Aber das hier sind keine hoch technisierten Festwagen im New-Yorker-Stil. Ich bin Jen im *Nailed It* über den Weg gelaufen, und sie hat mir erzählt, dass die meisten Leute ihre Szenen auf Anhängern aufbauen, die sie mit ihren Pick-ups ziehen können. Dennoch, die Arbeit, die alle hineinstecken, klingt für Summer Beach ziemlich extravagant."

„Vor ein paar Jahren, bevor ihr Mädchen nach Summer Beach zurückgekehrt seid, gab es einen ähnlichen Umzug in einem Nachbarort", erzählte Ginger. „Die Latte liegt also ziemlich hoch. Alle aus dem Ort werden da sein, und dazu viele Besucher."

„Wo bauen die Leute diese ganzen Festwagen?", fragte Marina.

„Wo immer sie können", erwiderte Ginger. „Ich schätze, hauptsächlich in ihren Garagen."

„Aber nicht jeder hat eine Garage." Marina war zwar nicht in die Sache involviert, aber sie hatte eine Idee. „Carol und Hal haben ein Lagerhaus – die alte Obstverpackungshalle, die sie für ihre Aufnahmen nutzen. Vielleicht können sie die Leute drin arbeiten lassen, für den Fall, dass es regnet. Die beiden kommen oft ins Café, ich könnte sie also fragen."

„Das ist eine ausgezeichnete Idee." Ginger sah sie bewundernd an.

„Ich finde die ganze Veranstaltung so aufregend", sagte Kai mit großen Augen. „Unsere Nachbarn dekorieren Golfcarts und Kinderfahrräder. Axe und ich werden Songs aus unserem nächsten Musical performen. Der einzige Haken an der ganzen Sache ist Rhoda. Gerüchte besagen, dass sie das Handtuch geworfen hat."

„Sie hatte ein paar familiäre Probleme." Bei der Erwähnung des Namens dieser Frau seufzte Marina.

Kai zuckte mit den Schultern. „Ich schätze, die Leute können sich einfach in einer Reihe aufstellen, über die Main Street fahren und es einen Festzug nennen."

„Nein, dazu gehört mehr." Kais lässige Lösung überraschte Marina. „Jemand muss die Abstände zwischen den einzelnen Wagen steuern und nach Engstellen Ausschau halten. Die Teilnehmer werden ihren Freunden in der Menge zuwinken und möglicherweise nicht wirklich darauf achten, wo sie hinfahren. Und Kinder auf Fahrrädern könnten von den Wagen überfahren werden. Das Ganze ist nicht ungefährlich."

„O mein Gott, du hast recht." Kai durchschnitt die Luft mit einer Handbewegung. „Siehst du? Du verstehst diese Dinge. Ich hatte an so etwas nicht mal gedacht."

Kai, Ginger und Brooke tauschten einen schnellen Blick. „O nein", sagte Marina und hob abwehrend die Hände. „Ich werde mich nicht freiwillig melden."

„Du hast einige gute Ideen", überlegte Ginger laut und drehte ihr Weinglas zwischen den Fingern. Ein Lächeln umspielte ihre Mundwinkel.

Brooke nickte enthusiastisch. „Marina, du bist so gut im Organisieren. Nicht nur, was dein Café angeht. Erinnerst du dich noch an das *Der Geschmack von Summer Beach*-Festival?"

Mit einem Mal verspürte Marina ein Kribbeln im Nacken, als wäre sie gerade in einen Plan hineingestolpert. „Wirklich, ich glaube nicht, dass ich dem gerecht werden könnte."

„Denk wenigstens darüber nach", sagte Kai und warf mit einem Kissen nach ihr.

„Hey." Marina wich dem Kissen aus und hielt ihr Weinglas hoch in die Luft. „Wenn du diesen Margaux vergeudest, wirst du dich vor Ginger verantworten müssen. Und die Schonbezüge ersetzen."

Während die anderen lachten und weiterredeten, nippte Marina an ihrem Wein und dachte über das Problem nach, dem Summer Beach sich gegenüber sah. Sollte sie das Projekt annehmen? So ein festliches, fröhliches Event für die Gemeinde zu organisieren könnte Spaß machen. Aber die Hundertjahrfeier fand an ihrem ersten Hochzeitstag statt. Das wäre von Jack ziemlich viel verlangt.

Falls er sich überhaupt an das Datum erinnerte. Bisher hatte er es noch nicht erwähnt.

*a*n einem Tisch auf der Terrasse eines schicken Cafés im betriebsamen Santa Monica zögerte Jack und schaute sich leicht überrascht um. War das hier wirklich der Ort, den Chaz ausgewählt hatte? Er war so öffentlich.

Scout lehnte sich gegen sein Bein, als glaubte er auch, dass sie hier falsch waren.

Nach einem Moment zog Jack sich einen gusseisernen Stuhl unter einem senffarbenen Sonnenschirm hervor und setzte sich. „Platz, Scout."

Scout ließ sich hechelnd zu seinen Füßen nieder.

Hinter Jack ertönte eine fröhliche Stimme: „Was kann ich Ihnen bringen?"

Er schaute auf und sah eine junge Frau. „Ehrlich gesagt warte ich auf jemanden. Aber möglicherweise habe ich mich auch im Café geirrt."

„Ist das vielleicht derjenige, auf den Sie warten?", fragte sie und trat einen Schritt zur Seite.

Ein Mann mit perfekt gestylten, stahlgrauen Haaren

reckte sein Kinn in Jacks Richtung. Er hätte für ein Model eines Männermagazins durchgehen können.

Chaz. Seitdem Jack ihn das letzte Mal gesehen hatte, waren seine Haare grau geworden, aber er war immer noch tadellos gekleidet. Wie lange war das her? Beinahe zehn Jahre. Es war während des Gerichtsprozesses gewesen, den Jack als Reporter begleitet hatte.

Der ältere Mann gesellte sich zu ihm. „Du bist so pünktlich wie immer, Jack."

Chaz hatte noch immer den New-England-Akzent von seiner Zeit im Internat.

„Du auch. Danke, dass du dich mit mir triffst."

„Was hast du da an?", fragte Chaz und zog leicht missbilligend die Augenbrauen in die Höhe.

„Eine Anglerweste", antwortete Jack und zog sich die Baseballkappe tiefer in die Stirn. Er verspürte einen Anflug von Schuldgefühlen, weil er Marina nicht die Wahrheit gesagt hatte, aber er hatte nicht gewollt, dass sie sich Sorgen machte.

„Du hast auch bei Gericht immer ein wenig zerknittert ausgesehen." Chaz wischte sich eine Fluse von seinem makellosen, maßgeschneiderten Jackett, das noch aus früheren Zeiten stammen musste. „Ich hätte es vorgezogen, mich im Los Angeles Country Club zu treffen, aber meine Mitgliedschaft scheint ausgelaufen zu sein, während ich weg war. Auch nicht schlimm, nehme ich an. Sie hätten dich in diesem Aufzug niemals reingelassen. Oder mit dieser Kreatur, die an deinen Füßen klebt."

Jack unterdrückte ein Lächeln. Mit *weg war* meinte Chaz seine Zeit im Gefängnis. Er war einst der Finanzmanager der Elite gewesen und hatte für seinen Schwiegervater gearbeitet, den wegzusperren Jack geholfen hatte, indem er seine Machenschaften aufgedeckt hatte.

Während seiner Zeit im Gefängnis hatte Chaz Budgeting- und Investment-Workshops für die Insassen geleitet und sich damit eine vorzeitige Entlassung wegen guter Führung gesichert.

„Ist das dein Kollege?" Chaz streckte eine manikürte Hand zu Scout aus, der vor ihm zurückschreckte. „Er humpelt genauso wie ich."

„Er ist von einem Auto angefahren worden, bevor ich ihn zu mir genommen habe." Jack verschränkte die Hände auf dem Tisch. „Du meintest, du hättest Informationen für mich?"

„Wozu die Eile? Lass uns erst etwas essen." Er nickte einer Kellnerin zu und hob zwei Finger.

Jack verlagerte das Gewicht. „Ich habe nicht viel Zeit."

„Was hast du vor? Mein Kalender ist nicht mehr das, was er mal war", sagte Chaz. „Als ich zurückkam, hat niemand auf mich gewartet. Kein Job, keine Familie oder Freunde, die wichtig wären. Was ich alles dir zu verdanken habe."

Jack biss sich auf die Zunge. Lustig, wie die Leute anderen die Schuld gaben, wenn sie erwischt wurden. Aber Jack hatte auch Informationen aufgedeckt, die Chaz' Strafe verringert hatten. Aus Dank war Chaz zu seinem Informanten geworden. Vielleicht, weil er sonst niemanden hatte.

„Du bist klug", sagte Jack. „Du kannst was Neues aufbauen. Und Freunde, die nur da sind, wenn du Geld hast, sind keine wahren Freunde."

„Was für ein Klischee." Chaz schenkte ihm ein verwirrtes

Lächeln. „In meinen früheren Kreisen basierte das, was man Freundschaft nannte, auf gegenseitigem Nutzen. Dem alten Geld geht es nur darum, neues Geld zu machen, um es in den Topf zu werfen. In meinem Fall haben sich allerdings selbst die besten Leute als wankelmütig herausgestellt. Weshalb ich heute Zeit habe, mich mit dir zu treffen.“

Die Kellnerin trat mit zwei gekühlten Gläsern an den Tisch, in denen sich ein mit Orangenscheiben garnierter Cocktail in den Farben eines sommerlichen Sonnenuntergangs befand.

„Was ist das?“, fragte Jack.

„Ein Aperol Spritz“, antwortete Chaz. „Ein Hauch von Italien, und im Sommer sehr erfrischend. Die Schnecken sind hier übrigens auch hervorragend.“

Jack spielte mit. „Hm, eines meiner Lieblingsgerichte.“ Er könnte problemlos ein paar Schnecken schlucken, solange sie in einem Meer aus Knoblauchbutter schwammen.

Nachdem die Kellnerin gegangen war, fragte er: „Was ist so wichtig, dass du dich nach all den Jahren mit mir treffen wolltest?“

Chaz seufzte. „Du kommst immer noch direkt auf den Punkt. Ich habe gehört, dass du Fragen stellst. Und ich kenne einen Mann … Nennen wir ihn Jersey. Oder Mr. Jersey, um respektvoll zu sein.“

Jack zog fragend eine Augenbraue hoch. „Kenne ich ihn?“

„Das bezweifle ich. Er hat einen Geschäftspartner und verkehrt in ziemlich gehobenen Kreisen. Einige neue Strategien, einige alte.“

„Bitcoin?“, fragte Jack. „Insiderhandel?“

„Wesentlich interessanter.“ Chaz zog eine kleine, elfenbeinfarbene Karte aus der Innentasche seine Sakkos und schob sie über den Tisch.

Jack schaute sie sich an und legte sie schnell wieder ab. Sein Puls beschleunigte sich, als ihm die Bedeutung dieser Karte bewusst wurde. „Warum erzählst du mir von ihm?"

„Vielleicht, weil ich Wiedergutmachung suche."

„Oder Rache."

Chaz schüttelte den Kopf, als wäre er von dieser Annahme enttäuscht. „Wo sind deine Manieren?"

Scout rutschte näher an Jacks Bein heran, als wolle er ihn beschützen. *Spielt Chaz mit mir oder ist das hier echt?*

Chaz' Grinsen schwand. „Er ist ein dicker Fisch, Jack. Und du hattest seit einer Weile keine gute Story mehr."

„Verfolgst du jetzt etwa meine Karriere?"

„Ich habe auf einmal ziemlich viel Zeit."

„Nun mal ehrlich, warum jetzt?"

Chaz musterte ihn. „Ich meine das mit der Wiedergutmachung ernst. Um meiner Familie willen."

„Bist du krank?" Informationen von früher stiegen in Jack auf und er erinnerte sich daran, dass Chaz' Mutter sehr gläubig gewesen war. Inzwischen war sie gestorben, doch sie hatte dem Prozess beigewohnt, immer ernst in Schwarz gekleidet, den Kopf bedeckt und mit einem Gebetbuch in den Händen. Vielleicht war er auf der Suche nach einer frühen Eintrittskarte zum Himmelstor.

„Niemand lebt für immer, also sollten wir leben, während wir es können", sagte Chaz gedankenverloren. „Aber andere haben das nicht verdient."

Ah, langsam kommen wir der Sache näher, dachte Jack und beugte sich vor. „Wer?"

„Diejenigen, die Witwen und Waisen betrügen oder hart arbeitende Menschen um ihre Ersparnisse bringen."

Jack verengte Augen. „Wiedergutmachung, hm?"

„Für uns beide."

„Ich habe ein reines Gewissen", sagte Jack und meinte es ernst.

Abgesehen von der Situation mit Leo, die sich inzwischen geklärt hatte, und ein paar *Fauxpas* mit Marina hatte er sich nichts vorzuwerfen. Außer es gäbe noch mehr Leos aus seiner Vergangenheit.

Aber nein, er war sich sicher, dass es die nicht gab. Er war immer vorsichtig gewesen. Auch wenn er nicht zum festen Freund getaugt hatte, während er Geschichten nachgejagte, war er auch kein Mann für eine Nacht. Abgesehen von dem einen Mal mit Vanessa.

Heute konnte er seine Verletzlichkeit zugeben. Aber es würde nicht noch mal passieren. Nicht mit Marina in seinem Leben.

Chaz zuckte mit den Schultern. „Vielleicht gibt es Dinge, die du vergessen hast."

Jack funkelte ihn an. „Das bezweifle ich", sagte er angegriffen. „Und wenn irgendwelche Informationen über mich fabriziert wurden …"

„Reg dich nicht auf." Chaz hob abwehrend eine Hand und der gravierte, goldene Manschettenknopf an seinem leicht ausgefransten, maßgeschneiderten Hemd funkelte in der Sonne. „Das meinte ich nicht." Er seufzte. „Lass uns einfach sagen, dass ich ein besonderes Interesse entwickelt habe."

„Willst du mir davon erzählen?"

Chaz lächelte angespannt. „Nein, will ich nicht." Wieder griff er in seine Tasche und zog eine weitere Karte für Jack heraus. „Das könnte ein weiterer Pulitzerpreis für dich werden."

Jack starrte die Karte an. „Was ist das?"

„Ein Brotkrumen. Ich vertraue darauf, dass du ihm folgen und neue Schuldige finden wirst. Es tut mir leid, aber dafür hast du ein gewisses Talent."

Bei seinen Worten überlief Jack ein Schauder, aber in dem Moment tauchte die Kellnerin auf und stellte zwei dampfend heiße Teller mit Schnecken auf den Tisch.

Jack musterte das Gericht. Er konnte nicht hier sitzen und Small Talk mit einem Mann halten, der kriminell so weltgewandt war, dass seine Haut kribbelte. Oder ein ähnlich widerwärtiges Gericht herunterwürgen. Seit Monaten hatte er sich nicht mehr nach einer Zigarette gesehnt, aber Chaz weckte das alte Verlangen in ihm.

Um dieses Verlangen zu unterdrücken, biss Jack sich auf die Unterlippe. „Auch wenn ich diese Spur zu schätzen weiß, muss ich jetzt los. Lass mich wissen, wenn du noch auf andere Informationen stößt."

„Vertrau mir, das hier ist genug. Was für eine Schande, dass du in dem Moment gehen musst, in dem die Schnecken serviert werden. Haben die Fische einen engen Zeitplan?"

Jack ignorierte den Seitenhieb. „So bleibt mehr für dich, Chaz."

Er stand auf und verließ den Tisch mit Scout an seiner Seite. Als er die Terrasse überquerte, sah er ihre Kellnerin an der Kasse stehen. Er holte seine Kreditkarte heraus. „Würden Sie mir bitte die Rechnung fertigmachen?", fragte er.

„Gerne", erwiderte sie. Während sie etwas in die Kasse eintippte, schaute Jack zu Chaz zurück. „Ich muss los. Kennen Sie jemanden, der sich zu ihm setzen möchte?"

Sie lächelte. „Ich wünschte. Er wirkt immer so einsam.

Es ist eine Schande angesichts dessen, dass er damals so erfolgreich war. Armer Kerl. Haben Sie seine Filme gesehen?"

Jack tat er beinahe auch leid. Und für den Moment würde er bei der Geschichte mitspielen, die Chaz den Leuten erzählte. „Jeden einzelnen", sagte er.

Nachdem er das, was er in Santa Monica hatte erledigen wollen, hinter sich gebracht hatte, fuhr Jack zurück nach Summer Beach. Er hatte Marina überraschen wollen, doch sie hatte ihn angerufen und gesagt, dass sie mit ihren Schwestern bei Ginger übernachten würde. Sie hatte so fröhlich und glücklich geklungen, dass er ihr den Spaß nicht hatte verderben wollen. Außerdem brauchte er mal eine Nacht mit gutem Schlaf.

Falls er den nach der Begegnung mit Chaz überhaupt finden würde.

Am nächsten Morgen vibrierte sein Handy. Es war Vanessa, Leos Mutter. Jack schwang die Beine über den Rand des Bettes und rieb sich übers Gesicht.

Er tippte eine Nachricht ein.

Ist mit Leo alles in Ordnung?

Ja, aber er möchte, dass du ihn früher abholst. Geht das?

Für Leo würde Jack alles tun.

· · ·

In einer halben Stunde?

Vanessa stimmte zu. Dann rief er Marina an, die immer noch verschlafen klang. „Wie war deine Pyjama-Party?"

„Gut, aber heute früh sehr schmerzhaft für den Kopf. Wie war das Angeln?"

„Die Fische haben nicht gut angebissen, also bin ich früher nach Hause gekommen. Ich habe dich vermisst." Er liebte es, ihre Stimme früh am Morgen zu hören, bevor die Anforderungen des Tages ihre Aufmerksamkeit erforderten. Sie unterhielten sich ein paar Minuten lang. Marina würde erst spät nach Hause kommen, also versprach er, im Café vorbeizuschauen.

Jack duschte und zog sich an, verzichtete aber darauf, sich die Haare zu föhnen. Während er das T-Shirt überzog, dachte er daran, was Chaz gesagt hatte.

Vielleicht war er ein wenig zerknittert, aber er war glücklich so.

Diesen Auftrag hatte er angenommen, um Geld für Leo zu sparen und auch ein Polster für Marina aufzubauen. Ihr erster Hochzeitstag stand kurz bevor. Als er in New York bei der Zeitung gearbeitet hatte, hatte ihm eine Assistentin geholfen, seine Termine im Blick zu behalten. Er wollte nicht, dass Marina glaubte, er hätte ihren Hochzeitstag vergessen, auch wenn er sich noch mal des Datums versichern musste. Oder er könnte einfach auf ihre Heiratsurkunde schauen – wenn er sie denn fände.

Er schlüpfte in ein Paar Flipflops, schnappte sich seine Schlüssel und verließ das Haus. Zum Glück war lässige Strandkleidung für Summer Beach gut genug.

Bei Vanessas Haus angekommen, hörte er ihre Stimme durchs offene Fenster: „Die Tür ist offen. Komm rein."

Jack trat ein. In ihrem Haus fühlte er sich immer irgendwie fehl am Platz. Es war wunderschön eingerichtet, mit gemütlichen Möbeln und bunten mexikanischen Kunstwerken, die sie von ihren Eltern geerbt hatte. Blumen füllten allerlei Vasen und tränkten die Luft mit ihrem Duft.

Vanessa hatte schon immer einen gewissen Stil gehabt. Eine bessere Mutter für seinen Sohn hätte Jack nicht auswählen können – auch wenn er sich dessen damals nicht bewusst gewesen war. *Eine verstohlene Nacht am Vorabend des Tages, der der letzte in unserem Leben hätte sein können.*

Er und Vanessa waren Freunde und Kollegen gewesen, bevor sie ihren Job als Reporterin aufgegeben hatte. Jetzt kümmerten sie sich gemeinsam um Leo. Es war beinahe zwei Jahre her, dass Jack von seinem Sohn erfahren hatte. Seitdem hatte er seinen anspruchsvollen Job aufgegeben und geschworen, sich Zeit für Leo zu nehmen.

Wie er hatte auch Vanessa inzwischen geheiratet. Noah hatte eine wichtige Position im Bereich der medizinischen Forschung inne, und seine Entdeckung hatte Vanessa das Leben gerettet.

„Guten Morgen", begrüßte Vanessa ihn, als sie das Zimmer betrat. Ihr weiter, mit Blumen bedruckter Rock strich ihr um die Knöchel. Sie sah wieder mehr wie sie selbst aus. Die Haare waren nachgewachsen, aber anstatt der langen, wallenden Mähne von früher trug sie nun eine stylishe Kurzhaarfrisur. Sie war immer noch sehr dünn, aber nicht mehr so ausgezehrt wie zu der Zeit ihrer Krankheit.

Am wichtigsten war jedoch, dass ihre Augen wieder vor Leben funkelten. Sie trug einen knallrosafarbenen Lippenstift, der zu ihrer Bluse und ihren glücklich geröteten Wangen passte.

„Leo ist gerade dabei, seine Tasche zu packen", sagte sie. „Ich muss Noah am Flughafen abholen, und Leo wollte dich eher sehen. Ich hoffe, dass es dir nichts ausmacht."

„Nein. Ich bin immer für Leo da."

Vanessa deutete auf einen der Sessel im Wohnzimmer. „Kann ich dir etwas zu trinken anbieten?"

„Nein, danke." Er setzte sich. „Ich arbeite wieder an einem Artikel", sagte er dann und wagte sich damit auf das professionelle Terrain, das sie einst geteilt hatten.

„Wirklich?"

„Du klingst überrascht."

Vanessa runzelte die Stirn. „Du hast einige harte Themen abgedeckt. Ich weiß, dass du das befriedigend findest, aber ist das bei deinem neuen Leben jetzt noch klug?"

„Du machst dir Sorgen wegen Leo." Daran hatte Jack auch schon gedacht. „Aber das musst du nicht. Ich recherchiere keine lebensbedrohlichen Geschichten mehr. Keine Kriege, keine Putschversuche, keine Auslandsreisen, keine vorbeifliegenden Kugeln. Nur noch Wirtschaftskriminalität."

Vanessa zog eine Augenbraue in die Höhe und dachte darüber nach. „Wenn Geld auf dem Spiel steht, kann es auch zu gefährlichen Situationen kommen. Das weißt du genauso gut wie ich."

Jack verlagerte unbehaglich sein Gewicht. „Ein Risiko gibt es immer. Aber was soll ich machen, Vanessa? Ich liebe es, Gingers Bücher zu illustrieren, aber wir wissen beide, dass ich zu mehr ausgebildet bin. Meine Mission ist es, etwas zu bewirken. Und ich muss Geld für Leos Ausbildung zur Seite legen."

„Das musst du nicht", widersprach sie.

„Natürlich muss ich das", plusterte Jack sich auf. „Ich bin sein Vater, und dank deiner Entscheidung habe ich viel aufzuholen."

Sie hob eine Augenbraue. „Ich wollte damit sagen, dass meine Eltern in ihrem Testament finanzielle Verfügungen für Leos Ausbildung festgelegt haben. Er wird alles haben, was er benötigt. Ich weiß, dass ich dir davon erzählt habe."

„Das hast du." Obwohl das eine Erleichterung sein sollte, verzog Jack grimmig das Gesicht. „Ich werde mich aber nicht um meine Pflichten drücken. Ich bin sein Vater, und ich habe diese Verantwortung akzeptiert. Deshalb werde ich auch für seine Ausbildung sorgen."

„Ich wollte nicht andeuten, dass du das nicht tun würdest." Vanessa sah ihn einen Moment lang an. „Ich verstehe, dass das deinen Stolz verletzt. Aber vergiss nicht, ich wollte nie etwas von dir. Wenn ich nicht so schwerkrank gewesen wäre, hätte ich mich nie bei dir gemeldet." Sie hob eine Hand, bevor Jack protestieren konnte. „Ich weiß auch, dass das ein Fehler war."

Jack hatte darüber viele Male nachgedacht. Er hatte Vanessa für diese Entscheidung verziehen, aber das brachte ihm die verlorenen Jahre mit Leo nicht zurück. Die ersten Schritte seines Sohnes, der erste Schultag, sein erstes ... alles. Jack hatte so viel verpasst.

Dennoch musste er die harte Frage stellen: „Bereust du es jetzt, wo du in Remission bist, dich bei mir gemeldet zu haben?"

Ein kleines Seufzen kam Vanessa über die Lippen. „Es war das Richtige. Wenn ich gestorben wäre, hätte er dich gebraucht. Ich wusste immer, dass du für ihn da sein würdest, wenn ich dich frage."

Jack senkte den Blick auf seine Hände. „Du sagst also, wenn du nicht krank geworden wärst, hätte ich nie von ihm erfahren?"

Vanessa schaute auf ihre Uhr. „Jack, das hatten wir doch schon."

Sie hatte recht. Doch je näher er Leo kam, desto mehr nahm er Vanessa ihre Geheimnistuerei übel. Denn jetzt wusste er, welcher Freude er beraubt worden war.

„Ich gebe zu, zu erfahren, dass ich einen zehnjährigen Sohn habe, war ein Schock. Ich musste mich erst einmal daran gewöhnen. Aber jetzt möchte ich ein echter Vater für ihn sein. Nicht nur der Back-up-Plan. Er wird bald zwölf, und ehe wir uns versehen, zieht er zum Studieren weg."

Vanessa schwieg für einen Moment. „Ich verstehe, was du meinst. Es war egoistisch von mir, ihn für mich zu behalten. Aber du verstehst, warum ich es getan habe."

„Natürlich." Jack nickte. Das war ihm ins Gehirn eingebrannt. „Deine Eltern hätten mich nicht akzeptiert, und du wolltest nicht heiraten. Und doch bist du es jetzt."

„Ich wusste nicht, dass ich mich so sehr verlieben kann." Vanessa lächelte. „Nichts gegen dich. Wir waren Kollegen und Freunde. Und jetzt hoffe ich, dass wir Freunde und Co-Eltern bleiben können."

Leo kam ins Zimmer gestürmt. „Dad, du bist da!" Er warf sich Jack an den Hals.

„Ich bin immer für dich da, Großer."

„Ich hole schnell meine Tasche", sagte Leo und flitzte zurück in sein Zimmer.

Vanessa legte Jack eine Hand auf den Arm. „Sei vorsichtig. Leo braucht dich jetzt."

Jack schluckte eine Erwiderung hinunter und nickte. Er musste als Elternteil noch viel lernen, aber er war entschlossen, ein besserer Vater zu sein. Ein besserer Ehemann. Die Frage war nur, wie er diese Wünsche mit den Risiken seiner Arbeit unter einen Hut bringen sollte?

5

„Zweimal die Fisch-Tacos für meine besten Kunden", sagte Marina und stellte zwei korallenfarbene Teller auf den rustikalen Esstisch vor der offenen Küche. Jack und Leo beäugten das Essen hungrig.

Jeder Teller enthielt kunstvoll arrangierte Tacos, die mit gegrilltem Mahi-Mahi, knackigem Kohl, gezupftem Salat und Avocadoscheiben gefüllt und mit Marinas Spezialsoße beträufelt waren.

„Lecker", sagte Leo und hüpfte auf der Bank auf und ab.

Jack ergriff Marinas Hand. „Vielen Dank, meine Süße."

„Das ist mein Job", sagte sie und gab ihm einen schnellen Kuss. „Und warum sollte ich nicht zwei meiner Lieblingsmänner füttern?" Der dritte war natürlich Ethan. „Ihr solltet öfter kommen."

„Wenn ich arbeite, vergesse ich das immer", sagte Jack. „Und normalerweise findet sich irgendwas im Kühlschrank."

„Ja, weil ich dafür sorge. Nach deinen morgendlichen Laufrunden mit dem Bürgermeister brauchst du Energie." Im Laufe des vergangenen Jahres hatten sie versucht, ihre Routinen miteinander in Einklang zu bringen. Marinas Schichten im Café waren vorhersehbarer als Jacks Arbeit, da er sich nebenbei noch um Leo kümmern musste.

Während des Sommers kamen die beiden oft zum Lunch ins Café, genauso wie damals, als Marina und Jack noch nicht verheiratet gewesen waren. Doch wenn Leo bei seiner Mutter war, vergaß Jack meistens, eine Pause einzulegen.

Marina spürte, dass Jack in letzter Zeit etwas auf der Seele lag. Er sprach nicht viel über die Geschichte, an der er arbeitete. Ob das seine übliche Herangehensweise war oder er das Gefühl hatte, sich ihr nicht mitteilen zu können, wusste sie nicht. Sie wollte nicht neugierig erscheinen und respektierte die Vertraulichkeit, die er seinen Quellen zusicherte. Dennoch wirkte er in Gedanken oft weit weg.

Jack biss in einen Taco und trank dann schnell einen Schluck. „Oh, die sind heute aber scharf. Ist das für dich zu viel, Leo?"

„Ja, aber sie sind gut. Pass nur auf, dass Scout keinen abbekommt." Er grinste Marina an.

Sie fing den Blick auf und erinnerte sich an den Abend, als Scout einen von Jacks Tacos gefressen und dann jaulend vor Schmerzen in das Restaurant gestürmt war, in dem Marina gerade mit einem Verehrer zu Abend hatte essen wollen.

Sie drehte sich zu ihrem Koch um. „Cruise, hast du heute was an den Gewürzen verändert?"

Der junge Mann errötete. „Das ist eine neue Kreation

von mir." Er reichte ihr ein Stück Fisch direkt vom Grill. „Was hältst du davon?"

Marina nahm das Stück und probierte. „Das ist gut, aber schärfer, als die Gäste erwarten. Das müssen wir auf der Speisekarte erwähnen. Die Leute wollen, dass ihre Lieblingsgerichte immer gleich schmecken. Sag mir nächstes Mal Bescheid, bevor du so etwas machst."

Sie wandte sich an Jack. „Wollt ihr, dass ich die Tacos durch etwas Milderes ersetze?"

Leo schüttelte den Kopf.

„Die sind gut", sagte Jack und leerte sein Wasserglas.

„Das sehe ich." Marina wollte vor Jack und Leo keine Szene machen, aber es war nicht das erste Mal, dass Cruise ohne ihr Wissen ein Rezept geändert hatte. Wegen seiner Änderungen waren schon einige Teller wieder in die Küche zurückgeschickt worden.

Sie füllte einen Krug mit Wasser und stellte ihn für Jack und Leo auf den Tisch. „Das werdet ihr brauchen."

Heather kam in die Küche. „Hey Mom. Tisch vier bittet um extra Avocados und Soße für die Tacos. Sie meinten, sie würden dich kennen."

Marina lehnte sich über den Tresen und winkte den Leuten an Tisch vier zu, die zu ihren vielen Stammgästen gehörten. „Die Extras werden nicht berechnet", sagte sie dann zu Heather.

In dem Moment kam ein großer, gut aussehender Mann, den sie erst nicht einordnen konnte, herein. Er hatte aschblondes Haar und breite Schultern. Doch irgendetwas an ihm kam ihr bekannt vor.

Dann erinnerte sie sich.

„Heather, ist das Blake? Der Tierarzt, den wir am Strand getroffen haben?"

Heather öffnete den Mund und wirbelte herum. „Ja, das ist er."

„Ist er in Begleitung?"

„Ich glaube nicht."

„Sag ihm, dass er sich hier an den Tisch setzen kann. Er sollte nicht allein essen müssen."

Leo schaute auf. Sein süßes Gesicht war mit Soße verschmiert. „Ist das der Mann, der die Seelöwen gerettet hat?"

Marina warf Jack eine Serviette zu, und er wischte damit Leos Gesicht ab.

„Das kann ich selber, Dad." Leo wirkte ein wenig peinlich berührt.

„Ich weiß. Ich helfe dir nur." Jack zerzauste seinem Sohn die Haare.

Marina lächelte. Leo war immer noch ein kleiner Junge, aber er wurde sich seines Auftretens immer mehr bewusst. Das gehörte alles zum Erwachsenwerden dazu, wie sie sich erinnerte. Da ihre Zwillinge nun beinahe ihr eigenes Leben führten, genoss sie es, Leo um sich zu haben. So war das Haus nicht ganz so leer.

Jack war nicht daran interessiert, eine Familie zu gründen, weil er Leo hatte. Und das war für Marina in Ordnung. Der Gedanke an weitere Kinder war beängstigend. Mit Jack, Leo und ihrem Café hatte sie auch so genug um die Ohren.

Ihr Leben war so voll, wie sie es wollte, und sie liebte die Fortschritte, die sie in der Zusammenführung ihrer Familien machten. Nie hätte sie gedacht, dass sie noch mal jemanden so sehr lieben könnte, wie sie Stan geliebt hatte.

Während sie Soße in eine Schüssel gab und Avocadoscheiben arrangierte, schaute sie ihren attraktiven

Ehemann an, der heute mit seinen zerwühlten Haaren ein wenig zerzaust aussah. Sie lächelte; sie und Jack waren perfekt imperfekt füreinander.

Sie stellte die Sachen für Heather auf ein Tablett. „Bitte schön." Als sie aufschaute, fing sie Blakes Blick auf und winkte ihm zu.

„Ich komme mit unserem Seelöwenretter zurück", sagte Heather und segelte aus der Küche.

Kurz darauf kehrte sie mit Blake zurück. Marinas Intuition meldete sich, als sie die geröteten Wangen ihrer Tochter sah. Vielleicht war Blake wegen mehr als nur einem Mittagessen hier.

Cruise schien das auch aufzufallen, denn er drehte sich um.

„Wie weit ist die Bestellung, Cruise?", fragte Marina ihn.

„Kommt sofort." Er macht sich wieder an die Arbeit.

Blake grinste, als er sie alle sah. „Ich hatte geschäftlich in der Nähe zu tun und dachte, ich komme zum Mittagessen vorbei. Es ist schön, euch alle wiederzusehen."

„Wir freuen uns, dass du gekommen bist." Marina beobachtete Heathers Reaktion. Sie schien ein wenig nervös zu sein.

Blake schaute sich in der Küche um. „Das ist also dein natürliches Biotop. Sehr schön."

„Schön, dich zu sehen", sagte Jack. „Setz dich doch an den Familientisch. Man weiß nie, wer vorbeischaut. Du hast gesagt, dass du schon mal hier warst?"

„Ja, vor ein paar Wochen habe ich mich hier mit ein paar Freunden getroffen." Blake setzte sich an den Tisch und wandte sich an Heather. „Welches Gericht könnt ihr mir empfehlen?"

Heather zeigte auf die Kreidetafel mit den Angeboten des Tages. „Fisch-Tacos, Shrimpsalat, Meeresfrüchte-Pizza. Außerdem haben wir kleine Truthahnburger mit Süßkartoffel-Pommes-frites." Sie zog eine gedruckte Speisekarte aus dem Halter. „Und alles, was du hier siehst."

„Die Fisch-Tacos sehen gut aus. Die nehme ich."

„Die sind heute etwas schärfer", warnte Marina mit einem Blick zu Cruise.

Blake grinste. „Umso besser."

„Okay. Gute Wahl", sagte Heather. „Wie geht es der Seelöwenfamilie?"

Während Heather ihm ein Glas Wasser einschenkte, beobachtete Blake sie lächelnd. „Wir haben den Kleinen wieder aufgepäppelt und haben vor, sie bald wieder freizulassen. Da ihr sie gefunden habt, wollt ihr bei der Freilassung dabei sein?"

„Das wäre großartig!", sagte Heather. „Wann?"

„Ich sage Bescheid, wenn ich Genaueres weiß. Aber es sollte in den nächsten Tagen so weit sein."

„Das wäre schön." Wieder errötete Heather. „Ich kümmere mich besser wieder um meine Tische."

Leo schaute Jack an. „Können wir da auch hingehen?"

„Wir werden sehen", antwortete Jack. „Deine Mutter hat dich für das Sommercamp eingetragen."

„Ach ja." Leo wirkte enttäuscht.

Blake beugte sich zu ihm. „Wenn du nicht dabei sein kannst, mache ich ein Video für dich. Und du kannst ein andermal vorbeikommen."

„Okay. Cool." Zufrieden widmete Leo sich wieder seinen Tacos.

Cruise gab den gegrillten Fisch auf einen Teller und reichte ihn Marina. Während sie den Taco zubereitete, unterhielt Jack sich mit Blake über den Anlass für seinen Besuch in Summer Beach.

„Ich habe mich mit ein paar Leuten getroffen, die Interesse haben, weitere Forschungen und Rettungen von Meerestieren in Summer Beach zu finanzieren", erklärte Blake. „Sie haben mir angeboten, die Leitung zu übernehmen."

„Heißt das, du ziehst hierher?", fragte Jack.

„Ich habe noch nicht zugesagt. Aber ich denke ernsthaft über das Angebot nach."

Heather kehrte zurück und lauschte der Unterhaltung. Der Mittagsansturm war vorbei, aber ein paar Gäste waren noch da und genossen den Sonnenschein.

Blake war nicht sehr viel älter als Heather, und die beiden fühlten sich sichtlich voneinander angezogen. Marina mochte ihn – oder das, was sie bisher von ihm gesehen hatte. Sie schaute zu Jack und tauschte ein kleines Lächeln mit ihm aus.

Dann wischte sie sich die Hände an einem Geschirrhandtuch ab. „Heather, es sind nicht mehr allzu viele Gäste da. Warum machst du nicht eine Pause und unterhältst dich mit Blake, während ich die Küche aufräume?"

Grinsend schob sich Heather eine Strähne hinters Ohr. „Kann ich auch einen Taco haben, Mom?"

„Na klar." Cruise nahm ein weiteres Fischfilet vom Grill, und Marina bereitete den Taco für ihre Tochter zu. „Bitte schön. Nimm Platz und entspann dich. Du hattest einen hektischen Tag."

Marina schaute zu den Tischen, die sich immer mehr leerten. Das hier war die Zeit am Tag, die sie am meisten genoss – nach einem erfolgreichen, hektischen Mittagsgeschäft, wenn sie sich hinsetzen und sich mit Jack und Leo oder anderen Gästen unterhalten konnte. Manchmal gesellten sich auch Ginger oder Freunde an den großen Tisch vor der Küche.

Heather und Blake unterhielten sich über ihr Studium und ihre Pläne für die Zukunft. Als sie von ihrem Hauptfach Marketing erzählte, schwang eine gewisse Unsicherheit in ihrer Stimme mit. „Ich habe noch ein Jahr, aber ich bin immer noch dabei, zu überlegen, wo ich wirklich hin will."

Blake beugte sich interessiert vor. „Marketing ist sehr vielseitig. Damit könntest du beinahe überall arbeiten. Meine Arbeit ist am Meer, aber ich würde es nicht anders wollen."

„Wenn es geht, würde ich gerne hierbleiben." Heather grinste. „Ich liebe Summer Beach. Und ich liebe es, in der Nähe meiner Familie zu sein – der alten und der neuen." Sie legte einen Arm um Leo. „Es ist cool, einen neuen Bruder zu haben."

Leo strahlt sie an, und als Blake etwas verwirrt wirkte, erklärte Marina: „Jack und ich habe im letzten Jahr geheiratet. Und meine Großmutter wohnt in dem Cottage da drüben."

„Wohnst du schon lange hier?", wollte Blake wissen.

„Immer wieder", erwiderte Marina. „Ich habe jahrelang in San Francisco gearbeitet und bin vor ein paar Jahren hierher zurückgezogen. Heather ist in der Stadt aufgewachsen."

„Und ich bin von New York hergezogen", warf Jack ein. „Ich hätte nie damit gerechnet, mal hier zu enden, aber es ist ein toller Ort. Vor allem für Kinder."

„Das sehe ich." Blake wirkte gedankenverloren. „Hier gäbe es viel für mich zu tun."

Marina spürte beinahe die unausgesprochenen Worte.

Blake stellte noch weitere Fragen über Summer Beach, und er erzählte ihnen, dass er kürzlich seinen Abschluss an der Universität von San Diego gemacht hatte, davor aber schon jahrelang als Freiwilliger für eine Organisation zur Rettung der Meerestiere gearbeitet hatte.

Nachdem sie aufgegessen hatten, schaute Blake auf seine Uhr. „Ich sollte mich mal wieder auf den Weg machen. Aber ich rufe dich wegen des Termins für die Freilassung der Seelöwen an."

„Ich werde auf jeden Fall da sein", versprach Heather.

Trotz seiner Worte schien Blake nur ungern aufbrechen zu wollen. „Im Auto habe ich ein Buch über Seelöwen. Das verteile ich oft an Kinder, wenn ich Vorträge an Schulen halte. Vielleicht würde es Leo gefallen?"

„Das wäre cool." Leo strahlte übers ganze Gesicht.

Blake berührte Heathers Hand. „Begleitest du mich zu meinem Wagen?"

„Ich bin gleich mit dem Buch zurück", sagte sie zu Leo.

Als die beiden gingen, schaute Cruise ihnen hinterher und warf dann sein Handtuch auf die Arbeitsplatte. Er hatte in der Küche Klarschiff gemacht und während Blakes Besuch nicht viel gesagt. „Macht es dir was aus, wenn ich jetzt gehe?"

„Mach nur", sagte Marina. „Wir sehen uns morgen."

„Kann ich mit Scout spielen, Dad?", fragte Leo.

„Ja, aber halte ihn aus Gingers Garten fern", antwortete Jack. „Wir wollen nicht schon wieder alles neu pflanzen." Er wandte sich an Marina und nahm ihre Hand. Dann nickte er in Richtung des Gartens. „Erinnerst du dich an den Tag? Das war ein Treffen wie aus einer romantischen Komödie."

Marina lachte. „Es war aber nicht unser erstes Treffen. Doch im Rückblick war es irgendwie süß." Sie schaute zu Heather und Blake. „So wie bei den beiden."

Jack musterte sie. „Was hältst du von Blake?"

„Er wirkt nett, klug und erwachsen." Alles, was sich eine Mutter für ihre Tochter nur wünschen konnte. Doch sie wollte Heather nicht bedrängen. „Heather ist aber noch jung. Sie hat noch viel Zeit."

Jack nickte. „Sie und Cruise scheinen sich auch sehr gut zu verstehen. Und das ist ihr gutes Recht." Er hielt inne. „Was hast du noch gesagt, wie alt warst du, als du Stan kennengelernt hast?"

Marina presste die Lippen zusammen und seufzte. „Ungefähr in ihrem Alter. Aber ich hatte mit dem Tod meiner Eltern bereits viel durchgemacht und schien irgendwie älter gewesen zu sein."

Leise lachend zog Jack sie an sich und gab ihr einen Kuss. „Heather ist klug. Eines Tages wird sie sich verlieben und ihr eigenes Leben beginnen. Wirst du dann dafür bereit sein?"

„Das werde ich wohl oder übel sein müssen." Dann kam ihr ein schockierender Gedanke. In ein paar Jahren könnte sie Großmutter sein. „Das Leben rauscht nur so vorbei, oder? Innerlich fühle ich mich immer noch so jung."

Er strich ihr mit dem Finger über die Wange und lächelte. „Das bist du ja auch."

„Aber wenn man seine Kinder erwachsen werden sieht, erkennt man, wie schnell die Zeit verrinnt."

Jack musterte sie, während er sie in den Armen hielt.

„Dann lass sie uns verlangsamen. Nicht, indem wir mehr in jeden Tag quetschen, sondern indem wir die Zeit genießen, die wir haben. Wie wäre es heute Abend mit einem Strandspaziergang? Nur du und ich."

„Das wäre schön." Ein Gedanke, der schon länger an ihr nagte, kam an die Oberfläche. „Und vielleicht erzählst du mir dann, was dir in letzter Zeit auf der Seele liegt."

Jack wirkte überrascht. „Das ist der Artikel, an dem ich arbeite. Er ist so vielschichtig und kompliziert."

„Willst du darüber reden?"

Er schüttelte den Kopf. „Manchmal schwimme ich ein wenig, bevor ich den richtigen Ansatz für eine Geschichte finde."

Marina schätzte, dass da noch mehr war, das er ihr nicht erzählte, und sie fragte sich, warum. Vielleicht würde er sich heute Abend ihr gegenüber öffnen.

Nach einem leichten Abendessen verließ Leo mit seiner Mutter und Noah das Haus. Marina wischte den alten Emailleherd ab, während Jack sich um den Abwasch kümmerte.

„Hast du immer noch Lust auf einen Spaziergang?", fragte er.

Marina legte die Arme um seine Taille. „Es sieht nach einem wunderschönen Sonnenuntergang aus. Gehen wir."

Sie schlenderten durch das Viertel mit seinen hübschen alten Bungalows und hielten hier und da an, um ein paar Worte mit den Nachbarn zu wechseln. Einige von ihnen waren neu in der Gegend, während andere seit Jahren in Summer Beach wohnten. Viele in dieser Straße kannten Ginger, weil sie nach Bertrands

Tod an der örtlichen Schule Mathematik unterrichtet hatte.

Als sie den Strand erreichten, berührte die Sonne gerade den Horizont. Marinas Sandalen hinterließen Abdrücke, als sie Hand in Hand mit Jack über den nassen Sand wanderte. Die Abendsonne tauchte die Wellen in goldenes Licht und ließ sie funkeln. Von diesem Anblick bekam Marina nie genug.

Der frische Geruch des Meeres und der Rhythmus der Wellen sollten eine beruhigende Wirkung haben, doch ein gewisses Unbehagen zog ihr den Magen zusammen. Jack war in letzter Zeit ein wenig distanziert gewesen, und sie fragte sich, ob er immer so war, wenn er an einem Artikel arbeitete.

„Du hast in letzter Zeit oft bis sehr spät gearbeitet", setzte sie an.

„Gingers Verlag braucht meine Illustrationen."

„Das meine ich nicht." Sie versuchte es noch einmal. „Ist mit der Geschichte, an der du arbeitest, alles in Ordnung?"

Jack zögerte eine Sekunde – so kurz, dass jemand, der ihn nicht so gut kannte wie Marina, es nicht bemerkt hätte. „Es ist nur ein Finanzartikel", antwortete er dann achselzuckend. „Du weißt schon, folge dem Geld. Das klingt glamouröser, als es ist, denn es kann ermüdend und langweilig sein."

Marina runzelte leicht die Stirn. Sie war lange genug mit Jack verheiratet, um zu bemerken, wie sein Kiefer sich anspannte und er ihrem Blick auswich. Er lenkte ab, und das ließ die Alarmglocken in ihrem Kopf schrillen.

„Wenn mehr dahintersteckt, kannst du mit mir darüber reden", sagte sie und drückte seine Hand.

Er schenkte ihr ein angespanntes Lächeln. „Es sind nur Zahlen, Liebes. Nichts, worüber du dir Sorgen machen müsstest."

Es gefiel ihr nicht, wie er versuchte, sie zu beschwichtigen, aber sie verstand auch, warum Journalisten ihre Quellen geheim hielten und ihre Geschichten schützten, bis sie bereit waren, sie zu veröffentlichen. „Du kannst es mir nicht erzählen, hm?"

„Ich fürchte nicht."

„Ich verstehe." Marina sah zu, wie die Wellen ans Ufer rannten.

„Sobald ich es kann, bist du die Erste, das verspreche ich dir."

Das akzeptierte sie. Sie hatte Jacks Hartnäckigkeit und Professionalität immer bewundert. Als ehemalige Nachrichtensprecherin verstand sie seine Hingabe. Doch auch wenn sie akzeptierte, dass er nicht über das reden konnte, woran er arbeitete, verspürte sie eine Unruhe, die sie nicht abschütteln konnte.

„Wenn es zu viel wird, kannst du immer noch einen Schritt zurücktreten", sagte sie zögernd und biss sich auf die Unterlippe.

Jack blieb stehen und wandte sich ihr zu. Die letzten Strahlen der untergehenden Sonne trafen sein Gesicht und betonten die feinen Falten, die Stress und Zeit in seiner Haut hinterlassen hatten. „Marina, das ist meine Arbeit. Das bin ich."

Sie starrte ihn an. Er war auf ihre Bemerkung nicht eingegangen, aber sie würde nicht noch einmal fragen. Liebe und Sorgen kämpften in ihrem Herzen. Sie wollte nachhaken, wollte, dass er sich ihr anvertraute, die Last mit ihr teilte. Aber sie erkannte auch die Entschlossenheit in seinen Augen. Den Blick, der ihr verriet, dass er ein Mann mit unverrückbaren Prinzipien war.

Es war ein Blick, den sie von ihrem eigenen Spiegelbild kannte.

Seufzend lehnte sie sich an ihn. „Versprich mir einfach, dass du vorsichtig sein wirst. Wenn nicht für mich, dann für Leo."

Er legte seine Arme um sie und zog Marina an sich. „Immer."

Während sie ihren Spaziergang fortsetzten, rasten Marinas Gedanken. Sie vertraute Jack, aber ihre Sorgen blieben hartnäckig. Und das, wo der Sommer gerade so strahlend ausgesehen hatte.

6

*M*arina zupfte in ihrer Küche im Coral Café frische Kräuter zur Garnitur ab, und der Duft von Basilikum erfüllte die Luft. Dann wischte sie sich die Hände an einem Geschirrtuch ab und schaute zu Cruise, der gerade ein vegetarisches Omelett auf einen Teller gab. Er reichte ihr den Teller und wandte sich wieder dem Herd zu.

In letzter Zeit hatte Marina kaum Gelegenheit gehabt, mit Heather zu sprechen. Gestern hatte ihre Tochter sich eine Weile mit Blake an dessen Auto unterhalten, und als sie zurückgekommen war, hatte sie Leo das von Blake versprochene Buch gegeben und war auf ihr Zimmer gelaufen. Durch ein offenes Fenster im Cottage hatte Marina sie aufgeregt mit einer Freundin telefonieren gehört.

Ach, noch einmal in diesem Alter zu sein, dachte sie. Wobei sie es mit Jack in ihrem Leben selbst sehr gut hatte. Das würde sie um nichts in der Welt eintauschen wollen.

Cruise sah sie betont lässig an. „Wer war der Typ, mit dem Heather sich gestern unterhalten hat?"

Marina schaute auf. Ihr Koch war heute sehr ruhig gewesen, aber jetzt war er ein wenig zu nonchalant. „Jemand, den wir auf unserem Campingtrip kennengelernt haben. Blake ist Tierarzt für Meerestiere."

Als Cruise nichts erwiderte, stellte sie die Frage, die ihr schon lange durch den Kopf ging: „Hattet ihr nach der Feier vor Kurzem noch Spaß auf der Party? Ihr wart sehr lange weg."

Cruise zuckte mit den Schultern. „Es war ganz in Ordnung."

Vielleicht waren Heather und Cruise doch nur Freunde. Klar war, dass sie aus keinem der beiden mehr herausbekam.

Marina dachte darüber nach, wie bezaubernd ihre Tochter war und wie wenig Heather sich dessen bewusst war. Warum sollten nicht mehrere junge Männer an ihr interessiert sein?

Heather war von Natur aus schüchtern, obwohl sich das durch ihre Arbeit im Café schon ein wenig gebessert hatte. Wenn es etwas gäbe, das Marina sich wünschte, ihrer Tochter mitgeben zu können, dann eine gesunde Dosis Selbstvertrauen. Heather hatte so viel mehr Talent und Potenzial, als sie glaubte.

Marina erinnerte sich, dass es ihr früher genauso gegangen war. Aber im Laufe der Zeit war sie gezwungen gewesen, aus ihrer Komfortzone herauszutreten, um nach Stans Tod für die Zwillinge da zu sein. So einen dramatischen Einschnitt wünschte sie sich für ihre Tochter nicht.

„Bestellung ist fertig", sagte sie und gab noch ein wenig

geschnittenes Obst, Basilikum und fein geschnittenen Schnittlauch auf das Omelett.

Heather kam in die Küche gefegt. „Danke."

„Grüß Gilda von mir", sagte Marina, weil sie viele der Lieblingsgerichte ihrer Kunden auswendig kannte und oft wusste, wer welche Bestellung aufgegeben hatte.

Heather schob sich eine Strähne ihrer dunkelblonden Haare in den Pferdeschwanz. „Sie liebt Basilikum und Schnittlauch."

Und Marina liebte ihre Stammkunden und bemühte sich, ihnen einen besonderen Service zu bieten. Deshalb füllte sie ein paar Bröckchen Bacon in eine kleine Schüssel. „Das ist für Pixie. Wir müssen doch dafür sorgen, dass der kleine Chihuahua glücklich ist."

„Danke, Mom." Heather nahm den Teller und die Schüssel und ging zu Gilda hinaus, die mit ihren pinkfarbenen Haaren und dem dazu passenden Rucksack für ihren Hund nicht zu übersehen war.

Marina warf einen Blick auf die Uhr. Ihre Großmutter hatte sie gebeten, ins Haus zu kommen. „Ich muss mal kurz weg. Ein Meeting, das Ginger mit dem Bürgermeister arrangiert hat. Kommst du einen Augenblick alleine klar?"

„Klar, wir haben alles im Griff." Cruise warf einen Blick in Heathers Richtung und wurde durch irgendetwas abgelenkt.

Marina zog die Pfanne vom Herd. „Die Kartoffeln werden ein wenig zu braun."

„Oh, tut mir leid." Cruise errötete.

Das war so gar nicht typisch für ihn. Cruise war ein besserer Koch, als Marina erwartet hatte. Zumindest, wenn er sich auf seine Arbeit konzentrierte.

„Bitte achte auf den Herd. Wir können es uns nicht

leisten, zu viele Lebensmittel wegzuwerfen." Es war nicht das erste Mal, dass sie ihn deswegen ermahnte. Oder weil er von ihren Rezepten abwich. So wie gestern.

Cruise fand schnell wieder in seinen Rhythmus. „Ja, Ma'am."

„Die rohen Langustinen hast du in den Kühlschrank gestellt, richtig?"

„Äh, klar", antwortete er schnell, wobei sein Blick unsicher zum Kühlschrank glitt.

Marina hielt inne. „Heißt das ja oder nein?"

„Es ist alles da."

„Ich möchte nicht, dass die schlecht werden. Das wird heute ein beliebtes Gericht sein. Du musst sie sofort zubereiten."

Als sie am Morgen angekommen war, bevor das Café zum Frühstück geöffnet hatte, hatte sie gesehen, dass Heather ein Langustinen-Ei-Gericht aß, das Cruise für sie zubereitet hatte. Die beiden waren in eine Unterhaltung vertieft gewesen.

Nun wischte Marina sich Krümel von ihrer bunten Kochjacke. Auch wenn sie die weißen Jacken respektierte, passte das Blumenmuster besser zur lässigen Atmosphäre ihres Cafés. „Ruf mich, wenn du was brauchst."

Sie ging nach draußen und atmete einmal tief durch. Die salzige Luft füllte ihre Lungen, und die Sonne wärmte ihr Gesicht.

Eine Hupe ertönte, und Marina drehte sich um.

„Hey du!", rief Kai aus ihrem neuen SUV, während sie neben dem Haus anhielt. Dann stieg sie aus. Sie trug ein rosafarbenes Sommerkleid und glitzernder Sandalen. Auf ihrer Nase saß eine große, pinkfarbene Sonnenbrille.

„Ich liebe deine Filmstar-Brille." Marina grinste. Sie

wusste nie, wie ihre Schwester auftauchen würde. Die Welt war tatsächlich Kais Bühne.

„Zu viel ist genau richtig, findest du nicht?" Ohne auf eine Antwort zu warten, schob Kai die Sonnenbrille nach unten. „Bist du auch gerufen worden?"

„Sieht so aus." Marina umarmte ihre Schwester. „Ich frage mich, was Ginger nun schon wieder vorhat. Sie hat nichts gesagt, außer, dass es dringend ist."

„Ich hoffe, dass es nicht zu lange dauert." Kai runzelte die Stirn und schaute auf ihr Handy.

„Hast du noch einen Termin?"

Kai schenkte ihr ein kleines Lächeln. „Ja, in der Klinik."

„Bist du … du weißt schon?"

„Schwanger? Schön wär's. Ich verstehe nicht, warum das so lange dauert. An mangelndem Eifer kann es nicht liegen."

Marina stieß sie mit dem Ellbogen an. „Zu viel Information, aber danke."

Dann schaute sie zu dem zweigeschossigen Cottage und wechselte das Thema. „Unsere Pyjama-Party war so schön. Das sollten wir bald wieder machen."

Kai nickte. „So sehr ich mein gemütliches neues Zuhause mit Axe genieße, irgendwie vermisse ich das Chaos von uns allen. Es gab nicht viel, worüber wir uns Sorgen machen mussten."

Marina blieb vor der Haustür stehen. „Ich kann es kaum erwarten, zu erfahren, worum es bei diesem geheimnisvollen Treffen geht."

Die Tür schwang auf, und Ginger kam heraus. Sie trug eine Jeans und ein gestärktes weißes Hemd. Auf ihren dichten, silbergrauen Haaren saß ein Panamahut mit einem bunten Seidenschal darum. Wie immer strahlte sie Stil und Energie aus.

„Da sind meine Mädchen ja", sagte sie warmherzig und zog die beiden für eine Umarmung an sich. „Aber ihr seid beide zu spät", fügte sie an. „Kleine Planänderung. Wir treffen uns im Café mit dem Bürgermeister und sollten ihn nicht warten lassen."

Marina hatte Bennett Dylan im Café nicht gesehen. „Er ist noch nicht da."

Ginger zeigte zum Parkplatz, wo gerade ein schwarzer SUV vorfuhr. Ein fitter Mann Mitte vierzig stieg aus. „Da ist er. Pünktlich wie immer. Als der Bürgermeister mir sagte, dass er heute zu viel um die Ohren hätte, um eine Mittagspause zu machen, habe ich vorgeschlagen, dass wir die mit unserem Meeting zusammenlegen."

„Was will Bennett denn?", fragte Kai.

Ginger schüttelte den Kopf. „Er hat mir nicht Genaues verraten, sondern nur gesagt, dass es etwas mit der Hundertjahrfeier zu tun hat."

Marina überlegte sofort, was der Bürgermeister wohl mit ihnen besprechen wollte. Sie hatte ja bereits geplant, mit ihrem Foodtruck dabei zu sein.

„Mal sehen, was er für uns in petto hat", sagte Ginger.

Das ließ Marina grinsen. Ginger begegnete jedem Tag, als hielte er großartige Überraschungen bereit. Vielleicht war das ihr Geheimnis.

Gemeinsam gingen die drei Frauen zurück zum Café. Große, korallenfarbene Sonnenschirme spendeten den Gästen Schatten. Töpfe mit Palmen säumten die Terrasse, und die darüber gespannten Lichterketten tauchten bei Anbruch der Dämmerung alles in ein warmes Licht.

An einigen Tischen saßen noch Frühstücksgäste bei

einem letzten Kaffee, und die Luft summte vor entspannten Unterhaltungen und gelegentlichem Lachen.

Bennett wartete am Eingang auf sie. „Wie schön, dich zu sehen, Ginger. Danke, dass du heute Zeit für mich hast."

„Du bist so beschäftigt, dass wir dich kaum zu sehen bekommen", sagte Ginger und reichte ihm die Hand.

Mit Bewunderung in den Augen ergriff Bennett sie. „Die Planung der Hundertjahrfeier ist ziemlich zeit-intensiv."

Sie setzten sich, und Marina schaute zur Küche, wo sie Cruise sah. Er schien sich gut zu schlagen. Heather war auf der Terrasse dabei, Wassergläser aufzufüllen und Essen auszutragen. Ein paar Strähnen hatten sich aus ihrem Pfer-deschwanz gelöst, und sie wirkte ein wenig gestresst.

Cruise machte ihr ein Zeichen, und Heather eilte in die Küche.

Marina runzelte die Stirn und fragte sich, was los war. Heather war so blass, obwohl sie am Morgen, als sie sich mit Cruise unterhalten hatte, noch fit gewirkt hatte. Nach dem Treffen würde Marina sich mal mit ihr unterhalten.

„Lasst uns gleich bestellen." Sie winkte Heather, die daraufhin an ihren Tisch kam.

„Cruise hat mir gerade von dem Angebot des Tages erzählt", sagte sie. „Dem Chef-Spezial."

„Das ist ein Salat mit gegrillten Langustinen", erklärte Marina.

„Ausgezeichnet", sagte Bennett. „Und dazu bitte Unmengen an Kaffee."

Marina schaute zu Ginger und Kai, die ebenfalls nickten.

Während Heather den Kaffee servierte, fing Bennett an, über die Pläne für die große Feier zu sprechen. Er schaute sich am Tisch um. „Ginger, ich bin hier, um dich im Namen aller Einwohner von Summer Beach zu fragen, ob du uns die Ehre erweisen würdest, die Rolle als Grand Marshal im Festumzug zu übernehmen. Du bist seit vielen Jahren eine Säule der Gemeinschaft und gibst deine Zeit und dein Wissen großzügig an die Gemeinde und die Bewohner weiter. Wenn du Zeit brauchst, um darüber nachzudenken …"

„Warum Zeit vergeuden?", unterbrach Ginger ihn. „Es wäre mir ein Vergnügen."

„Ich hatte gehofft, dass du das sagst." Bennett führte aus, welche Pflichten mit dieser Rolle einhergingen.

Während die Unterhaltung sich den weiteren Plänen zuwandte, ging Marinas Blick immer wieder zu Cruise. Er war höchst konzentriert. Mit seinen sonnengebleichten Haaren, die ihm in die Stirn fielen, den Tattoos, der schwarzen Jeans und dem T-Shirt unter der befleckten Schürze sah er jedoch eher aus wie jemand, der eine Nacht feiern gehen wollte, als wie der angehende Gourmetkoch, der er war.

Marina fragte sich, was er da machte, richtete ihre Aufmerksamkeit dann aber wieder auf die Unterhaltung. Ginger und Bennett brainstormten gerade Ideen.

„Viele Leute sind dabei, Festwagen für den Umzug zu bauen", erklärte Bennett. „Aber uns fehlt sowohl ein roter Faden als auch jemand, der das alles leitet. Ich hatte gehofft, dass du und deine Familie uns dabei helfen könntet."

„Ich denke, angesichts des Anlasses für die Feier, nämlich das hundertjährige Bestehen von Summer Beach, sollte der Festzug die Geschichte der Stadt widerspiegeln", sagte Ginger und tippte nachdenklich mit den Fingern auf den Tisch. „Wir könnten die Festwagen nach verschiedenen Epochen gruppieren. Zum Beispiel die ursprünglichen Siedler von Summer Beach, die offizielle Gründung vor hundert Jahren, die Zeit der Kutschen und Pferde, der Boom durch die Surfkultur und die heutigen Innovationen."

Marina stellte sich vor, wie die bunten Umzugswagen über die Main Street ziehen würden, bejubelt von Einheimischen und Besuchern gleichermaßen. Sie würde ihr beliebtes aromatisiertes Popcorn und spezielle Cupcakes auf die Karte ihres Foodtrucks setzen.

„Wir sollten die Schulen mit einbinden", schlug Kai vor.

Bennett nickte. „Die Marschkapelle der Highschool wird dabei sein."

„Axe und ich könnten einige unserer jüngeren Darsteller mitbringen", sagte sie. „Wir arbeiten mit dem Schauspieldepartment der Schule an unserem neuen Musical."

Marina war beeindruckt. „Das ist eine tolle Idee."

„Danke, das wissen wir sehr zu schätzen, Kai." Bennett wandte sich an Marina. „Würdest du dir überlegen, die Leitung des Events zu übernehmen? Du hast so ein Händchen dafür, die Gemeinschaft zusammenzubringen. So wie du es hier getan hast. Neben dem Festzug müssen auch die Werbung und die Spenden gemanagt werden. Wir müssen die Standbesitzer organisieren, eine Bühne für die Aufführungen bauen, und wir werden altmodische Wettrennen mit verschiedenen Preisen haben. Auch wenn sich das Festkomitee um die verschiedenen Veranstaltungen kümmert, muss das alles miteinander koordiniert werden. Und dafür benötigen wir einen guten Manager."

„Ich dachte, diese Rolle hätte Rhoda übernommen", sagte Marina. Sicher, die Feier würde erinnerungswürdig werden, aber sie hatte bereits genug zu tun.

Bennett schüttelte den Kopf. „Sie ist aufgrund einer Familiensache weggerufen worden. Das ist sehr kurzfristig, aber angesichts dessen, wie gut du das Coral Café führst, den Einsatz deines Foodtrucks planst und mit den Kunden umgehst, fällt mir niemand ein, der das besser machen könnte."

„Ich habe mal gehört, wenn man will, dass ein Job erledigt wird, sollte man die am meisten beschäftigte Person fragen", warf Kai ein. „Die ist am organisiertesten."

Marina trat ihrer Schwester unter dem Tisch auf den Fuß. Bei ihrem vollen Terminplan konnte sie so ein Lob nicht gebrauchen.

„Das habe ich auch gedacht", sagte Bennett. „Marina, wirst du darüber nachdenken, die Gemeinde bei dieser besonderen Veranstaltung zu unterstützen?"

„Das ist sehr schmeichelhaft, aber ich habe wirklich viel zu tun." Marina berührte ihre Schläfe. Sie hatte dieses Angebot bereits abgelehnt, als Rhoda damit auf sie zugekommen war. Jack, Leo, Scout – die drei waren schon ganz schön viel. Wo sollte sie die Zeit für das hier hernehmen?

„Das wäre einfach fabelhaft", sagte Ginger. „Stell dir nur vor, was das für Summer Beach bedeutet."

„Komm schon, Marina." Kai versetzte ihr ebenfalls einen Tritt unter dem Tisch. „Das ist eine einmalige Gelegenheit, die sich erst in einhundert Jahren erneut ergibt."

Heather blieb am Tisch stehen. „Ohne Rhoda klingt das doch cool, Mom. Du solltest das machen. Wir werden auch alle helfen, oder?"

„Natürlich." Kai klatschte in die Hände, während Ginger nickte.

Als Marina die vier erwartungsvollen Mienen sah, geriet ihre Entschlossenheit ins Wanken. „Ich weiß nicht", sagte sie schließlich langsam.

Sie dachte an Ginger und die anderen, die so viel dazu beigetragen hatten, Summer Beach zu dem Ort zu machen, den sie heute liebte. Vielleicht war sie der Gemeinde auch etwas schuldig. Aber könnte sie das wirklich schaffen? Sie würde es hassen, so ineffektiv zu sein wie Rhoda.

ährend Marina noch über das Angebot nachdachte, beugte Ginger sich mit einem Funkeln in den Augen vor. „Vielleicht könnte Leo mit mir in der Parade mitfahren. Bürgermeister Bennett, wenn Leo mein Begleiter ist, gäbe es dann Platz für ihn im Auto? Er könnte in der Mitte sitzen. Ich bin mir sicher, dass er das wahnsinnig aufregend fände."

Bennett strahlte und schaute quer über den Tisch zu Marina. „Wenn du die Leitung übernimmst, machen wir Platz für Leo, wo auch immer Ginger hingeht."

Marina hatte nicht erwartet, dass der Bürgermeister und ihre Großmutter so einen Trick anwenden würden, dem schwer zu widerstehen war. „Ich bin mir sicher, dass Leo das aufregend finden würde, aber …"

Ginger griff nach ihrer Hand. „Du wirst damit nicht allein dastehen. Ich kann dir helfen. Genau wie Kai. Und Brooke vermutlich auch."

Kai strahlte. „Trag mich schon mal für die Parade und das Entertainment ein."

„Ich weiß, wie viel dieses Fest allen bedeutet." Marina wog die Ansprüche aller gegeneinander ab. Ja, Summer Beach war ihr wichtig, und sie wollte, dass die Bewohner und Besucher alles genossen, was der Ort zu bieten hatte.

Alle warteten auf ihre Antwort.

Sie biss sich auf die Unterlippe und traf dann eine Entscheidung. Irgendwie würde sie es hinkriegen.

„Ich weiß dein Vertrauen in mich zu schätzen", sagte sie zu Bennett. „Und ich freue mich, die Chance zu haben, der Stadt etwas zurückzugeben, die Coral Café zum Erfolg gemacht hat. Wann soll ich anfangen?"

„Sofort", erwiderte er mit einem breiten Grinsen.

Während sie mit ihren Wassergläsern und Kaffeetassen anstießen, kam Cruise aus der Küche. Er balancierte vier Teller mit pochierten Eiern, geräuchertem Lachs und Soße Hollandaise, die alle mit einem großzügigen Klecks schwarzem Kaviar garniert waren. Daneben lagen eine gegrillte Tomate mit Basilikum und eine gegrillte Avocado mit Aioli und ebenfalls einem Klecks Kaviar.

„Das nenne ich das Bürgermeister-Special", sagte er, als Heather ihm half, die Teller zu verteilen. „Eier Benedict mit einem Twist. Bon appétit."

Bennett dankte ihm. „Was für eine Ehre. Ich wusste gar nicht, dass das auf der Karte steht."

„Das tut es auch nicht", sagte Marina und inspizierte das Gericht.

Sie hatte nicht gewusst, dass sie Kaviar vorrätig hatten. Langustinen ja, aber die waren für das Tagesangebot. Und Cruise hatte viel Kaviar genommen. Wesentlich mehr, als er es hätte tun sollen, wenn das Gericht auf der Karte gestanden hätte. Die Preise für die Zutaten waren in ihrem Café immer ein Punkt der Besorgnis.

„Vielleicht sollte es auf der Karte stehen", sagte Ginger. „Das ist wunderhübsch angerichtet. Meine alte Freundin Julia Child wäre stolz."

„Hey, ihr könnt es Eier Bennett nennen", sagte Kai und lachte über ihren eigenen Witz.

„Es sieht köstlich aus", sagte Marina.

Dennoch. Cruise musste Bennett nicht beeindrucken. Er sollte die Langustinen für das Tagesangebot grillen. Und das wusste er, denn sie plante die Tagesgerichte immer eine Woche im Voraus. Außerdem hatten sie das hier nicht bestellt.

„Danke, das bedeutet mir viel." Cruise lächelte demütig, die Hände hinterm Rücken verschränkt. Nachdem er Marina einen Blick zugeworfen hatte, sagte er: „Ich mache mich dann mal besser wieder an die Arbeit."

Während sie aßen, setzten sie die Unterhaltung über die Feier fort. Marinas Gedanken rasten bereits. Mental stellte sie eine Liste von allem zusammen, was sie für die Veranstaltung angehen musste. Sie würde sich die Zeitpläne und geplanten Straßensperren anschauen müssen. Freiwillige Helfer organisieren. Mit den Händlern darüber sprechen, wann und wo sie ihre Stände aufbauen konnten.

Sie hörte den Ideen zu, die am Tisch ausgetauscht wurden. Dann fragte sie Bennett: „Gibt es ein Budget?"

Er räusperte sich. „Das ist ein weiterer wichtiger Punkt, bei dem wir Hilfe benötigen. Ich fürchte, Rhoda ist nicht dazu gekommen, Sponsoren zu finden. Wir haben ein kleines Budget, das jedoch nur ein kurzes Feuerwerk abdeckt und mehr nicht, fürchte ich."

Marina seufzte. *Sponsoren finden, die alles finanzieren*, fügte sie zu ihrer mentalen Liste hinzu. Sie hatte bereits zugesagt, wünschte aber, sie hätte von diesem Problem vorher gewusst.

Ginger berührte versichernd ihre Hand. „Ich kann Carol Reston und Hal einen Besuch abstatten."

„Das ist ganz schön viel verlangt. Noch dazu so spät", sagte Marina. „Ich sollte dich begleiten." Die beiden Grammy-Award-Gewinner waren Einheimische, deshalb bat jeder sie um Spenden. Aber Marina könnte Tyler und Celia ansprechen, das pensionierte Tech-Pärchen, das das örtliche Musikprogramm großzügig unterstützte. Ja, sie würde viele Anrufe tätigen müssen.

Kai schnippte mit den Fingern. „Ich kann Poppy Bay Saisontickets für die Muschel im Austausch für ein wenig Marketinghilfe anbieten."

Marina lächelte über den Überschwang ihrer Schwester. „Das hast du bereits getan, um Gäste ins Seabreeze Inn zu bringen. Außerdem brauchen du und Axe die Einnahmen aus den Ticketverkäufen für euer Theater."

Ginger streckte eine Hand über den Tisch und tätschelte Marinas Unterarm. „Keine Sorge, Liebes. Ich kann helfen, indem ich ein paar Gefallen einfordere. Ich werde einige Treffen für uns organisieren. Es ist sowieso an der Zeit, dass du mehr von meinen Freunden kennenlernst."

„Danke, das weiß ich sehr zu schätzen", sagte Marina.

Trotz ihres Entschlusses zog sich ihr der Magen zusammen. Auf was um alles in der Welt hatte sie sich hier nur eingelassen? Sie sah, wie sich ihre freie Zeit mit Jack in Nichts auflöste. Andererseits recherchierte er gerade diesen Artikel für seinen alten Chef. Vielleicht war es ganz gut, dass sie nichts Besonderes für ihren Hochzeitstag geplant hatten. Jack würde es verstehen. Es wäre ja auch nicht für lang; die Hundertjahrfeier war schon in wenigen Wochen.

Marina warf einen Blick über ihre Schulter. Am Eingang des Cafés warteten mehrere Gäste, aber Heather war verschwunden. Das passte so gar nicht zu ihr.

Stirnrunzelnd sagte sie: „Entschuldigt mich bitte, ich muss nach Heather und dem Essen sehen."

„Ich danke euch allen." Bennett erhob sich. „Ich berufe ein Planungsmeeting ein."

Marina eilte zur Küche, als Heather gerade herauskam. Sie war noch blasser als ein paar Minuten zuvor.

Marina hielt sie auf. „Du siehst nicht gut aus, Liebes."

„Mir ist schlecht", antwortete Heather und presste sich eine Hand auf den Magen. „Mom, ich bin mir nicht sicher, dass ich die Mittagsschicht händeln kann."

„Geh nach oben und leg dich hin. Wir kommen schon klar." Marina zögerte und senkte die Stimme. „Was hast du heute gegessen?"

„Nur die Langustinen mit Ei. O Mom, es tut mir so leid, aber ich glaube, ich muss mich …" Sie schlug sich eine Hand vor den Mund.

„Geh", sagte Marina, während sich ein sinkendes Gefühl in ihr ausbreitete. „Ich schicke Ginger zu dir hoch."

Heather eilte zum Cottage, während Marina Ginger schnell ein Zeichen gab und dann die Küche betrat. Cruise stand am Kühlschrank.

Sie stützte sich mit den Händen auf der Arbeitsfläche ab. „Lass mich sofort die Langustinen sehen."

Cruise Schultern sackten herunter, doch er gehorchte.

Marina berührte eine. Das Herz wurde ihr schwer. „Die ist warm, was bedeutet, dass sie längere Zeit nicht kühl gestanden haben. Die waren noch draußen, als ich dich gefragt habe, ob du sie in den Kühlschrank gestellt hast, oder?"

„Ich hatte es vor. Es war dann nur so hektisch."

„Und doch hattest du Zeit, ein besonderes Gericht für Heather und den Bürgermeister zuzubereiten." Marina konnte sich jetzt keine Ausreden anhören. Nicht, wenn die Gäste schon auf einen Tisch warteten. „Wir können die Langustinen nicht servieren. Heather ist davon krank geworden."

„Das könnte auch etwas anderes gewesen sein."

Kopfschüttelnd nahm sie die Schüssel mit den Meerestieren und leerte sie in den Mülleimer. „Bring den bitte raus."

Cruise warf sein Handtuch auf die Arbeitsplatte. „Das hättest du nicht tun müssen. Ich weiß, wie man mit Meeresfrüchten umgeht."

„Ja, vielleicht weißt du das, aber dieses Mal warst du abgelenkt. Das Risiko können wir nicht eingehen. Das ist inakzeptabel."

Cruise fluchte und schlug mit einem Pfannenwender auf den Herd.

Das hier war eine Krise, und Marina hatte keine Zeit, zu argumentieren. Jede Woche schickte sie einen Newsletter mit den Angeboten der Folgewoche heraus. „Bald werden die ersten Gäste kommen, die den Langustinen-Salat bestellen."

„Ich werde mir etwas anderes einfallen lassen."

„Mir wäre es lieber, wenn du dich an die Speisekarte hältst."

Wieder drehte Cruise sich grummelnd um.

Marinas Geduldsfaden war kurz vorm Reißen. „Hör mal, ich weiß, dass du den Sommer über hier bist, um zu surfen. Aber du musst die Wellen aus dem Kopf kriegen und dich auf deine Arbeit konzentrieren. Ein paar Fälle von Lebensmittelvergiftung können einem Restaurant in so einem kleinen Ort schnell den Todesstoß versetzen. Und der Gewinn des heutigen Tages ist wortwörtlich im Eimer – dazu kommen die Kosten für den Kaviar, die ich nicht autorisiert habe. Wir haben uns über die Kosten für die Lebensmittel unterhalten. Es macht Spaß, mit solchen Zutaten zu arbeiten, aber das hier ist kein Hotel mit dickem Konto."

Cruise lief rot an. „Wie geht es Heather?"

„Vermutlich übergibt sie sich gerade." Marina trat an die Spüle und wusch sich die Hände. „Wisch den Langustinen-Salat von der Karte und bring den Müll raus."

Ein Anflug von Reue huschte über seine Miene. „Willst du nicht nach ihr sehen?"

Marina wünschte, dass sie das könnte, aber sie musste die Situation hier in den Griff bekommen. „Ich habe meine Großmutter zu ihr geschickt. Wir müssen die Mittagsgäste bedienen, also beweg dich. Ich stelle die Suppe auf den Herd und fange an, die Tische zuzuweisen."

Cruise reckte das Kinn. „Ich weiß, du glaubst mir nicht, aber mit den Langustinen war alles in Ordnung. Ich weiß, was ich tue, und ich habe versucht, dir das zu beweisen. Du hast meine Eier Benedikt gesehen. Die waren ein Meisterwerk."

„Cruise, ich weiß deine Bemühungen zu schätzen, auch wenn es mehr als einen Klecks Kaviar braucht, um einen Koch aus jemandem zu machen. Und wir haben jetzt keine Zeit für diese Unterhaltung."

Die Schlange am Eingang wurde immer länger, und in

Marina breitete sich eine gewisse Angespanntheit aus. Ein Mann, den sie nicht einordnen konnte, wirkte besonders hibbelig. Er zupfte ständig an seinen Manschetten und richtete den Kragen seiner Jacke. Er wirkte nervös und etwas fehl am Platz, als wäre er aus der Stadt zu Besuch. Irgendwie kam er Marina bekannt vor, doch sie konnte ihn nicht einordnen.

War das der Restaurantkritiker, von dem Rhoda gesprochen hatte? Ihr Herz zog sich zusammen.

Nicht ausgerechnet heute.

„Du bist zu knauserig, um die Leute einzustellen, die du brauchst", fuhr Cruise mit einem sarkastischen Unterton fort.

Marina war entsetzt über diesen Kommentar. „Ich muss mein Budget berücksichtigen. Dieses Café ist nicht wie die Luxushotels, in denen du gearbeitet hast."

Er verengte die Augen. „Vielleicht hätte ich die niemals verlassen sollen."

Wut presste ihren Brustkorb zusammen. Marina stellte einen Topf auf den Herd und schaltete ihn an. Sie musste entschieden sein und schnell handeln.

„Vermutlich hast du recht", sagte sie mit Bedacht. „Denn deine Einstellung passt hier nicht gut rein. Auf Wiedersehen, Cruise. Ich schicke dir deinen letzten Gehaltsscheck mit der Post."

Ihm blieb der Mund offenstehen. „Du hast gerade einen riesigen Fehler begangen." Er riss sich die Schürze herunter und stolzierte durch die Hintertür hinaus.

Marina seufzte auf. Ja, vielleicht war das ein Fehler gewesen. Gute Hilfe war im Sommer schwer zu finden, aber sie würde sich nicht mit seiner Unverschämtheit abgeben. Schon gar nicht jetzt, wo die Hundertjahrfeier anstand. Cruise war jung und talentiert, aber er hatte noch viel zu lernen. Sie brauchte Leute, die gewillt waren, mit anzupacken.

Eine Küche war kein Ort für Selbstdarstellungen, wie ihr erster Restaurantmanager seinem Team immer eingebläut hatte. Das hier war keine Realityshow; es war ihr Leben und ihre Lebensgrundlage.

Sie eilte zum Eingang. Die Schlange war noch länger geworden.

Kai hielt sie auf. „Was ist da drin passiert?", flüsterte sie. „Ich habe gesehen, dass du dich mit Cruise gestritten hast."

Die Szene würde vermutlich bald im Ort die Runde machen, dachte Marina verzagt. „Heather ist krank, und ich musste Cruise feuern."

Nach Jahren beim Fernsehen hatte sie gelernt, wie wichtig es war, Entscheidungen zu treffen. Sie würde nicht die Gesundheit ihrer Gäste riskieren, von denen viele schon älter waren. Es war eine Schande, denn Cruise hatte wirklich Talent, aber dennoch musste er noch viel lernen.

„Ich kümmere mich um die Gäste", sagte Kai und schaute zu der Schlange.

„Aber dein Termin …"

„Der kann warten. Das hier ist ein Notfall." Kai zeigte auf die Leute, die von dem Mangel an Service frustriert wirkten. „Geh und kümmere dich um die Küche."

„Danke", sagte Marina. „Und streich den Langustinen-Salat von der Tafel. Sag allen, die fragen, dass wir die Lieferung nicht bekommen haben."

„Verstanden." Kai biss sich auf die Unterlippe. „Es tut mir leid, dass ich dir die Hundertjahrfeier aufgedrängt habe. Ich wusste nicht, dass du Probleme in der Küche hast."

„Ich finde schon eine Lösung. Und die Veranstaltung ist etwas, das ich tun will." Mit einem letzten Blick zu den wartenden Gästen berührte Marina ihre Schwester an der Schulter. „Siehst du den alleinstehenden Mann? Der ständig seine Manschetten richtet und etwas beunruhigt wirkt?"

Kai sah ihn. „Was soll ich tun, Boss?"

„Stell sicher, dass er einen besonders guten Service erhält. Er könnte ein Restaurantkritiker sein, den Rhoda geschickt hat." Als wenn sie im Moment nicht genug hätte, um das sie sich Sorgen machen musste.

„Ist gebongt. Du kannst mir später alles erzählen." Kai wirbelte in einem Blitz aus Pink davon und ihre Absätze klapperten auf dem Holzboden der Terrasse. Sie nahm sich einen Stapel Speisekarten für die Gäste und richtete ihr Hundert-Watt-Lächeln auf den Mann mit den Manschetten. „Willkommen im Coral Café. Danke für Ihre Geduld. Darf ich Sie zu Ihrem Tisch geleiten?"

Marina atmete erleichtert aus. Mit Kai an ihrer Seite würde sie diese Situation meistern. Das alles erinnerte sie an die Zeit, als sie das Café gerade eröffnet hatte.

Auch wenn sie Ginger vertraute, machte sie sich Sorgen um Heather. Zurück in der Küche tippte sie schnell eine Nachricht an sie ein.

Lass mich wissen, wie es Heather geht. Wenn es schlimmer wird, sollte sie zum Arzt gehen. Ich schätze, es ist eine Lebensmittelvergiftung. Ich komme rüber, sobald ich kann.

· · ·

Der Geruch von angebranntem Essen waberte aus dem Ofen. Marina zog ein Blech mit verbranntem Brot heraus, das Cruise darin gelassen hatte.

Sie presste sich eine Hand gegen die Stirn. Ohne Cruise wusste sie nicht, wie sie die Organisation der Hundertjahrfeier meistern sollte. Aber sie hatte dem Bürgermeister ein Versprechen gegeben, und Summer Beach brauchte sie. Sie würde so schnell wie möglich eine andere Küchenhilfe anheuern müssen.

Als Kai die Bestellung des möglichen Restaurantkritikers an das Klemmbrett heftete, gab Marina sich besondere Mühe, das Gericht perfekt zu machen. Sie erschauderte bei dem Gedanken, was passieren würde, wenn er sich eine Lebensmittelvergiftung zuzöge. Erleichtert, dass die Katastrophe vorerst verhindert worden war, arbeitete sie weiter.

Als Kai in die Küche kam, um die Bestellung abzuholen, hatte sie einen seltsamen Ausdruck im Gesicht. „Mr. Manschetten hat gerade gefragt, ob Cruise hier arbeitet."

Marinas Herzschlag beschleunigte sich. „Was hast du ihm gesagt?"

„Dass Cruise nicht hier wäre. Dann habe ich ihn gefragt, woher er ihn kennt. Er meinte, er würde seinen Werdegang verfolgen, hat aber dann das Thema gewechselt. Für weitere Informationen hätte ich ihm Daumenschrauben anlegen müssen, und ich schätze, das wäre nicht angebracht gewesen."

„Dann ist er vermutlich der Restaurantkritiker. Vielleicht hat er ein Restaurant beurteilt, in dem Cruise gearbeitet hat, und hat ihn hier erwartet."

Kai nahm das Tablett mit der Bestellung. „Auf geht`s. Ich hoffe, es schmeckt ihm."

War es zu voreilig von ihr gewesen, Cruise zu feuern? Vielleicht. Aber Marina musste ihre Gäste schützen. Und sie würde dieselbe Entscheidung wieder treffen. Sie hoffte, dass es Heather besser ging; sie würde nach ihr sehen, sobald sie konnte.

Marina schaute Kai hinterher, die dem Mann seine Bestellung brachte. Irgendetwas kam ihr immer noch komisch vor.

Vielleicht könnte Kai noch mehr aus ihm herausbekommen.

8

*M*arina strich Heather einige Strähnen aus dem Gesicht. Sie hatte sich den ganzen Tag Sorgen um ihre Tochter gemacht und nach ihr gesehen, sobald der Mittagsansturm vorbei gewesen war. Ginger hatte ihr außerdem regelmäßig Updates gegeben. „Wie geht es dir?"

„Mir ist immer noch ein wenig schlecht." Heather richtete sich im Bett auf. „Ich muss aber wieder gesund werden, damit ich dabei sein kann, wenn Blake und sein Team die Seelöwen freilassen."

„Ich glaube, im Moment gehst du nirgendwo hin." Marina richtete die Kissen hinter dem Kopf ihrer Tochter und setzte sich dann neben sie. „Blake ist allerdings sehr nett. Vielleicht wartet er mit der Freilassung, bis es dir besser geht."

Heather lächelte schwach. „Ja, vielleicht."

Marina wartete, aber ihre Tochter führte das nicht weiter aus. „Meinst du, du kannst ein wenig Brühe oder

Suppe vertragen? Du hast seit dem Frühstück nichts mehr gegessen."

„Ich hatte literweise Flüssigkeit." Heather umfasste ihren Teebecher. „Brühe klingt okay, aber noch nicht jetzt. Kannst du einen Moment bleiben?" Sie lehnte ihren Kopf an Marinas Schulter.

„Natürlich, meine Süße."

Sie saßen in behaglichem Schweigen in Brookes altem Zimmer, das Heather in Gingers Cottage für sich beansprucht hatte. Es lag auf dem gleichen Flur wie die Zimmer, in denen Marina und Kai einen wichtigen Teil ihres Lebens verbracht hatten.

Wie ihre alten Zimmer hatte auch dieser sonnige Raum ein gusseisernes Bettgestell mit einer weißen Chenille-Überdecke. Mit pastellfarbenem Meerglas und Treibholz gefüllte Einmachgläser schmückten den Raum. Es waren Überbleibsel von Strandspaziergängen vor vielen Jahren. Und wie in Marinas altem Zimmer zierte eine Bordüre aus von Ginger gemalten Chiffren die Wände.

Heather schaute auf. „Mom, du hättest Cruise nicht feuern müssen."

„Ich sehe, dass die Neuigkeiten schnell die Runde machen." Sie strich ihrer Tochter über die Haare.

Heather zuckte mit den Schultern. „War es wirklich so schlimm, was er gemacht hat?"

„Rohe Langustinen dürfen nicht ungekühlt aufbewahrt werden. Ich habe mir Sorgen gemacht, dass du wegen einer Lebensmittelvergiftung ins Krankenhaus musst. Du warst ziemlich krank, Liebes."

„Ich komme schon wieder in Ordnung. Und ich bin mir nicht sicher, dass es die Langustinen waren. Vielleicht habe ich mir auf der Uni einen Virus eingefangen. Da sind in letzter Zeit viele krank gewesen."

Marina presste eine Hand gegen Heathers Stirn. „Du hast kein Fieber."

„Vorhin war mir heiß. Kannst du Cruise nicht zurückholen? Er ist Teil des Teams und braucht die Arbeit. Er hat keine Familie, die ihn unterstützt. Und ich mag es, mit ihm zusammenzuarbeiten."

„Das verstehe ich, aber aufgrund seiner Nachlässigkeit hätten viele Leute krank werden können. Es ist lieb von dir, ihn zu verteidigen, aber Handlungen haben Konsequenzen. Wir haben viele ältere Gäste, die sich nicht so schnell erholt hätten wie du. Mit Lebensmittelvergiftungen ist nicht zu spaßen."

„Vielleicht waren es gar nicht die Langustinen. Er denkt, dass du sie vermutlich noch hättest servieren können."

Marina atmete scharf ein. „Dieses Risiko konnte ich nicht eingehen. Und es wäre mir immer noch lieb, wenn du zum Arzt gehen würdest."

„Nein", platzte es aus Heather heraus. „Ich meine, ich weiß, dass es mir bald wieder gut geht. Mir war schon komisch, bevor ich die Langustinen und Eier gegessen habe. Maine-Style, so hat Cruise das Omelett genannt, das er für mich gemacht hat. So wie sein Großvater es immer für ihn gemacht hat. Es war so gut, und ich dachte, es würde meinen Magen beruhigen."

Marina rieb ihrer Tochter die Schulter. „Ich schätze, es hat das Gegenteil getan."

„Es kann sein, dass er Summer Beach verlassen muss."

„Das könnte für ihn ganz gut sein."

Heather zupfte an der Bettdecke. „Aber ich mag ihn wirklich, Mom."

Etwas in Heathers Stimme berührte Marina. „Seid ihr zusammen gewesen?"

„Nicht wirklich", antwortete Heather achselzuckend. „Aber wir haben oft miteinander abgehangen."

Marina war nicht sicher, was das bedeutete, aber sie wollte nicht so heftig gegen Cruise austeilen, dass Heather sich gezwungen sähe, Partei zu ergreifen. Sie fragte sich, was mit Blake war, aber auch diese Entscheidung musste ihre Tochter allein treffen.

„Cruise ist talentiert, aber er hat noch viel zu lernen", sagte sie. „Viele junge Männer werden später erwachsen als Frauen."

Heather plusterte sich auf. „Wir sind keine Kinder mehr, Mom."

„Ich werde ihn nicht wieder anstellen, falls du darauf hinauswillst." Marina gab ihr einen Kuss auf die Stirn und stand auf. „Ich mache dir ein wenig Brühe warm."

Ginger tauchte in der Tür auf. „Darum kümmere ich mich", sagte sie. „Du solltest nach Hause gehen. Du musst morgen früh raus."

„Danke, das mache ich." Ohne Cruise musste Marina viel vorbereiten. Nachdem sie Heather und Ginger zum Abschied umarmt hatte, machte sie sich auf den Weg nach unten. Sie hatte Jack bereits gesagt, dass sie später zum Abendessen kommen würde.

Sie ging noch einmal zum Café und betrat das kleine Büro, das hinter der Küche lag. Sie hatte Cruise versprochen, ihm seinen letzten Scheck per Post zu schicken.

Marina schaltete ihren Computer an und öffnete die Software für die Gehälter. „Mal sehen ... wo bist du,

C.M.", murmelte sie und ging ihre Liste durch. Cruise war lediglich ein Spitzname.

Mit ein paar Tastenklicks füllte sie den Betrag aus, drehte sich zum Drucker und legte einen Blankoscheck ein. Nachdem sie den Scheck ausgedruckt hatte, steckte sie ihn in einen Umschlag, klebte eine Briefmarke darauf und schaltete den Computer aus.

Dabei überkam sie ein seltsames Gefühl. Sie mochte Cruise, aber manchmal konnte einen Job zu verlieren ein Weckruf sein. Er war kreativ und konnte gut kochen, doch das hier war nicht der richtige Ort für ihn. Zumindest nicht auf lange Sicht. Eines Tages würde er ihre Fähigkeiten vermutlich in den Schatten stellen.

Ihr wurde bewusst, dass sie nicht viel über Cruise wusste. Abgesehen von seinen früheren Arbeitserfahrungen hatte er nie von seinem Leben oder seiner Familie gesprochen.

Vielleicht gab es dafür einen Grund. Ein Anflug von Schuldgefühlen zwickte sie.

Heather hatte ihr gesagt, dass er den Job dringend brauchte. Marina hatte ihn unzählige Male korrigiert, wäre ein weiteres Mal da wirklich so schlimm gewesen? Sie mochte es gar nicht, Angestellte zu entlassen.

Sie tröstete sich damit, dass er mit seinen Fähigkeiten schnell einen neuen Job finden würde.

Sie schloss die Tür zum Café hinter sich ab.

Dann ging sie zu ihrem türkisfarbenen Mini Cooper, ließ das Verdeck herunter und fuhr über die Strandstraße nach Hause. Zum Glück lag es nur wenige Minuten von Gingers Haus entfernt.

Heather zog es vor, im Cottage zu wohnen, weil sie bei

Ginger, wie sie sagte, mehr Autonomie hätte. Das konnte Marina verstehen.

Ihre Großmutter war bester Gesundheit, aber dennoch war Marina froh, dass Heather da war, um ihr im Haushalt zu helfen. Ginger war sehr unabhängig und hatte einen eigenen Kopf. Den hatte sie schon immer gehabt und würde ihn auch immer haben.

Nachdem sie in der Garage geparkt hatte, ging Marina die Stufen zur Hintertür hinauf und öffnete sie. „Irgendetwas riecht hier aber köstlich."

Jack stand am Herd und rührte in der Tomatensoße, die sie am Vorabend zubereitet hatte. Seine stahlblauen Augen raubten ihr immer noch den Atem.

Er legte den Löffel auf den Löffelhalter aus Porzellan, schlang die Arme um Marina und küsste sie. „Ich bin froh, dass du zu Hause bist. Du hattest einen harten Tag. Ich wünschte, du hättest mich vorhin angerufen, dann hätte ich für dich die Tische abräumen können."

„Kai war da und ist zu meiner Rettung geeilt." Marina hatte ihn nach der Mittagszeit angerufen, um ihm zu berichten, was mit Cruise vorgefallen war. Und dass sie die Organisation der Hundertjahrfeier übernommen hatte.

„Du hast jetzt ganz schön viel zu tun", sagte er. „Was meinst du, wie lange dauert es, bis du eine neue Küchenhilfe gefunden hast?"

„Ich hatte letzten Sommer ein paar Teilzeitkräfte. Ich werde sie mal anrufen und gucken, ob einer von ihnen Zeit hat."

In dem Moment kam Scout in die Küche geflitzt, Leo dicht auf seinen Fersen. Der Junge schlang die Arme um Marina.

„Hey du", sagte Marina lachend. Sie umarmte Leo und

kraulte Scout hinter den Ohren, der mit seiner heraushängenden Zunge aussah, als würde er grinsen.

„Ist es für dich nicht ein wenig spät zum Essen?", fragte sie.

„Wir hatten heute einen Eisbecher", antwortete Leo.

Jack grinste. „Wir haben Samantha und ihre Eltern im Ort getroffen. Sie haben uns eingeladen."

Marina nahm Besteck aus der Schublade und deckte den Küchentisch, während Jack Pasta und Soße auf Teller füllte.

„Es ist nett, wenn jemand anderes kocht", sagte Marina.

„Ich bemühe mich", erwiderte Jack. „Und ich bin froh, dass du das Aufwärmen von Resten als kochen bezeichnest."

„Deshalb mache ich ja immer mehr." Sie gab ihm einen Kuss.

Sobald sie saßen, wandte Marina sich an Leo. „Ich habe eine Überraschung für dich. Der Bürgermeister war heute im Café, um Ginger zu bitten, der Grand Marshall für den Festzug und die Hundertjahrfeier zu sein."

„Das ist eine echte Ehre." Jack lächelte. „Sie wird das großartig machen."

„Was ist das Besondere an dieser Feier?", fragte Leo.

„Vor hundert Jahren sind Leute hier zusammengekommen, haben diesen Ort gegründet und ihn Summer Beach genannt", erklärte Jack.

Leo verzog das Gesicht, das bereits von einigen Spritzern Tomatensoße verziert war. „Wie hieß er vorher?"

„Ich habe keine Ahnung." Jack grinste und wickelte Spaghetti um seine Gabel. „Wir haben auch nicht immer alle Antworten."

„Aber da ist noch mehr." Marina reichte Leo eine Serviette. „Kai und Axe treten bei dem Festzug auf, und Bennett hat mich gebeten, die Organisation zu übernehmen."

Jack legte eine Hand auf ihre. „Bist du sicher, dass du dafür jetzt noch Zeit hast?"

„Ich habe zugesagt, bevor ich Cruise habe gehen lassen, also muss ich es irgendwie hinbekommen."

„Wohin hast du Cruise gehen lassen?", wollte Leo wissen.

Jack beugte sich zu ihm. „Das ist nur eine Redewendung."

Leo wirkte noch verwirrter. „Was ist das?"

Als Jack hilflos zu Marina schaute, lachte sie leise. „Das ist etwas, das Leute so sagen. Es bedeutet, dass Cruise nicht mehr im Café arbeitet."

„Kann ich bei dem Festzug dabei sein?", fragte er.

„Das ist die Überraschung", sagte Marina. „Bennett und Ginger haben vor, in dem Chevrolet-Oldtimer von seiner Frau Ivy vorne in der Parade zu fahren, was eine große Ehre ist. Da es in dem Wagen noch einen freien Platz gibt, hat Ginger gedacht, dass du vielleicht mit ihr fahren möchtest."

Leo hüpfte auf seinem Stuhl auf und ab. „O ja!"

„Das war sehr nett von Ginger", sagte Jack. „Ich weiß, wie viel du zu tun hast. Kann ich dir bei dem Event irgendwie helfen?"

„Ich glaube nicht. Ginger und Kai haben versprochen, mich zu unterstützen." Sie erzählte Jack und Leo, was die Leute für den Festzug geplant hatten. „Viele bauen eigene Wagen oder dekorieren ihre Oldtimer."

Jack starrte sie einen Moment lang an. „Wie wäre es,

wenn ich den alten VW-Bus dafür dekoriere? Der ist auch ein Oldtimer."

„Ich will mitmachen", sagte Leo.

Jack klatschte mit ihm ab. „Wie es aussieht, wird Rosinante wieder reiten."

Der alte Spitzname für den Bus ließ Marina lächeln, und sie gab Jack einen kleinen Kuss. Er hatte den Namen von zwei Schriftstellern geliehen – erst Cervantes und später Steinbeck. „Kriegst du das hin neben der Geschichte, an der du schreibst?"

Marina wusste, wie viel ihm dieser Artikel bedeutete. Es war der erste, den er seit seiner Ankunft in Summer Beach schrieb. Sie wollte nicht, dass er sich von der Hundertjahrfeier ablenken ließ und seine Deadline verpasste.

„Ich habe noch viel zu recherchieren und zu schreiben, aber mit Leos Hilfe schaffe ich das. Richtig, Kumpel?"

„Na klar", sagte Leo vor Aufregung strahlend.

Jack berührte Marinas Schulter. „Wir sind jetzt eine Familie, und wir werden das gemeinsam hinkriegen. Leo und ich helfen dir auch."

Ein Anflug von Schuldgefühlen überkam Marina, als ihr bewusst wurde, dass sie Jack und Leo in ihre Aktivitäten mit einbeziehen sollte, wenn die beiden das wollten. Sie war so lange Single gewesen, aber ihre Familien zusammenzuführen war wichtig.

Sie liebte Jack von Herzen und betete Leo an. Zu heiraten war der leichte Teil gewesen. Sich aneinander zu gewöhnen – und dazu gehörten ihre Kinder und die erweiterte Familie – und dennoch Zeit für Romantik zu lassen, war eine ganze andere Sache.

„Ja, ich glaube, ich werde eure Hilfe brauchen", sagte

sie und umarmte Jack. „Ohne dich und Leo würde ich das nicht schaffen."

Sie hatte keine Ahnung, wie sie alle ihre Aufgaben jonglieren sollte, aber irgendwie würde sie es hinbekommen. Vor allem mit so viel Unterstützung.

9

*J*ack folgte dem alten Wagen vor sich. Als der an einer Ampel stehen blieb, fuhr er daneben und ließ das Fenster herunter. „Fahr da drüben auf den Parkplatz. Wir müssen reden."

Nachdem er geparkt hatte, steckte Jack ein kleines Gerät in seine Tasche, bevor er aus dem Bus ausstieg und sich dem anderen Auto näherte. Das Letzte, was er wollte, war, dass dieser Kerl um sein Haus oder in seinem Ort herumschlich. Er bedeutete Chaz, erneut das Fenster herunterzulassen, und stützte sich dann mit den Unterarmen auf der Tür ab.

Kurz schaute er sich um, ob ihn jemand beobachtete. „Ich habe gesehen, wie du das Coral Café verlassen hast. Was machst du in Summer Beach? Und was wolltest du dort?"

„Falls du es unbedingt wissen musst, ich habe dort gegessen. Und das sogar ziemlich gut. Auch wenn es besser sein könnte."

Jack ignorierte den Kommentar. Wusste Chaz von

seiner Verbindung zu dem Café? Dass er hier war, war mehr als ein Zufall. Dennoch würde er Chaz nicht sagen, dass das Café seiner Frau gehörte. Nur für den Fall, dass er es nicht wusste. Jack hatte vorgehabt, bei Marina zu Mittag zu essen, aber als er sah, wie Chaz das Café verließ, war er ihm sofort gefolgt.

Er hakte noch mal nach. „Was willst du von mir?"

„Hast du dich bei den Kontakten gemeldet, die ich dir gegeben habe?"

„Ja."

Einer davon war eine Frau, die unrechtmäßig von einer der ältesten Finanzmanagement-Firmen des Landes entlassen worden und bereit war, zu reden. Jack war nicht sicher gewesen, welche Fragen er überhaupt stellen sollte, aber am Ende hatte er nicht viel mehr tun müssen, als zuzuhören und ab und zu nachzuhaken. Es war, als hätte sie mit ihm – oder jemandem wie ihm – gerechnet.

Er erinnerte sich noch an ihre Worte. *Ich habe eine Wettbewerbsklausel. Also kann ich nicht in dem einzigen Beruf arbeiten, den ich kenne. Das ist falsch, vor allem nach dem, was passiert ist.* Dann hatte sie ihre Geschichte erzählt, die nicht außergewöhnlich war, abgesehen von dem Wissen, das sie sich über brillante Finanzverschiebungen angeeignet hatte.

Wenn sie nicht ungerechtfertigterweise entlassen worden wäre, hätte die Geschichte vermutlich niemals ihren Weg zu Jack gefunden.

Was den anderen Kontakt anging, hatte Jack sich gemeldet, aber jemand, der so wichtig war, hatte andere Leute, die seine Anrufe annahmen. Jack würde wesentlich hartnäckiger sein müssen, um erneut von dieser Person zu hören.

Chaz starrte durch die Windschutzscheibe. „Dein

Artikel wird zu einer Untersuchung führen, also bin ich dabei, meine Angelegenheiten in Ordnung zu bringen."

„Das meinst du nicht ernst." Jack war überrascht. „Du bist endlich wieder da, und das ist dein Plan?"

„Sei nicht so dramatisch. Man kann aus verschiedenen Gründen Ordnung in seine Angelegenheiten bringen. Zum Beispiel vor einer langen Reise."

Jack hatte keine Ahnung, was Chaz damit meinte. Vielleicht machte es ihm Spaß, Jack aufzuziehen. Dennoch war Jack dabei, die Hinweise miteinander zu verbinden, und das sich daraus ergebende Bild war faszinierend.

„Du solltest nicht in Summer Beach sein", sagte er.

„Ich habe genauso ein Recht darauf, die Landschaft zu genießen, wie du."

„Du weißt, was ich meine."

„In einem kleinen Ort wie Summer Beach kann ein Mensch verloren gehen. Bist du deshalb hier, Jack?"

„Das geht dich nichts an."

„Aber es ist eine so kleine Welt." Ein Lächeln umspielte seine Mundwinkel. „Das Café deiner Frau ist übrigens sehr charmant. Damit hatte ich nicht gerechnet." Er drückte auf einen Knopf an der Tür, und das Fenster glitt hoch.

Jack streckte den Arm hindurch und hielt es auf. „Wage es nicht, meine Frau zu bedrohen."

„Das würde ich nie tun. Ich bin immer noch ein Gentleman, trotz meiner veränderten Lebensumstände."

„Warum bist du dann hier?"

„Zufälle gibt es wirklich", erwiderte Chaz gedankenverloren. „Das Leben steckt voller kleiner Zufälle, die wir als gegeben hinnehmen. Du denkst an deinen alten Freund John, und in dem Moment ruft er an. Oder vielleicht läufst du ihm in einer Millionenstadt auf dem Bürgersteig über den Weg. Aber große Zufälle? Das sind die, die wir infrage stellen."

Diese Unterhaltung führte nirgendwo hin. „Nenn mir ein Beispiel."

Chaz schüttelte den Kopf. „Du wirst es selbst finden. Du kannst mir jetzt vertrauen, Jack, auch wenn es dir schwerfällt, das zu glauben."

„Warum sollte ich?"

Chaz seufzte. „Weil ich nichts von dir will. Es war übrigens eine nette Geste von dir, die Rechnung für unser Mittagessen zu übernehmen, aber das wäre nicht nötig gewesen."

„Du willst, dass ich eine Geschichte schreibe."

„Ob sie veröffentlicht wird oder nicht, der Prozess ist in Gang gesetzt worden. Auf Wiedersehen, Jack."

Jack trat zurück. Diese Begegnung und der Mangel an Informationen irritierte ihn. Würde er je ein normales Leben führen oder war es sein Schicksal, seine Vergangenheit und die Charaktere, die er dort getroffen hatte, für den Rest seines Lebens mit sich herumzuschleppen?

Das hier ist mein letzter Auftrag, versprach er sich. Und doch genoss er die intellektuelle Stimulation auf der Suche nach der Wahrheit. Könnte er diese Arbeit aus Summer Beach aus fortsetzen, ohne seine Familie in Gefahr zu bringen?

Die Antwort darauf wusste er nicht. Er kehrte zu seinem Bus zurück und schaltete den kleinen Rekorder aus.

Als er zu seinem Haus zurückfuhr, versuchte er, sich in Chaz` Situation einzufühlen. Was würde er in dieser Phase seines Lebens wollen?

In der noblen Gesellschaft, zu der er einst gehört hatte, war Chaz nicht mehr willkommen. Dieses Leben würde für ihn für immer außer Reichweite bleiben. Seine Familie hatte ihn enterbt, seine Frau hatte sich vor ihrem Tod von ihm scheiden lassen, und irgendwo hatte er einen Sohn, der nichts mehr von ihm wissen wollte.

Ging es um Rache? Jack gelang es nicht, irgendeine direkte Verbindung zwischen Chaz' Tipps und seinem ehemaligen Leben herzustellen. Das *warum* des Ganzen entging ihm. Und das fand er am frustrierendsten. Sobald er einmal die Gründe für das Handeln seiner Protagonisten gefunden hatte, ergab sich die Geschichte normalerweise wie von selbst. Gier, Rache und sogar Lust waren die üblichen Motive.

Aber bei Chaz? Sein Verbrechen war es gewesen, Partner des falschen Mannes zu sein – Charles Bennington, der Vater seiner Frau. Jack trommelte mit den Fingern aufs Lenkrad, während er sich an das erinnerte, was er von dieser seltsamen Geschichte noch wusste.

Chaz, geboren als Charles Milford Smith, hatte nach der Hochzeit den Namen seiner Frau angenommen und war zu Charles Bennington-Smith geworden, wobei er das Smith später abgelegt hatte. Viele Leute hatten geglaubt, er wäre der Sohn des Seniors. Nach allem, was Jack gehört hatte, hatte Chaz diese Annahme nur selten korrigiert, genauso wie sein Schwiegervater.

Jack wusste, warum Chaz nicht darüber sprach. Seine Familie hatte während eines Crashs am Immobilienmarkt alles verloren, und sein Vater hatte ihm vorgeworfen, nicht da gewesen und geholfen zu haben, obwohl er damals noch an der Princeton University studiert hatte.

Während seiner Partnerschaft mit Bennington Senior hatte Chaz regelmäßig Dokumente unterzeichnet und die Handlungen seines Schwiegervaters nur selten hinterfragt.

Er hatte das gute Leben genossen und sich nie vorstellen können, dass diese Welt, in die er durch seine Heirat gelandet war, jemals enden könnte.

Oder vielleicht hatte er das doch geahnt und deshalb nie etwas gesagt.

Wie er Jack vor Jahren während des Prozesses verraten hatte, hätte er riskiert, alles zu verlieren, wenn er seinem Schwiegervater zu viele Fragen gestellt hätte. Er war den Anweisungen des Seniors so lange gefolgt, bis alles um ihn herum zusammengebrochen war.

Bisher hatte Jack nicht viel von Chaz gehalten, aber jetzt sah er, was für ein faszinierender Charakter er war. Wenn auch vielleicht nur, weil Jack einfach nicht wusste, was seine derzeitigen Motive waren.

Der Timer auf seinem Handy piepte, und Jack sah, dass er noch eine halbe Stunde hatte, bevor er einen wichtigen Anruf tätigen musste. Ihm blieb keine Zeit, das Café zu besuchen.

Also fuhr er nach Hause, wobei er weiterhin im Kopf die Unterhaltung mit Chaz durchging. Was hatte er gemeint, als er von Zufällen sprach?

10

*A*ls Marina aufstand, applaudierten alle im Gemeinschaftssaal des Rathauses.

„Danke", sagte sie und hob eine Hand. „Ich weiß, wir können es alle kaum erwarten, mit der Arbeit loszulegen. Die meisten von euch kennen meine Großmutter, Ginger Delavie, die dieses Jahr als Grand Marshal fungieren wird."

Jubelrufe ertönten. Ginger, die neben Kai und Axe in der ersten Reihe saß, stand auf, drehte sich um und winkte ihren Freunden zu.

Heather war zu Hause geblieben. Auch wenn es ihr besser ging, hatte sie gesagt, dass sie müde sei. Als Marina im Cottage vorbeigeschaut hatte, um nach ihr zu sehen, hatte sie gehört, wie ihre Tochter mit Blake telefonierte. Vielleicht hatte das etwas mit ihrer Entscheidung zu tun, zu Hause zu bleiben.

Marina dankte allen für ihr Kommen. „Es wird eine große Veranstaltung für Summer Beach, die viele Besucher anlocken wird, was gut für unsere Wirtschaft ist. Und wie meine Schwester Kai immer sagt, es ist ein Event, das wir nur einmal im Leben erleben. Die nächste Veranstaltung dieser Art wird vermutlich von unseren Enkeln und Urenkeln organisiert werden. Also macht viele Fotos für sie. Wer möchte der offizielle Fotograf sein?"

Darüber lachten alle, und ein junger Mann reckte die Hand. Jack schrieb seinen Namen auf eine Liste.

Der Saal war an diesem Abend gut gefüllt. Der Bürgermeister saß mit Jen und George vom Eisenwarenhandel zusammen, die wie üblich in Jeans und Jeansjacke gekleidet waren. Jack saß bei Vanessas Freunden John und Denise, deren Tochter Samantha die beste Freundin von Leo war. Neben ihnen waren Leilani und Roy Miyake vom *Hidden Garden*, dem Gartencenter, in dem Marina und Ginger ihre Pflanzen kauften.

Cookie O'Toole, die rundliche Organisatorin des Bauernmarktes, war ebenfalls da. Genau wie Rosa, die den ersten Foodtruck in Summer Beach betrieb, *Rosa's Tacos*. Beide Frauen waren begierig darauf, bei der Veranstaltung zu helfen, verstanden sich aber nicht gut miteinander.

Marina hoffte, dass sie sich wenigstens an diesem Abend vertragen würden.

Sie schaute auf die Agenda, die sie vorbereitet hatte. „Wir haben heute einiges zu besprechen. Zuerst einmal möchte ich alle bitten, die Hand zu heben, die sich bereits für eine Aufgabe gemeldet haben. Jack wird eine Liste herumgeben, in die ihr euch eintragen könnt. Wir brauchen euren Namen, eure Kontaktinformationen und welche Aufgabe ihr übernehmen wollt."

Cookies Hand schoss in die Höhe. „Ich manage die Essensstände."

„Nein, tut sie nicht", sagte Rosa und winkte von der anderen Seite. „Das mache ich."

Marina schaute Hilfe suchend zum Bürgermeister, doch Bennett zuckte nur mit den Schultern. „Hat Rhoda das nicht gelöst, bevor sie gegangen ist?", fragte sie an die Frauen gewandt.

„Sie meinte, dass ich die Aufgabe dieses Mal übernehmen könnte", sagte Rosa.

„Wir wechseln uns nicht ab wie im Kindergarten", schoss Cookie zurück. „Ich bin dafür verantwortlich. Wenn jemand das Essen bei dieser Feier managt, dann sollte es jemand sein, der alle örtlichen Händler kennt."

Rosa zog eine Augenbraue in die Höhe. „Ich kenne jeden in Summer Beach. Und zwar nicht nur die, die auf dem Markt ausstellen."

Die alte Rivalität war immer noch lebendig.

„Ladys", unterbrach Marina die beiden. „Wir schätzen euch beide. Lasst uns zusammenarbeiten. Rosa, deine Erfahrungen im Fast-Food-Bereich sind essenziell. Und Cookie, deine Verbindungen zu den örtlichen Händlern sind unbezahlbar. Ihr kümmert euch beide gleichberechtigt darum."

Cookie und Rosa tauschten einen Blick. Marina hoffte, einen Anflug von gegenseitigem Respekt zu sehen, wurde aber enttäuscht.

„Ich kann nicht mit ihr zusammenarbeiten", beschwerte Cookie sich.

„Entweder das oder ich finde jemand komplett Neues, der sich darum kümmert." Marina presste die Lippen zusammen und wartete.

Sie hatte von der Fehde der beiden Frauen gehört, wusste aber nicht, was dahintersteckte. Es schien, als hätte Cookie Rosa davon abgehalten, ihren Foodtruck auf den Markt zu bringen oder einen Stand dort zu haben. Im

Gegenzug parkte Rosa ihren Foodtruck immer direkt am Eingang.

„Okay, okay." Cookie warf Rosa einen abfälligen Blick zu, die genauso gereizt wirkte. „Wir arbeiten zusammen."

Auch wenn beide Marinas Entscheidung widerwillig akzeptiert hatten, fürchtete sie, dass das hier noch nicht das Ende der Geschichte war.

Aber die erste Krise habe ich abgewendet, dachte sie. „Dann kommen wir zur Organisation des Festumzugs. Teilnehmer und Reihenfolge der Wagen. Wer arbeitet daran?"

Jen stand auf. „George und ich können das machen, wenn wir ein kleines Team zur Unterstützung bekommen. Und wir bieten auch denen Hilfe an, die Festwagen bauen. Kommt gerne ins *Nailed It*, wenn ihr Ratschläge benötigt."

„Das klingt gut. Danke, Jen." Marina war erleichtert, dass sich jemand anderes als sie um die Organisation kümmerte.

Kai beugte sich zu Axe und flüsterte ihm etwas zu. Er stand auf, und in seinen Cowboystiefeln war er noch größer als sowieso schon. „Mein Bauteam kann auch Tipps bei technischen Problemen geben. Macht es euch was aus, wenn wir zusammenarbeiten?"

„Das wäre schön", sagte Jen, und George nickte.

Jemand anderes hob seine Hand. „Wie wird die Reihenfolge der Umzugswagen bestimmt?"

Jen wandte sich ihm zu. „Wir schauen uns die Teilnehmer an und überlegen, was Sinn ergibt."

Der Mann fuhr fort: „Ich habe viel Geld ans Komitee gespendet, also sollte ich die Parade anführen."

Marina sah, wie Jack ein Lachen unterdrückte. „Und alle, die teilnehmen, wissen deine Großzügigkeit zu schätzen. Aber der Platz ist traditionell für den Grand Marshal und den Bürgermeister reserviert."

Wieder besprachen Kai und Axe sich. Dieses Mal wandte Kai sich an Jen. „Wir können helfen, die Reihenfolge festzulegen. Das ist, wie Regie bei einer Show zu führen."

„Und wir alle wissen, wie gut du darin bist", sagte Marina und nickte Kai, Axe, Jen und George zu. „Ihr seid das Festzugskomitee. Setzt euch zusammen und findet eine Lösung."

Ein wenig erleichtert tippte Marina auf ihre Liste. „Jetzt die teilnehmenden Schüler, sprich die Marschkapelle und die Tänzer."

Eine Gruppe aus Lehrern und Mitgliedern des Schulausschusses hatte diese Aufgabe bereits übernommen, und sie wirkten sehr organisiert. Marina machte sich Notizen zu Namen und Verantwortlichkeiten. „Dazu der 4-H-Club und der Summer Beach Homecoming Hofstaat."

Marina schaute auf. „Was fehlt noch?"

„Wir würden auch gerne mitmachen", sagte Leilani, und ihr Mann nickte.

Eine andere Frau stand auf. „Genauso wie wir vom Coastal Surf Club. Wir bauen einen Festwagen."

Andere gaben ihre Kommentare ab, und Marina konnte kaum mithalten. Das hier war ein größerer Job, als der Bürgermeister hatte durchklingen lassen. Sie warf Jack, der eifrig Notizen machte, einen verzweifelten Blick zu.

„Brauchst du Hilfe?", fragte er leise.

„Auf jeden Fall." Marina wandte sich wieder an die Anwesenden. „Wenn ihr irgendwelche Fragen habt, richtet sie direkt an meinen neuen Assistenten Jack Ventana. Er wird sie alle notieren und weiterleiten."

Mehrere Leute begannen, durcheinanderzureden, bis Jack seine Hand hob. „Einer nach dem anderen, Leute."

„Ich helfe", sagte Ginger, und mehrere wandten sich ihr zu, um ihre Ideen zu unterbreiten.

Marina blieb noch, um Fragen zu beantworten und zu erfahren, was die Einwohner anzubieten hatten. Sie freute sich, dass sie ein paar neue Gesichter kennenlernte.

Nach dem Meeting verließen alle den Saal, bis nur noch Jack und Ginger übrig waren. Marina und Jack hatten versprochen, Ginger nach Hause zu fahren.

Als sie das Rathaus verließen, fragte Marina: „Was steckt hinter dem Streit zwischen Cookie und Rosa?"

„Ja, das würde mich auch interessieren", sagte Jack. „Das sah mir nach heftiger Konkurrenz zwischen den beiden aus."

Ginger schüttelte den Kopf. „Das geht zurück auf eine alte Eifersucht, die nichts mit Essen zu tun hat. Sie sind auf der Highschool beide mit demselben jungen Mann ausgegangen."

„Warte mal – auf der Highschool?" Marina fragte sich, ob sie sich verhört hatte. „Ihre Fehde reicht dreißig Jahre zurück?"

„Länger noch", antwortete Ginger. „Sie sind beide keine jungen Hüpfer mehr."

Marina schüttelte den Kopf. „Warum habe ich mich nur für diese Aufgabe gemeldet?"

„Weil du es liebst, Teil der Gemeinschaft zu sein, meine Liebe", sagte Ginger.

Jack tippte auf sein Klemmbrett. „Wir haben immer noch Aufgaben, für die sich niemand gemeldet hat."

Marina sah Ginger an. „Können wir morgen ein Koordinationsmeeting einberufen? Ich werde auch Kai dazu bitten. Wenn wir unsere Ressourcen und Kontakte zusammenschmeißen, können wir dieses Event wuppen."

„Natürlich", antwortete Ginger. „Gemeinsam schaffen wir mehr."

Jack legte einen Arm um Marina. „Auf mich kannst du auch zählen."

„Danke. Das weiß ich sehr zu schätzen." Doch dann erinnerte sie sich an ihre Unterhaltung mit Jack. Konnte sie ein Angebot wirklich annehmen? „Wir sind ein Team. Aber du hast im Moment so viel Arbeit auf dem Tisch."

Gingers Stimme riss sie aus ihren Gedanken. „Jack, du hast mir gesagt, dass du eine wichtige Geschichte für deinen alten Chef fertigstellen muss. Dazu kommen die Illustrationen für unsere Bücher."

„Das stimmt, aber ..."

„Wir schaffen das auch ohne dich", unterbrach Ginger ihn. „Sobald du mit deiner Arbeit fertig bist, freuen wir uns über deine Unterstützung." Sie wandte sich an Marina. „Manchmal bedeutet, ein Team zu sein, zu erkennen, dass ein Teammitglied andere Verpflichtungen hat und man die Last für eine Weile ohne ihn tragen muss."

„Ginger hat recht", sagte Jack langsam. „Ich bin beinahe fertig, und das hier gibt mir eine noch stärkere Motivation, schnell zu einem Ende zu kommen."

Marina war erleichtert. „Danach kannst du dich dann um alles kümmern, was für die Hundertjahrfeier liegen geblieben ist. Ich verspreche dir, es wird noch ausreichend zu tun sein."

„Das ist ein guter Punkt", merkte Ginger an. „Kümmere du dich zuerst um deine Arbeit. Und was dich angeht", sie sah Marina an. „Du musst dir sofort eine verlässliche Hilfe fürs Café suchen."

„Das steht morgen gleich als Erstes auf meiner Liste." Marina lächelte Jack zu. Sobald er seinen Artikel fertig hatte, könnte sie wieder leichter atmen.

Ginger lächelte zufrieden. „Wir sehen uns morgen früh im Café. Und nachdem wir uns ums Mittagessen gekümmert haben, treffe ich mich mit Jack wegen unseres Buchprojekts."

Sobald sie am Coral Cottage angekommen waren, sagte Ginger: „Jack, mein Lieber, würdest du mir helfen, ein paar Kisten vom Dachboden zu holen? Ich habe einige Sachen gefunden, die perfekt für die Hundertjahrfeier wären. Aber die Kisten sind zu schwer für mich, und Heather ist noch nicht wieder ganz auf den Beinen."

Marina war immer noch wütend auf Cruise, weil er Heather verdorbenes Essen serviert hatte. Ihrer Tochter ging es zwar besser, aber eine Lebensmittelvergiftung konnte einem noch ziemlich lange nachhängen.

„Kein Problem. Das mache ich gern", sagte Jack und folgte Ginger die Treppe hinauf.

Marina ging ebenfalls nach oben, um nach Heather zu sehen. Sie öffnete die Tür zu ihrem Zimmer einen Spalt weit, doch ihre Tochter schlief tief und fest, also schloss sie die Tür leise wieder.

Jack war bereits auf dem Dachboden verschwunden. Ginger sagte ihm gerade, welche Kisten sie benötigte.

Während Marina darauf wartete, dass er ihr die Kisten reichte, ging sie kurz ins Badezimmer.

Die alte Tapete mit dem floralen Muster hatte Ginger vor Jahren ausgewählt. Die Luft im Bad roch leicht nach dem Lavendel, den Ginger aus dem Garten holte.

Marina wollte gerade gehen, als sie über den Spiegel über dem Waschbecken einen Schwangerschaftstest sah, der hinter einem Stapel Handtücher steckte. Sie nahm an, dass Kai ihn dort vergessen hatte.

Aber warum würde sie ihn verstecken? Und warum hier?

In dem Moment wurde Marina klar, wem der Test gehörte.

Nicht Kai. Sondern Heather.

Der Gedanke ließ sie zusammenzucken. Alle Unterhaltungen, die sie mit ihrer Tochter über verantwortliches Verhalten geführt hatte, um sich ihre Zukunft nicht zu verbauen, kehrten zu ihr zurück. Heather hatte ihr immer zugehört und zugestimmt. Doch das hier war der eindeutige Beweis dafür, dass ihre Tochter einen Fehler begangen hatte. Marinas Magen zog sich zusammen, als sie an Cruise dachte.

Kein Wunder, dass Heather so aufgebracht gewesen war, weil Marina ihn entlassen hatte.

Und kein Wunder, dass sie wegen ihrer Lebensmittelvergiftung nicht zum Arzt hatte gehen wollen. Denn die war möglicherweise nicht der Grund dafür, dass sie kein Essen bei sich behalten konnte.

Marina nahm die kleine Schachtel in die Hand. Sie hatte nicht spioniert, aber Heather könnte es so sehen. Oder schlimmer noch, die ganze Sache leugnen.

Marina las die Aufschrift. *Enthält drei Teststäbchen*, stand da. Die Schachtel war geöffnet, und sie schaute hinein. Ein Test fehlte.

Automatisch überprüfte sie den Mülleimer, doch der war leer. Sie dachte nach. Wenn der Test negativ war, würde eine Frau ihn wegwerfen. Aber wenn er positiv war, würde sie ihn möglicherweise als Beweis behalten. Um ihn einer anderen Person zu zeigen … um es ihrem Partner zu beweisen.

Marina schloss die Augen, als ihr bewusst wurde, wie logisch ihre Überlegungen waren. Dann presste sie die Hände gegen ihre Wangen. Ihr war übel. Heather und Cruise waren nicht ineinander verliebt, und ein Kind würde ihre jungen Leben verkomplizieren.

Doch sie würde für Heather da sein müssen.

Aus einem Impuls heraus nahm Marina eines der Test-stäbchen aus der Packung und steckte es in ihre Tasche. Sie brauchte auch einen Beweis.

11

*E*s war noch dunkel, als Jacks Wecker klingelte. Er schaltete ihn aus, gab Marina einen Kuss und stand auf, um Kaffee zu kochen. Schlafen konnte er später noch. Seine innere Uhr war noch auf Ostküstenzeit kalibriert.

Nach seiner Ankunft in Summer Beach hatte er Schwierigkeiten gehabt, sich an die Stille hier zu gewöhnen. Weil ihm die Geräusche der Stadt fehlten, hatte er immer das Fenster einen Spalt geöffnet, um das ferne Rauschen der sich brechenden Wellen und das Kreischen der Möwen zu hören. Die Meeresbrise war belebend, und er leistete seine beste Arbeit in der Ruhe des Morgens, nachdem Marina gegangen war, um das Café zu öffnen, und er seine Joggingrunde am Strand absolviert hatte.

Scouts Krallen klackerten auf dem Holzfußboden, als er Jack hinterher trottete.

„Hey alter Junge. Willst du frisches Wasser?"

Scout wedelte mit dem Schwanz.

Jack tippte auf den Knopf der Kaffeemaschine, die er

immer am Abend zuvor befüllt hatte. Während das Wasser gurgelte, wusch er Scouts Schüssel aus und füllte sie neu.

Zu dem leisen Schlabbern von Scout beobachtete Jack, wie der Kaffee durchfloss und dachte an den vor ihm liegenden Tag. Er war entschlossen, mit den Tipps, die Chaz ihm gegeben hatte, weiterzukommen. Langsam fielen die Puzzleteile an ihren Platz, und es war ihm gelungen, mit anderen Menschen zu sprechen, die die Aussagen der Frau bestätigten.

Große Geldsummen wurden über den Globus verschoben, vordergründig via Investitionen. *Suchen Sie nach der Quelle*, hatte einer seiner weiblichen Kontakte ihm gesagt. Ihr Wissen war umfangreich, aber dennoch fehlten einige Details. Und er fragte sich auch immer noch, was Chaz in Summer Beach und im Coral Café gesucht hatte.

Er hörte Marina hinter sich und drehte sich mit ausgebreiteten Armen um. „Guten Morgen, meine Süße." Sie trug ein kurzes Nachthemd, das beinahe so weich war wie ihre Haut.

„Den wünsche ich dir auch, Liebster", sagte sie und kuschelte sich in seine Umarmung. „Du bist fürchterlich warm."

Als er sie so hielt, kam ihm ein Gedanke. „Glaubst du an Zufälle?"

Sie schenkte ihm ein träges Lächeln. „Wenn du sie so nennen willst."

„Ist das ein Ja?"

Marina strich sich mit der Hand durchs Haar. „Ist es für so eine Unterhaltung nicht ein wenig zu früh?"

„Ich habe mich nur gefragt, was Menschen damit meinen."

Der Kaffee war fertig, und Jack nahm zwei Becher und

schenkte ein, während Marina die Sahne aus dem Kühl-schrank holte und einen Schuss in jeden Becher gab.

Die Hände um ihren Becher gelegt, lehnte sie sich an die Arbeitsfläche. „Man könnte sagen, dass alles im Leben Zufall ist. Oder dass alles so kommt, wie es soll. Aber wer weiß das schon?"

Jack nickte zustimmend. „Du klingst wie Ginger."

„Das nehme ich als Kompliment."

Er trank einen Schluck und fragte dann: „Glaubst du, es gibt einen Unterschied zwischen kleinen Zufällen und großen?"

„Die kleinen sind amüsant. Aber was meinst du mit großen?"

„Ich bin mir nicht sicher."

Sie lächelte verschlafen. „Vielleicht sind das die Zufälle, die Menschen einen Segen oder Schicksal nennen."

„Oder unglaubliches Glück", fügte er an.

„Ich schätze, das hängt alles vom Blickwinkel der Person ab." Marina gab ihm einen Kuss. „Würdest du es einen Zufall nennen, dass wir uns begegnet sind?"

Grinsend strich Jack ihr über die Schulter. „Das nenne ich den glücklichsten Tag meines Lebens. Hey, steht nicht bald unser erster Hochzeitstag an?"

Marinas Augen funkelten über dem Rand ihres Kaffeebechers. „Der ist am selben Tag wie die Hundert-jahrfeier."

„Noch ein Zufall." Jack lachte, aber er wollte sich etwas Besonderes einfallen lassen, um diesem Tag zu gedenken. „Willst du etwas Besonderes unternehmen?"

„Ich glaube, ein Dinner im *Beaches* können wir ausschließen", sagte sie lächelnd.

„Das ist der Ort, an dem es definitiv keine Zufälle gibt."

Er hatte ein Date mit ihr dort verpasst und ein weiteres gründlich vermasselt.

„Uns fällt schon noch was ein." Sie küsste ihn noch einmal, bevor sie die Küche verließ.

Er sah ihr nach und dachte erneut, wie glücklich er sich schätzen konnte, sie gefunden zu haben. Und er würde alles tun, um sie zu beschützen.

Nachdem Marina gegangen und Jack den ganzen Vormittag gearbeitet hatte, fuhr er zu Gingers Cottage und ging auf die Haustür zu. Auf der vorderen Veranda hing eine hölzerne Hollywoodschaukel mit Blick aufs Meer, von wo das rhythmische Heranrollen der Wellen eine beruhigende Hintergrundmusik bildete.

Doch sein Kopf war alles andere als ruhig. Je tiefer er in die Informationen eintauchte, die Chaz ihm gegeben hatte, desto mehr wuchs seine Besorgnis.

Nach allem, was er bisher zusammengetragen – und heute früh bestätigt bekommen – hatte, wusste er, dass er Unterstützung benötigte. Deshalb hatte er seinen Chef angerufen, der ihm einen jungen Kollegen zur Verfügung gestellt hatte, der ebenfalls im investigativen Journalismus tätig war. Chaz hatte recht, die Geschichte war ins Rollen gekommen.

Jack hatte beschlossen, dass dieser Artikel sein letzter sein würde. Er hatte ein anderes Leben in Summer Beach zu leben.

Als er die Veranda betrat, fiel ihm auf, dass die Tür nur angelehnt war. Er berührte sie leicht und rief: „Ginger? Bist du da?"

Ihre Stimme wehte zu ihm herüber. „Komm rein, mein Lieber."

Sie erwartete ihn. Und das hier war Summer Beach.

Manche Menschen schlossen weder ihre Haustüren noch ihre Autos ab. So ähnlich war es damals auf der Farm, auf der er aufgewachsen war, auch gewesen. Wenn er das allerdings in New York getan hätte, wäre er ausgeraubt und ausgelacht worden.

Jack kannte die Gefahren, die mit seiner Arbeit einhergingen, nur zu gut. Je näher er der Wahrheit kam, desto heimtückischer wurde der Weg.

Er atmete einmal aus und trat dann ein, wobei er die Tür automatisch hinter sich schloss. Dann folgte er der klassischen Musik, die ihn in die Bibliothek führte.

Die dunklen Mahagoni-Regale, die sich vom Boden bis zur Decke erstreckten, waren mit ledergebundenen Büchern gefüllt. Noch immer hing in dem Raum der Hauch von Pfeifentabak in der Luft, obwohl Gingers Ehemann Bertrand schon vor Jahren gestorben war.

„Pünktlich auf die Minute", sagte Ginger und stand auf, um ihn mit einem Kuss auf die Wange zu begrüßen.

„Ich würde es nicht wagen, dich zu beleidigen, indem ich deine Zeit verschwende."

Sie neigte den Kopf. „Zeit mit dir zu verbringen ist immer ein Vergnügen, mein Lieber."

In der Zusammenarbeit mit Ginger musste Jack stets sein Bestes geben. Zeit war für sie kostbar, und mit Dummköpfen konnte sie nichts anfangen. Mit ihr zu arbeiten war eine Herausforderung seiner Fähigkeiten und seines Intellekts.

„Bitte setz dich doch." Sie zeigte auf einen der Clubsessel, die um den runden Tisch herumstanden, auf dem eine Reihe seiner Illustrationen ausgebreitet waren und an dem sie sich oft trafen.

Er setzte sich.

Ginger trug ein taupefarbenes Leinenkleid und dazu eine Kette aus polierten braunen Kukui-Nüssen. Diese Ketten waren bei den hawaiianischen Adligen beliebt gewesen, wie er wusste, und vermutlich hatte sie sie von einer ihrer Reisen mitgebracht.

Ginger tippte mit den Fingern auf den Tisch und musterte Jack. „Wie läuft die Arbeit an deinem Artikel?"

„Ich habe heute Vormittag ziemliche Fortschritte gemacht. Und ich habe mir einen Kollegen dazugeholt, der mir bei der Recherche hilft."

Sie nickte zufrieden. „Freut mich, das zu hören. Es ist wichtig, die richtige Balance im Leben zu finden."

Er spürte, worauf sie hinauswollte. „Daran arbeite ich. Marina und Leo bedeuten mir alles."

„Selbst die besten Ehen durchlaufen eine Phase der Anpassung." Ihre klaren Augen schimmerten weise. „Ich habe mir die Illustrationen angeschaut, die du mir dagelassen hast", wechselte sie dann das Thema.

Jack verschränkte die Finger und beugte sich vor, um auf ihr Urteil zu warten.

Ginger war der Inbegriff von Eleganz, und schärfer als die meisten Leute, die nur halb so alt waren wie sie. Ihre Haare färbte sie immer noch in dem leichten Rotton, dem sie ihren Spitznamen zu verdanken hatte, den selbst ihre Enkelinnen von Anfang an verwendet hatten. Doch ihr gebildetes Äußeres war nur die Fassade für ihre stählerne Entschlossenheit.

Ginger schaute auf die Illustrationen. „Die sind einfach großartig, Jack. Die drei jungen Mädchen sind zauberhaft. Sie erinnern mich so sehr an Marina, Brooke und Kai, als sie in dem Alter waren. Du hast sie wieder einmal sehr gut eingefangen."

Jack lächelte geschmeichelt. „Danke, Ginger. Ich gebe immer mein Bestes, um ihre Essenz einzufangen."

„Aber hier, meinst du nicht, dass die hier auch nach vorne schauen sollte, so wie die anderen beiden?"

„Ich hatte angenommen, dass sie sich nach ihrem Hund umsieht."

Ginger dachte einen Moment nach. „Ja, ich verstehe. Dann bring ihn auch mit ins Bild."

„Natürlich."

Kurz senkte sich Schweigen über sie. Doch Jacks Gedanken rasten. Er kämpfte mit dem Drang, sich Ginger anzuvertrauen und ihren Rat zu suchen in dieser Sache, die ihm aufs Gewissen drückte.

Warum hatte er den Artikel vorgeschlagen? Er hatte schon mal jahrelang darum herumgetanzt, als die Hauptakteure verurteilt und ins Gefängnis gekommen waren. Charles Bennington der Ältere. Und Chaz. Aber das jetzt war ein neuer Ansatz und ein neues Team, gegen das die üblichen Schneeballsysteme der Finanzwelt wie ein Kinderspiel aussahen.

Er schaute sich in dem Zimmer um, betrachtete die vielen Ehrungen, die von Bertrands Karriere im diplomatischen Dienst und Gingers Erfolgen in der Mathematik zeugten. Ihre Liebe zu Puzzles und Chiffren war überall zu sehen – wenn man wusste, wo man suchen musste.

Zum Beispiel bei den handbestickten Kissen, deren wie ein Muster aussehenden Chiffren versteckte Liebesbotschaften für ihren Mann gewesen waren.

Wenn es jemanden gab, der ihm ein Rat bezüglich dieser komplexen Situation geben könnte, dann sie.

Ginger machte sich ein paar Notizen auf einem Zettel und reichte ihn Jack. „Das sind alle Änderungen. Danach können wir die fertigen Illustrationen samt Manuskript an den Verlag schicken."

„Ich mache mich sofort daran." Er verlagerte sein Gewicht.

„Hast du sonst noch was auf dem Herzen?", fragte Ginger und nahm ihre Lesebrille ab.

„Wenn du Zeit hast. Es geht um meine Geschichte."

Sie lehnte sich zurück und legte die Fingerspitzen aneinander. „Heute habe ich Zeit. Danke, dass du fragst."

Ginger konnte er vertrauen. Sie hatte nie über sensitive Informationen gesprochen, die ihr im Laufe ihres Lebens zugetragen worden waren. Ihre Geschichten drehten sich um ihr Reisen, um Partys und faszinierende Menschen. Sie würde seine Geheimnisse nicht ausplaudern. Marina vertraute er natürlich auch. Aber er wollte sie nicht mit dieser Sache belasten. Oder ihr Sorgen bereiten. Zumindest noch nicht.

Schnell fasste er den Fall, an dem er arbeitete, zusammen, ohne jedoch Namen zu nennen. Eine hochkarätige Finanzmanagement-Firma mit geheimen Kontrollorganen, ein prominenter Politiker, eine Spur aus Briefkastenfirmen und die Tarnung von unglaublichen Geldsummen. Zinsen für Investitionen, die zu gut waren, um wahr zu sein, und ein System, das so clever wie gefährlich war.

Ginger nahm alles in sich auf. Ihr Blick war durchdringend und verstehend. „Das ist faszinierend. Und ziemlich herausfordernd."

„Ich liebe es, Unrecht zu entwirren." Jack räusperte sich. „Doch ich habe auch Befürchtungen. Genauer gesagt persönliche Befürchtungen."

„Bezüglich deiner Familie."

Jack nickte. Marina, Leo, Heather, Ethan und der Rest seiner Familie in Texas.

„Natürlich", begann Ginger und wählte ihre Worte sorgfältig. „Manchmal ist das Verfolgen der Wahrheit voller Gefahren. Aber mit der richtigen Strategie und Diskretion kann man selbst die heimtückischsten Gewässer navigieren. Deine Pflicht ist wichtig, aber deine Familie ist noch wichtiger. Geh vorsichtig vor, sammle alle Beweise, aber stelle sicher, dass du Schutzmaßnahmen ergreifst."

„Würdest du an meiner Stelle weitermachen?"

Ginger schüttelte den Kopf. „Diese Entscheidung kann ich nicht für dich treffen, Jack. Du bist ein kluger Mann, vertraue deinen Instinkten. Die haben dir bisher immer gute Dienste geleistet."

„Das stimmt."

„Dann weißt du, ob du dich zurückziehen solltest."

Jack nickte und spürte, wie das Gewicht auf seinen Schultern ein wenig leichter wurde. Gingers Perspektive gab ihm eine Richtung. „Marina vermutet, dass diese Geschichte nicht ganz ohne ist."

„Sie hat ein gutes Bauchgefühl, und sie ist robuster, als du ahnst." Ginger griff nach einem Stift und notierte einen Namen auf ihrem Block. „Das ist ein ehemaliger Kollege von mir, den du anrufen kannst, wenn es nötig sein sollte."

„Wie ein Rettungsring?"

„Ja, so in der Art." Ginger riss das Blatt ab und reichte es ihm. „Natürlich darfst du meinen Namen sagen. Du bist mein Schwiegerenkel."

Als er ging, erkannte er, dass er auch Ginger in den Schutz mit einbeziehen musste. Er war entschlossen, die Wahrheit aufzudecken und seine Familie zu beschützen. Die Geschichte war für ihn mehr als ein Honorarscheck oder eine Ausbildung für Leo geworden. Sie hatte die Leidenschaft für sein Fachgebiet in ihm erneut entfacht. Dennoch würde er vorsichtig sein müssen.

Und auf Zufälle achten.

Er würde seinen Teil der Story beenden und ihn so schnell wie möglich abgeben. Gus war mit ihm einer Meinung, dass mehr dahintersteckte, als sie anfangs geahnt hatten, und war bereits dabei, ein Team zusammenzustellen.

Die Versprechen, die Jack Marina und Leo gegeben hatte, waren wichtig. Er kannte Kollegen, die ihre Ehen und Beziehungen für ihre Karriere geopfert hatten. Einst hatte er auch dazugehört.

Aber dieses Mal nicht.

ährend Marina nach dem Mittag die Küche aufräumte, gab sie ihrem neuen Team Instruktionen. Sie war erleichtert, dass die Sous-Köchin, die letztes Jahr für sie gearbeitet hatte, frei gewesen war. Und sie hatte eine weitere junge Frau angestellt, die ihr bei ein paar Cateringjobs geholfen hatte.

Wenn sie die Hundertjahrfeier organisieren wollte, brauchte sie Hilfe.

Auf Heather würde sie nicht mehr so sehr zählen wie bisher, vor allem weil sie im Herbst an die Uni zurückkehrte.

Gestern war Heather früher gegangen, um sich mit Blake zu treffen, und Marina hatte ihre Aufgaben übernommen. Die Seelöwenfamilie war freigelassen worden, was Heather nicht hatte verpassen wollen. Das konnte Marina ihrer Tochter nicht verdenken. Und außerdem mochte sie Blake.

Doch dann dachte sie daran, was sie in Heathers Badezimmer gefunden hatte. Sie musste Zeit finden, allein mit ihrer Tochter zu reden. Hoffentlich würde sie sie später am Tag erreichen. Heather war nach dem Lunch wieder schnell verschwunden.

Im Moment musste Marina an der Planung für das große Fest der Stadt arbeiten. Sie würde weder den Bürgermeister noch die Bewohner von Summer Beach im Stich lassen. Diese Veranstaltung würde viele Touristen in den Ort locken und die Geschichte und Zukunft ihrer Gemeinde zeigen. Wie Ginger so gerne sagte, wäre das gut fürs Geschäft.

Es war ein bewölkter Tag, sodass viele der Sonnenanbeter vermutlich shoppen waren oder sich irgendwo verwöhnen ließen. Nun, wo der Mittagsansturm vorbei war, war es im Café ruhiger als üblich, was Marina nur recht war. Da sich ihr neues Team um die Küche kümmerte, hatte sie Kai und Ginger zu sich eingeladen.

„Hallo Liebes", sagte Ginger, als sie die Küche betrat. „Bereit, mit der Planungssitzung zu beginnen?"

„Jupp", antwortete Marina und schnappte sich ihren Notizblock, bevor sie mit ihrer Großmutter hinaus auf die Terrasse ging, wo sie sich an einen Tisch setzten, von dem aus Marina die Küche und den Eingang zum Café sehen konnte. Sollte ihre neue Sous-Köchin Hilfe benötigen, wäre sie da.

Kai kam in einem glitzernden T-Shirt, das mit dem Titel einer Broadwayshow bedruckt war, in der sie mitgespielt hatte, auf die Terrasse geeilt. „Sorry, dass ich zu spät bin."

„Damit hatte ich schon gerechnet", sagte Marina. „Lasst uns anfangen."

Kai warf ihr einen Blick zu. „Alles in Ordnung mit dir?"

„Ja, warum fragst du?"

„Du wirkst, als würde dir irgendetwas Sorgen machen."

Marina war nicht gut darin, ihre Sorgen zu verbergen. Sie musste dringend mit Heather reden. *Allein.* „Nun ja, diese Veranstaltung natürlich."

Ginger lachte leise. „Wir haben mit dieser Hundert-jahrfeier viel zu tun."

„Und wir haben weniger Zeit, als wir glauben", sagte Marina. „Wenn wir zusammenarbeiten, können wir es zu einem der besten Events machen, die Summer Beach je gesehen hat. Die Gemeinde war gut zu uns. Ich möchte diese Gelegenheit nutzen, um ihr etwas zurückzugeben."

Kai grinste und lehnte sich vor, wobei ihr die rotblonden Haare über die Schultern fielen. „Ich bin so aufgeregt. Das wird eine umwerfende Show."

Ginger schaute ihre Enkelinnen erwartungsvoll an. „Gute Planung ist der Schlüssel zum Erfolg. Aufgrund der ganzen Werbung, die gemacht wurde, rechnet der Bürger-meister mit einer großen Anzahl an Besuchern."

„Gibt es eigentlich ein Motto?", fragte Marina.

Sie hatte nicht sonderlich aufgepasst, was die bisherigen Planungen für die Veranstaltung anging, sondern nur gewusst, dass es für sie ein betriebsames Wochenende werden würde. Ihre Freunde vom Seabreeze Inn und vom Seal Cove Inn hatten gesagt, dass sie seit Monaten ausgebucht waren.

Ginger schaute nachdenklich drein. „Das Event sollte die Vergangenheit von Summer Beach ehren und gleich-zeitig einen Ausblick auf die Zukunft geben."

„Verstanden", sagte Kai und notierte sich etwas.

Marina war immer noch in der Phase des Laut-Denkens. „Mir gefällt die Idee, verschiedene Epochen hervorzuheben, um ein Erlebnis zu schaffen, das unsere reiche Geschichte mit unseren derzeitigen Attraktionen verbindet. Kai, du und Axe, ihr habt so viele Bühnenbilder für die Muschel gebaut. Was stellst du dir vor?"

Kai tippte mit dem Stift auf ihren Block. „Wir können es von der Gründung bis heute aufstellen. Was Sinn ergeben würde, weil die bunteren Festwagen und die Tanzteams in die moderne Ära gehören."

„Ja, das stimmt", sagte Marina. „Wie könnte das aussehen?"

„Ich werde mal mit den Leuten reden, die schon Festwagen gebaut haben, um zu sehen, wie sie die wichtigen Epochen aus der Geschichte von Summer Beach umgesetzt haben." Kais Enthusiasmus wuchs, während sie sprach. „Wie die Fischer aus dem frühen 20. Jahrhundert oder die Surfer aus den 1960er-Jahren. Und die Unternehmer aus dem heutigen Summer Beach. Es wird keine riesige Parade wie im Fernsehen, aber wir können dafür sorgen, dass sie unterhaltsam und entspannt wird, so wie es sich für einen Strandort gehört."

„Oh, das gefällt mir!" Marina erwärmte sich für die Idee. „Celia und Tyler haben angeboten, mit der Finanzierung und der Koordination der Schulteams zu helfen. Sie arbeiten an kleineren Festwagen, um ihre Vision von Summer Beaches Zukunft zu zeigen."

„Sehr cool", sagte Kai. „Wir haben viele Requisiten, die sie dafür nutzen können."

„Das wird den Kindern gefallen." Gingers Augen funkelten. „Ich erinnere mich an die alten Jahrmärkte, die hier immer Station gemacht haben. Ihr Mädchen habt das Riesenrad geliebt."

„Das wäre ein Riesenspaß für alle. Wen müssen wir dafür anrufen?", wollte Marina wissen.

„Das kann ich herausfinden", bot Kai an.

„Und ich kümmere mich um die entsprechende Erlaubnis vom Rathaus." Marina machte sich eine Notiz, und ihre Gedanken rasten. Sie schaute auf ihre Liste. „Kommen wir zum Oldtimer-Club."

„Nan und Arthur vom *Antique Times* kennen sich damit aus", sagte Ginger. „Sie können alle Clubs kontaktieren. Viele Besitzer von Oldtimern würden ihre alten Schätzchen nur zu gerne präsentieren."

Marina lächelte, als sie sich vorstelle, wie die Oldtimer mit grollenden Motoren über die Main Street fuhren, während die Sonne sich in glänzendem Chrom und auf Hochglanz poliertem Lack spiegelte.

So langsam nahm das Ganze in ihrem Kopf Gestalt an.

Kai trommelte mit den Fingern auf den Tisch und summte eine Melodie. Dann leuchteten ihre Augen auf und sie schnippte mit den Fingern. „Das Tanzstudio im Ort nimmt in ganz Südkalifornien an Wettbewerben teil. Sie haben tolle Kostüme und unglaubliche Choreografien. Das wird ein funkelnder Fluss aus wirbelnden Pailletten."

„Das ist eine Superidee", sagte Marina. „Die Kinder würden vermutlich nur zu gerne bei dem Festumzug dabei sein."

„Ich kenne die Besitzer der Tanzakademie", sagte Ginger. „Ich kann sie gerne fragen."

Kai hüpfte auf ihrem Stuhl auf und ab. „Und wir haben das Sommercamp des Jugendtheaters, das wir dieses Jahr auf die Beine stellen. Das wäre sicher ein großer Spaß für sie alle."

Der Enthusiasmus ihrer Schwester war ansteckend.

Ginger lachte leise, und Marina stellte sich junge Tänzer und aufstrebende Broadwaystars vor, die ihre jugendliche Energie in die Parade einbringen würden.

Kai schlug sich eine Hand vor den Mund. „O nein. Leos Freundin Samantha hat sich für das Theatercamp eingeschrieben. Ich glaube, sie geht auch in das Tanzstudio. Sie wird sich also entscheiden müssen. Aber ich werde versuchen, ihr die Theatergruppe schmackhaft zu machen."

„Ich fühle hier eine neue Rivalität aufkommen", sagte Ginger lachend.

In dem Moment bemerkte Marina, dass Cruise auf das Cottage ihrer Großmutter zueilte. „Was machte er denn hier?"

„Wer?", fragte Kai und drehte sich um.

Heather kam aus der Seitentür und winkte ihn zu sich.

Marina wollte schon aufstehen, doch Kai hielt sie am Handgelenk zurück. „Entspann dich, er will nur Heather besuchen. Du hast ihn zwar gefeuert, aber die Freundschaft zwischen den beiden kannst du nicht feuern. Bring sie nicht in Verlegenheit."

Marina ließ sich wieder auf ihren Stuhl sinken. Cruises Verhalten ärgerte sie noch immer. Und jetzt machte sie sich nur noch mehr Sorgen um Heather.

„Kehren wir an die Arbeit zurück", sagte Kai. „Was ist mit Pferden? Kennen wir irgendjemanden, der in dem Umzug mitreiten möchte?"

Marina dachte einen Moment nach und versuchte, Cruise und Heather zu vergessen. „Ich habe eine Kundin, die mich auf ihre Ranch eingeladen hat. Sie kommt öfter in den Ort, um ihre Schwester zu besuchen. Warte mal, ich suche eben ihre Nummer raus." Sie scrollte durch die

Kontakte in ihrem Handy. „Hier. Jillian von *Equine Rescue*. Soll ich sie gleich anrufen?"

„Warum nicht?", fragte Ginger und lehnte sich vor. „Stell sie auf Lautsprecher."

Marina wählte die Nummer und wartete. Sie erinnerte sich daran, dass Jillian gesagt hatte, sie wäre oft draußen bei den Pferden. Nach ein paar Mal Klingeln ging sie jedoch ran.

„Summer Beach Equine Rescue, Jillian am Apparat."

Marina stellte Kai und Ginger vor und erzählte Jillian von der Hundertjahrfeier. „Wir dachten, dass vielleicht einige deiner Reiter mit ihren Pferden als Tribut an das alte Summer Beach teilnehmen möchten."

„Das wäre großartig", antwortete Jillian enthusiastisch. „Das haben wir in anderen Gemeinden auch schon gemacht. Es ist eine wundervolle Gelegenheit, unsere Organisation vorzustellen und Spenden zu sammeln."

Marina lächelte, als sie sich vorstellte, wie die Pferde über die Main Street stolzierten.

„Wie wäre es mit sechs Reitern in passenden Kostümen?", schlug Jillian vor.

„Das wäre perfekt", sagte Marina. „Wir werden uns einen guten Platz in dem Festzug überlegen, damit eure Pferde ausreichend Platz und Ruhe um sich herum haben."

Sie besprachen noch ein paar weitere Details und verabschiedeten sich dann. Marina verspürte einen Anflug von Stolz bei dem Gedanken, dass der Umzug immer mehr Form annahm.

Dann sah sie, wie Heather und Cruise gemeinsam das Cottage verließen.

Kai sah es auch. „Heather scheint es besser zu gehen", sagte sie.

„Sie war gestern schon wieder recht fit." Marina sah zu, wie die beiden in Cruises Cabriolet stiegen. Ihr Herz zog sich für ihre Tochter zusammen, und erneut stieg die Wut auf Cruise in ihr auf.

Ginger folgte ihrem Blick. „Glaubt ihr, zwischen den beiden läuft etwas?"

Kai wandte sich an Marina. „Hat Heather dir je erzählt, ob sie einen Freund hat?"

Marina schüttelte den Kopf. Ihr wurde bewusst, dass sie nicht alle von Heathers Freunden aus dem Studium kannte. Ihre Tochter war so schnell erwachsen geworden.

Kai griff nach ihrer Hand. „Gib ihr Raum. Heather ist erwachsen."

„Genau davor fürchte ich mich."

„Es ist schwer, ein Kind ziehen zu lassen", sagte Ginger und legte eine Hand auf ihren Arm.

Marina schüttelte den Kopf. Seit der Geburt der Zwillinge hatte sie versucht, Stans Tod wiedergutzumachen, hatte die beiden mit Aufmerksamkeit überschüttet und alles gegeben, um ihnen zu helfen, ihre Träume wahr zu machen. Ethan lebte sein Leben, wie junge Männer es taten, aber zu Heather hatte sie immer eine besondere Verbindung verspürt. Sicher, sie stand Ethan auch nahe, aber auf andere Weise.

Doch es war eindeutig, dass etwas passiert war.

„Erde an Helikopter-Mom", sagte Kai und tippte auf den Tisch. „Lass deine Tochter ihre eigenen Fehler begehen. Wir hatten damit viel Spaß. Warum sollte sie den nicht haben?"

Darauf hatte Marina keine Antwort. Sie schaute auf ihre Notizen.

„Ich habe vielleicht jemanden, der einen Festwagen im

Stil der 60er-Jahre-Surfer baut", sagte Kai und scrollte durch die Kontakte in ihrem Handy. „Duke Kalani. Er hat in unserer Weihnachtsshow *Eine Weihnachtsgeschichte am Strand* mitgespielt. Wir hatten so viel Spaß zusammen."

Marina erinnerte sich. Duke war eine örtliche Surfer-Legende und gab am Strand Surfunterricht.

„Nun bin ich dran, ein wenig zu zaubern." Kai tippte auf seinen Namen und wartete, dass er den Anruf entgegennahm.

„Aloha, hier ist Duke", sagte eine tiefe, freundliche Stimme.

„Duke, ich bin's, Kai Moore. Wie geht es dir?"

„Kai, wie schön, von dir zu hören. Was ist los? Gibt es ein neues Musical?"

„Immer. Aber ich rufe wegen der Hundertjahrfeier von Summer Beach an. Hättest du Lust, mit ein paar Freunden und euren Surfboards an dem Festumzug teilzunehmen? Du könntest helfen, den Wagen zu bauen. Das wird ein großer Spaß, so wie das Kulissenbauen in der Muschel."

„Klingt super", sagte Duke. „Ich werde mich mal umhören."

„Danke", sagte Kai. „Das wird eine tolle Party."

Sie legte auf und wandte sich an Ginger. „Jetzt bist du dran. Wen kennst du, den wir gerne dabeihaben würden?"

„Wen kennt sie nicht?", warf Marina ein und lächelte ihre Großmutter an.

„Hm, mal sehen", sagte Ginger. „Wie wäre es mit mehr Musik und Tanz?" Während Kai ihren Kontakten Nachrichten schickte, scrollte Ginger durch ihr Handy und hielt inne. „Hier ist jemand."

Sie schaltete den Lautsprecher ihres Handys an und

legte es auf den Tisch. Alle drei Frauen beugten sich vor, als es klingelte.

„Marta, meine Liebe", sagte Ginger, als ihre Freundin ranging. Sie tauschten ein paar Höflichkeiten aus, bevor Ginger auf den Punkt kam. „Wir organisieren gerade eine spektakuläre Parade für den hundertsten Geburtstag unseres Ortes."

„Das habe ich gehört", sagte Marta. „Und Glückwunsch zu deiner Wahl als Grand Marshal."

„Danke. Aber die Ehre würde ich gerne teilen. Ich bin mir sicher, die Leute wären hoch erfreut, wenn du mit deiner *Chorale Society* teilnehmen würdest."

„Was für eine fabelhafte Idee", sagte Marta. „Ich werde mich bei meinen Mitgliedern umhören, bin mir aber sicher, dass sie alle liebend gerne dabei wären. Wie wäre es mit einem Medley aus Songs von der Gründungszeit bis heute?"

„Wundervoll", sagte Ginger und zwinkerte Marina und Kai zu.

Nachdem sie sich verabschiedet hatte, rief Ginger die Direktorin der *Summer Beach Dance Academy* an. Sie schlug vor, dass die Schüler in dem Festzug mitliefen und dabei verschiedene Choreografien zeigten. Die Direktorin war sofort einverstanden.

Triumphierend legte Ginger auf. „So machen wir das in dieser Stadt."

Kai klatschte mit ihr ab. „Gut gemacht."

„Jetzt müssen wir nur noch alle Teilnehmer koordinieren", sagte Marina und machte sich ein paar Notizen.

„Darum können Axe und ich uns kümmern", sagte Kai. „Eine Parade zu organisieren ist nicht viel anders als ein Theaterstück auf die Beine zu stellen. Die Leute müssen nur ihre Stichworte kennen. Wir erstellen eine Reihenfolge, die Sinn ergibt."

Es gab immer noch viele Details, die ausgearbeitet werden mussten, aber Marina war erleichtert über die Fortschritte, die sie heute gemacht hatten.

Kais Handy piepte, und sie las den Text. „Weitere gute Neuigkeiten. Ich habe gerade meinem Freund Theo, dem Jongleur vom Theater, eine Nachricht geschrieben. Er und ein paar weitere Straßenkünstler wollen ebenfalls mitmachen. Sie sehen das als Chance, ihr Können zu zeigen."

„Und das der Muschel", sagte Marina. Kais Verbindungen in Theaterkreisen erwiesen sich als sehr wertvoll.

„Oh, und ich habe noch eine Idee", sagte Kai. „Einige der Maskenbildner vom Theater können Schminken für Kinder und Erwachsene anbieten. Das würde die festliche Atmosphäre steigern."

„Ich liebe diese Idee." Marina notierte sie sich gleich. Dieser Festumzug würde der bunteste, lebendigste werden, den Summer Beach je gesehen hatte. „Wenn es uns nur gelingen würde, Cookie und Rosa voneinander fernzuhalten. Deren alte Rivalität ist noch nicht vorbei."

Beide Frauen hatten Marina angerufen und versucht, die besten Stellen entlang des Festzugs für sich zu reservieren. Obwohl Marina sie gebeten hatten, zusammenzuarbeiten, schien es den beiden schwerzufallen, mit alten Gewohnheiten zu brechen.

Ginger beugte sich vor. „Ich habe vielleicht eine Idee, die beide zufriedenstellt. Oder wenigstens dafür sorgt, dass sie sich nicht weiter gegenseitig in die Quere kommen."

Marina und Kai sahen einander an. Die Weisheit und Diplomatie ihrer Großmutter waren in Summer Beach legendär. Wenn es jemandem gelingen konnte, Frieden zwischen den beiden Rivalinnen zu stiften, dann Ginger.

„Meine Idee ist wie folgt", fuhr Ginger fort. „Warum weisen wir nicht zwei Marktflächen aus, je eine an jedem Ende des Festzugs? Cookie kann eine davon für die Stände vom Bauernmarkt haben, und Rosa die andere mit ihren Fisch-Tacos und anderen Foodtrucks. So würde auch nicht so viel Gedränge herrschen."

Kai strahlte. „Und sie hätten beide ihren Ort, an dem sie glänzen können."

„Ganz genau", sagte Ginger. „So gibt es für jeden etwas."

„Das klingt nach einem guten Plan", bestätigte Marina und schrieb es sich gleich auf. „Ich werde die beiden anrufen. Mit etwas kreativer Planung können wir das hinkriegen."

„Du weißt einfach immer, wie man die Leute zusammenbringt." Kai drückte Gingers Hand. „Oder sie voneinander fernhält."

Marina atmete erleichtert aus. Solange sie weiterhin die Details im Blick behielten, würde es ein rauschendes Fest werden. Optimistisch gestimmt von den neuen Gruppen, die sie eingeladen hatten und der Aussicht auf ein paar Sponsoren, machten die drei Frauen sich daran, den Plan für die Parade zu finalisieren.

Mit ihrer Familie an ihrer Seite war Marina sicher, diese Veranstaltung zu einem Erfolg zu machen. Ihr fiel nichts ein, das mit dem Festzug schiefgehen könnte. Wie schwer konnte es auch sein, die Main Street hinunterzugehen oder zu fahren? Kai und Axe würden die Teilnehmer in einer Reihe aufstellen und mehr war nicht zu tun.

Sie schaute auf die Uhr und fragte sich, wann Heather wohl wieder da wäre und Zeit hätte. Sie musste so schnell wie möglich mit ihr sprechen. Auch wenn es keine Unterhaltung war, die sie je mit ihrer Tochter hatte führen wollen – oder mit ihrem Sohn.

Aber sie würde tapfer sein und sich der Situation gemeinsam mit Heather stellen. Eine Schwangerschaft wäre nicht das Ende der Welt.

Marina hatte zwei Kinder allein großgezogen, da würden sie das hier auch schaffen. Sie schaute zu Ginger und Kai, die immer noch fröhlich weitere Details der Feier besprachen.

Nach einer Weile klappte Kai ihren Block zu. „Das wär ′s dann für mich für heute. Ich werde von zu Hause aus noch ein paar Anrufe tätigen, aber ich muss vor dem Essen noch eine Tomatensoße auf den Herd stellen."

Nachdem sie gegangen war, wandte Marina sich an Ginger. „Hast du Zeit zu reden?"

„Natürlich? Was liegt dir auf der Seele?"

Marina verschränkte die Hände, um das Zittern zu unterdrücken. „Es geht um Heather."

13

*E*ndlich gelang es Marina, ihre Tochter zu erwischen. Ginger hatte angerufen, sobald Heather nach Hause gekommen war, und Marina war schnell hinübergefahren, auch wenn es schon spät war.

Heute war Heather lange mit Cruise aus gewesen, und gestern hatte sie den ganzen Tag mit Blake und den Seelöwen verbracht.

Jack hatte sich gewundert, wo Marina so spät am Abend noch hinwollte. Sie fühlte sich schuldig, weil sie ihren Verdacht nicht mit ihm teilte, aber die Situation war für sie so schon schwer genug. Deshalb hatte sie ihm nur gesagt, dass sie mit Heather reden musste.

„Komm rein, Liebes", sagte Ginger, als sie Marina die Tür öffnete. „Heather ist oben in ihrem Zimmer. Ruf mich, wenn du mich brauchst."

„Danke, das mache ich. Aber erst möchte ich allein mit ihr reden." Marina hatte sich zur moralischen Unterstützung Ginger anvertraut. Sie wusste nicht, wie Heather sich während dieser Unterhaltung verhalten würde, aber sie würden die Sache gemeinsam angehen, wenn es nötig wäre.

„Natürlich. Das verstehe ich."

Schweren Schrittes ging Marina die Treppe hinauf. Eine Wolke der Angst schwebte über ihr. Sie dachte an Heathers Zukunft, Pläne und Träume. Das Gewicht dieser unerwarteten Neuigkeiten lag schwer auf ihren Schultern, und sie musste sich zusammenreißen, um nicht die Fassung zu verlieren. In der ruhigen Welt von Gingers Cottage sah Marina sich einer möglichen Realität gegenüber, die alles verändern könnte.

Ginger hatten ihnen allen durch die Tragödie mit ihren Eltern geholfen. Sie hatte Brooke und Kai aufgezogen und war nach Stans Tod und der Geburt der Zwillinge immer für Marina da gewesen. Wenn jemand wusste, wie man solche Familiensituationen händelte, dann sie.

Aber jetzt war Marina gefragt. Sie klopfte an Heathers Tür. „Hey Liebes, ich bin's. Hast du eine Minute?"

Die Tür schwang auf. „Was machst du denn hier?"

„Ich musste was abholen", setzte Marina an, schüttelte dann aber den Kopf. „Nein, das stimmt nicht. Ich muss mit dir reden."

Heather zog die Stirn kraus und bat ihre Mutter hinein. Sie setzte sich aufs Bett, und Marina zog sich den Schreibtischstuhl heran.

Heather trug ein T-Shirt und Yogahosen. Sie sah immer noch so jung aus, aber Marina wusste, dass sie selbst nicht viel älter gewesen war, als sie Stan geheiratet hatte.

Nicht länger ein Kind, aber immer noch mein Kind. Immer mein kleines Mädchen.

„Ist was mit Jack?", fragte Heather besorgt.

„Nein, ihm geht es gut."

Heather wirkte verwirrt. „Warum bist du dann hier?"

Marina wusste kaum, wo sie anfangen sollte. Ein emotionales Gewicht drückte ihr aufs Herz und schnürte ihr die Luft ab. Was auch immer ihrer kostbaren Tochter passiert war – blinzelnd versuchte sie, den Rausch an Möglichkeiten zu vertreiben -, sie musste stark, verständnisvoll und mitfühlend sein.

„Liebes, gibt es irgendetwas, das du mir erzählen möchtest?"

„Du meinst wegen Blake?" Heather lächelte und ihr Gesicht erstrahlte. „Es war umwerfend, die Seelöwen in die Freiheit zu entlassen. Du hättest sie sehen müssen. Sie sind so intelligent. Ich habe ein paar Videos gemacht. Hier, ich kann sie dir zeigen."

Als Heather nach ihrem Handy griff, berührte Marina ihren Arm. „Ich bin froh, dass du dabei sein konntest, aber ich bin hier, um über etwas anderes zu reden."

Heather zog sich zurück. „Mom, du machst mir Angst. Bist du krank?"

„Nein …"

„Ist es Jack? Bitte sag mir nicht, dass ihr euch scheiden lasst."

„Nein, nichts dergleichen." Marina seufzte. Dann zog sie das Teststäbchen aus ihrer Tasche. „Ich habe eine Packung dieser Schwangerschaftstests in deinem Badezimmer gefunden. Aber einer fehlte. Heather, Süße, ich liebe dich und ich fälle hier kein Urteil. Aber hast du einen positiven Test gehabt?"

Heather riss geschockt die Augen auf und presste sich eine Hand vor den Mund. „O mein Gott, du hast gedacht, das wäre meiner?"

Marina war verblüfft. „Nicht?"

Heather sah sie fassungslos an. „Was glaubst du wohl?"

„Dass du vielleicht …" Marina stolperte über ihre Worte.

„Ich habe nicht mal einen Freund."

„Aber Cruise …"

„Wir sind nur gute Freunde. Also zumindest von meiner Seite aus."

Eine Welle der Erleichterung packte Marina. Das Chaos aus Sorgen und schlimmsten Szenarien, das sie verschlungen hatte, verschwand. Heathers Wangen waren gerötet und ihre Augen blickten ernst. Vor Marinas innerem Auge breitete sich wieder die rosige Zukunft ihrer Tochter aus.

Sie hielt das Teststäbchen hoch. „Wem gehört das dann?"

„Nicht mir, Mom. Das schwöre ich." In Heathers Stimme klang die Aufrichtigkeit mit, die Marina so gut kannte.

Schweigen senkte sich schwer auf sie herab, unterbrochen nur von dem rhythmischen Rauschen des Meeres. Der Schwangerschaftstest, nur wenige Minuten zuvor ein unwillkommenes Element im Raum, war jetzt lediglich ein Puzzleteil, das auf eine andere Geschichte hindeutete, ein weiteres Kapitel im Leben eines anderen Menschen.

Könnte es Kai sein? Der Gedanke streifte Marinas Bewusstsein. Ihre Schwester kämpfte und sehnte sich so sehr nach kleinen Schauspielern.

„Vielleicht gehört der Tante Kai", sprach Heather die Gedanken ihrer Mutter laut aus.

„Ja, das würde Sinn ergeben." Marina nickte und erinnerte sich an die Pyjamaparty. „Sie hat vor Kurzem hier übernachtet."

Heather kam näher und ergriff Marinas Hand. „Vielleicht wollte sie es Axe nicht sagen, bis sie nicht sicher war."

„Ich sollte mit ihr reden", überlegte Marina. „Morgen."

In ihrem Inneren ebbte der Wirbel an Gefühlen langsam ab und ihre Gedanken wurden wieder klarer. Sie strich Heather übers Haar. „Ich bin froh, dass du noch nicht dran bist. Auch wenn wir das irgendwie hinbekommen hätten."

Heather grinste. „Ich auch, Mom."

Marina hatte zugesehen, wie Heather gewachsen war, hatte die Herausforderungen der Kindheit zusammen mit ihr gestemmt und von einer Zukunft für ihre Tochter geträumt, in der ihr die frühe Verantwortung der Mutterschaft erspart bliebe. Die Möglichkeit, dass Heather schwanger sein könnte, hatte sie aus der Bahn geworfen.

Nicht weil sie ihre Tochter nicht unterstützt hätte – denn das hätte sie von ganzem Herzen – sondern weil sie gearbeitet und geplant hatte, damit Heather ihr junges Leben zur Gänze auskosten konnte. Sie hoffte, dass ihre Tochter ihren Weg ohne unerwartete Umwege weitergehen könnte.

Denn von Umwegen gab es im Leben genügend.

„Ich hatte solche Angst um dich", gestand Marina, und ihre Stimme war kaum mehr als ein Flüstern. „Nicht weil du damit nicht klargekommen wärst, sondern weil ich will, dass du alle Chancen auf der Welt hast. Dass du dein Studium abschließt, einen Beruf anfängst und deine Träume ohne Unterbrechung lebst."

Heather drückte ihre Hand. „Ich weiß, Mom. Und ich will das alles auch. Aber Tante Kai? Sie ist dafür bereit. Vielleicht ist jetzt ihre Zeit."

Marina lächelte, als sie über die Unvorhersehbarkeit

des Lebens nachdachte. Jeder Weg war einzigartig. Und auch wenn sie gebetet hatte, dass Heathers Weg nicht eine zu frühe Mutterschaft einschlösse, hoffte sie von ganzem Herzen, dass Kais Zeit nun wirklich gekommen war.

Sie umarmte ihre Tochter und hielt sie lange fest. Sie sorgte sich trotzdem weiter, dass Heather allein in die Welt ziehen würde, so wie es jede Mutter täte. „Bist du vorsichtig, Liebes?"

„Immer, Mom."

„Und du würdest zu mir kommen, wenn du in Schwierigkeiten steckst? Egal, worum es geht, nicht nur eine mögliche Schwangerschaft?"

Heather schlang die Arme um sie. „Immer", wiederholte sie. „Du bist mein Felsen, Mom. Ich hab dich lieb."

„Ich dich auch, meine Süße." Sie tippte Heather auf die Nasenspitze, wie sie es früher immer getan hatte. „Ich hoffe, dass wir bald mit Kai feiern können."

Heather lehnte sich an sie. „Es gibt da etwas, Mom."

„Ja?"

Heather lächelte sie an. „Ich mag Blake wirklich. Er kommt dieses Wochenende wieder her. Kann ich mir ein wenig freinehmen?"

„Ich bestehe sogar darauf." Marina fühlte sich so viel leichter, als sie aufstand und lächelte. „Lade ihn gerne zum Abendessen ein, wenn du möchtest. Außer, ihr habt andere Pläne." Sie gab Heather einen Kuss auf die Stirn. „Gute Nacht, meine Süße."

Sie ging nach unten, wo Ginger im Wohnzimmer auf sie wartete und bei ihrem Eintreten erwartungsvoll aufschaute.

Marina schüttelte den Kopf. „Es war nicht ihrer."

„Wessen dann?" Ginger hielt inne. „Natürlich, Kais."

„Ja, das ist offensichtlich. Aber einer der Tests fehlte."

„Einer, der positiv ist." Ginger klatschte in die Hände. „Vielleicht feiern die beiden gerade."

„Sollten wir warten, bis sie es uns erzählt?", fragte Marina. „Oder sollen wir ihr sagen, dass wir es wissen?"

Ginger schürzte die Lippen. „Kannst du das Geheimnis bewahren?"

„Kannst du?", erwiderte Marina, bevor ihr einfiel, wie viele Staatsgeheimnisse Ginger einst hatte wahren müssen. Und es vermutlich immer noch tat.

„Lass uns eine Nacht darüber schlafen, Liebes."

Marina umarmte sie zum Abschied und ging. Auf dem Weg nach Hause platzte sie förmlich vor Glück. Sie öffnete das Verdeck ihres Mini Coopers, drehte die Musik auf und sang in der kühlen Meeresbrise lauthals mit.

Aufregung packte sie. Sie stellte sich vor, wie überglücklich Kai wohl sein musste. Sie wusste, wie viel es Kai und Axe bedeutete, ein Kind zu bekommen.

Warum hat sie es mir noch nicht erzählt? fragte sie sich. Vielleicht wusste Axe es noch nicht. Oder Kai wollte eine Weile warten, um sicherzugehen. Jetzt fühlte sie sich schuldig, weil Kai den Termin beim Arzt verpasst hatte, um im Café zu bedienen.

Aber sie freute sich so für ihre Schwester. Bei dem Gedanken, dass deren Traum wahr wurde und sie bald ein neues Familienmitglied begrüßen könnten, flatterte ihr Herz. Sie würde respektieren, dass Kai und Axe es allen auf ihre Weise erzählen wollten, aber sie konnte es kaum erwarten, den beiden zu gratulieren.

Ganz sicher würde Kai die gute Neuigkeit bald mit ihnen teilen.

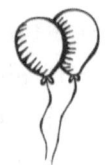

14

*B*evor der Bauernmarkt öffnete, suchte Marina sich mit ihrem rollenden Korb voller Backwaren einen Weg zwischen den Ständen hindurch. Heute hatte sie Zitronen-Himbeer-, Blaubeer- und Apfel-Zimt-Muffins dabei. Außerdem eine Pilz-Käse-Quiche, Sauerteigbrot und verschiedene Kekse. Sie hatte sogar spezielle, mit Guss verzierte Kekse für die Hundertjahrfeier gebacken.

Ihr Verdacht, was Kais Zustand anging, fühlte sich schwerer an als die Backwaren, die sie vor sich herschob. Sie freute sich für Kai, fragte sich aber, ob sie es Brooke erzählen sollte. Immerhin waren sie Schwestern. Und die Neuigkeiten würden sowieso früher oder später herauskommen.

Brooke war bereits am Stand und arrangierte ihr Gemüse in Weidenkörben. Sie hatte grüne und rote Salatköpfe, Tomaten, Gurken, Basilikumtöpfe und mehr dabei.

„Guten Morgen", sagte Marina und begann, ihren Korb auszupacken.

Brooke seufzte und warf sich ihren langen Zopf über die Schulter. „Wenn du das sagst."

„Das klingt nicht gut. Willst du darüber reden?" Marina fielen die leichten Schatten unter den rot geränderten Augen ihrer Schwester auf – die verräterischen Anzeichen einer weiteren schlaflosen Nacht. „Haben die Jungs dich wieder wachgehalten?"

Brooke rieb sich die Augen. „Zwischen Sport, Streitereien und dem Lärm ihrer Freunde hatte ich mal wieder die Nase voll. Ich liebe sie alle, aber ab und zu muss ich mal weg. Zum Glück hat Chip Verständnis."

„Nachdem du dein Ultimatum gestellt hast."

„Das war für meine eigene geistige Gesundheit."

Marina lächelte, als sie sich das derzeitige Chaos in Brookes Haus vorstellte. „Aber es hat funktioniert."

Sie nahm die Quiches heraus und schnitt eine für Kostproben in kleine Stücke. Viele Leute snackten auf dem Markt, während sie einkauften. „Ich weiß es sehr zu schätzen, dass du für den Markt trotzdem früh aufgestanden bist."

„Das hier ist meine Zeit", antwortete Brooke. „Wenn ich erwachsene Unterhaltungen führen kann."

Wenn das Muttersein schon Brooke, ihre pragmatische, mit beiden Beinen auf der Erde stehende Schwester so mitnahm, fragte Marina sich, wie Kai wohl damit zurechtkäme. Es juckte sie, Brooke von ihrer Entdeckung zu erzählen.

Sie versuchte, sich auf das Arrangieren ihrer Waren zu konzentrieren, doch ihre Gedanken gingen immer wieder zu Kai zurück. *Sie hat so ein Strahlen an sich. Hat Brooke das auch bemerkt?*

Während sie weiter ihren Stand einrichteten, jagten die

ersten Strahlen der Morgensonne die Frische der Dämmerung davon. Um sie herum schuf das Geplapper der anderen Händler eine fröhliche Atmosphäre. Hier hatte Marina mit ihrem Geschäft angefangen, und sie liebte es immer noch, hierherzukommen.

Vertrautes Gelächter drang zu ihnen herüber, und Marina schaute auf.

„Das klingt wie Kai", sagte Brooke. „Sie ist früh auf."

Marina biss sich auf die Unterlippe und runzelte die Stirn. „Sie sollte jetzt wirklich dafür sorgen, genügend Schlaf zu bekommen."

„Ach, und wieso?", fragte Brooke.

Marina schlug sich eine Hand vor den Mund. „Ich habe nichts gesagt."

„Das musstest du auch nicht." Ein Lächeln breitete sich auf Brookes Gesicht aus. „Ich habe dich schon immer durchschauen können. Wie weit ist sie?"

„Ich habe noch nicht mit ihr gesprochen. Ehrlich gesagt weiß sie nicht, dass ich es weiß."

„Wie hast du dann davon erfahren?"

Zögernd suchte Marina nach den richtigen Worten. „Sieh sie dir doch nur an. Sie ist wie sie, aber noch mehr."

Brooke lachte leise. „Die schwesterliche Intuition hat auch ihre Grenzen. Sag schon, wie hast du es herausgefunden?"

„Ich habe dir nichts erzählt, okay? Ich hoffe nur, dass ich recht habe. Das wären so wundervolle Neuigkeiten."

„Ja, beim Ersten schon, aber dann …" Brooke schob sich eine Haarsträhne, die sich aus ihrem Zopf gelöst hat, aus dem Gesicht. „Ich wollte natürlich sagen, dass sie alle ein Segen sind."

„Pst, sie kommt", flüsterte Marina. „Wir sollten es uns von ihr erzählen lassen."

Kai kam in einem T-Shirt und einem kurzen, ausgestellten Rock, der ihre durchtrainierten Tänzerbeine zeigte, auf sie zugeschlendert. Vor dem Stand blieb sie stehen und stemmte die Hände in die Hüften. „Ihr seid aber schnell verstummt. Was führt ihr im Schilde?" ·

Ohne auf eine Antwort zu warten, ließ sie ihren Blick über die Backwaren und das Gemüse schweifen. „Marina, ich brauche mindestens ein halbes Dutzend deiner Zitronen-Himbeer-Muffins für meinen Brunch morgen. Außerdem Gemüse für Salate, und einen von deinen leckeren Hundertjahrkeksen für jetzt."

Marina gab die Muffins in eine Tüte. „Wie läuft es mit der Renovierung?"

„Das neue Bad macht Fortschritte", antwortete Kai, und ihr Gesicht erstrahlte. „Mit einem Bauunternehmer verheiratet zu sein hat so seine Vorteile. Ihr solltet mal vorbeikommen und euch meine riesige Badewanne anschauen. Wir wollten eine, die groß genug für uns beide ist."

„Arbeitet ihr auch noch an anderen Räumen?", fragte Marina.

„Ich würde gerne Fensterläden in unserem Schlafzimmer anbringen."

Marina ließ es dabei bewenden. Sie hatte eigentlich ein Kinderzimmer gemeint.

Brooke stellte ein paar frische Gurken und Salatköpfe zusammen. „Für deinen Salat. Nimm auch ein paar Tomaten mit. Du musst jetzt sicherstellen, ausreichend frisches Gemüse zu essen."

„Logisch. Das müssen wir alle." Kai füllte ihren

Einkaufsbeutel. „Du bietest die besten Produkte auf dem Markt an."

Jedes Mal, wenn Marina ihre jüngste Schwester anschaute, raste ihr Herz und sie debattierte innerlich, ob sie ihre Vermutung mit Kai teilen sollte oder nicht.

Sie sah ihre Schwester genauer an, suchte nach äußerlichen Anzeichen für eine Schwangerschaft. Kai sah glücklich und aufgeregt aus, und ihre Wangen hatten einen rosigen Schimmer. Was aber auch ihr Make-up sein könnte. „Wie geht es dir, Kai?"

„Mir?" Kai zog die Augenbrauen zusammen. „Sehr gut."

Brooke warf ihr einen Blick zu. „Was Marina meinte, ist, dass du heute besonders energiegeladen wirkst."

Kai legte den Kopf schief. „Das liegt daran, dass Jason und seine Frau vom Kerzenstand gerade Saisontickets gekauft haben. Diese Gelegenheit konnte ich mir nicht entgehen lassen."

Marina beobachtete sie genau. Kai hatte ihre Hinweise alle ignoriert, aber sie war auch eine ausgebildete Schauspielerin. Sie verbarg ihre Neuigkeiten gut. Marina sollte mitspielen und so tun, als wüsste sie von nichts, aber das fiel ihr wahnsinnig schwer.

Sie wandte sich an Brooke. „Sollen wir?"

„Das ist deine Entscheidung. Du bist die Älteste."

Marina lachte. „Das sagst du immer, wenn du keine Entscheidung treffen willst."

Kai stemmte erneut die Hände in die Hüften. „Ihr beide benehmt euch sehr seltsam. Würde eine von euch mich in euer Geheimnis einweihen?"

Mit einem verschwörerischen Lächeln sagte Marina: „Es ist dein Geheimnis, Kai."

Kai tippte ihr an die Stirn. „Hast du aus Versehen irgendwelche komischen Pilze gegessen? Denn ihr beide …"

„Kai, wir *wissen* es", platzte es aus Marina heraus. „Ich habe den Schwangerschaftstest gesehen, den du versucht hast, in Heathers Badezimmer zu verstecken. Ich dachte erst, es wäre ihrer. Gott sei Dank war er das nicht."

Das Lächeln glitt von Kais Gesicht. „Marina, das ist nicht lustig. Der gehört nicht mir. Ich bin überrascht, dass Heather wegen so etwas lügt."

Ihre Worte trafen Marina wie eine Ohrfeige. Und doch glaubte sie ihrer Tochter.

„Sie hat nicht gelogen."

Brooke wandte den Blick ab und konzentrierte sich auf ihre Tomaten.

Und Kai blinzelte Tränen fort.

Sofort wusste Marina, dass sie einen Nerv getroffen hatte. Ihre Gedanken rasten, um eine andere Erklärung zu finden.

„Brooke?"

Ihre Schwester seufzte schwer. „Wir wollten eigentlich nur Alder und Rowan haben. Das mit Oakley war ein Unfall - aber wagt es ja nicht, das ihm gegenüber zu erwähnen."

„Natürlich nicht", sagte Marina und legte einen Arm um Brooke, die einen panischen Ausdruck in den Augen hatte.

„Und nun das", fuhr Brooke fort. „Ich habe keine Ahnung, wie ich mich mit diesen drei wilden Biestern um ein Neugeborenes kümmern soll. Ich bin jetzt schon so müde. Ich weiß nicht, wie ich das schaffen soll. Und ich bringe es nicht über mich, es Chip zu sagen. Er macht sich sowieso schon Gedanken, wie wir die Ausbildung unserer drei Jungs bezahlen sollen."

„Ich freue mich aber für dich", stieß Kai aus und presste sich eine Hand vor den Mund, während sie weitere Tränen zurückhielt.

Marina war entsetzt von dem, was sie angerichtet hatte. „O Kai, es tut mir so leid."

Kai biss sich auf die Unterlippe. „Erst letzte Woche dachte ich, vielleicht, ganz vielleicht. Und dann heute … bumm." Sie schlug mit der Handkante gegen die andere Handinnenfläche.

Um sie herum drehten sich Köpfe zu ihnen.

Kai verzog den Mund. „Leider kein Glück. Und Brooke bekommt einfach so Babys, ob sie es will oder nicht."

Das hier geriet langsam außer Kontrolle. „Brooke, das hat sie nicht so gemeint."

„Natürlich hat sie das." Brooke biss sich auf die Unterlippe. „Und es stimmt. Man würde meinen, wir wüssten es inzwischen besser, aber nichts bietet einen hundertprozentigen Schutz, außer ..."

„Außer du bist ich." Kais Kinn bebte, und sie wischte sich die Tränen ab.

Brooke schüttelte den Kopf. „Vielleicht willst du dieses hier haben."

Marina schaltete sich wieder ein. „Brooke, bitte nicht." Das hier war nicht der richtige Ort für diese Unterhaltung. Der Markt öffnete in wenigen Minuten, und bald schon würden die ersten Käufer kommen.

Gingers Stimme drang an ihre Ohren. „Was um alles in der Welt ist hier los?"

In dem Moment bemerkte Marina, dass andere

Verkäufer unbehagliche Blicke in ihre Richtung warfen. „Ich kann das erklären. Ich hatte falsche Schlüsse gezogen und …"

„Ich bin schwanger", unterbrach Brooke sie. „Aber wir haben geglaubt, Kai wäre es auch."

„Wegen des Tests. Natürlich." Ginger erfasste die Situation sofort und legte ihre Arme um Kai und Brooke. „Marina hat es nicht böse gemeint, aber ich verstehe, dass das ein sensibles Thema ist. Kai, Liebes, komm mit mir. Und Brooke, wir müssen uns auch unterhalten. Geht es dir gut?"

Brooke nickte. „Ich muss arbeiten."

Ginger führte Kai von den Ständen weg, und Marina wandte sich an Brooke. „Ich weiß, das muss überwältigend sein, aber ich wünschte, du hättest etwas gesagt. Wir sind alle für dich da, Brooke."

„Ich schätze, unsere Familie hat sich auf ein neues Baby gefreut, aber ich hätte nie gedacht, dass ich es wieder sein würde. Und dann sehe ich dich an und frage mich, ob es wohl Zwillinge sein könnten. Immerhin liegen die in unserer Familie. Und bei meinem Glück …"

Marina nahm die metallene Wasserflasche aus Brookes Rucksack. „Trink. Und denk nicht mal daran. Die Chance ist so gering."

Brooke spritzte sich Wasser ins Gesicht und trank dann einen Schluck. „So passiert es, dass ein Paar mit fünf Jungen endet."

„Und jeder von ihnen ist ein Geschenk", sagte Marina. „Wann immer du Oakley oder Rowan zu mir schicken willst, sie sind herzlich willkommen. Leo würde es toll finden, jemanden zum Spielen zu haben. Alder kann natürlich auch kommen, auch wenn er schon ein wenig älter ist.

Es wird nicht mehr lange dauern, bevor er auf eigenen Beinen steht."

„Heutzutage ziehen die Kinder nicht mehr automatisch aus, sobald sie achtzehn sind", sagte Brooke. „Wenn das hier ein Mädchen ist, müssen die drei Jungen sich ein Zimmer teilen. Das wird einen Krieg zwischen ihnen lostreten. Bei Ginger hatten wir wenigstens getrennte Zimmer. Und du warst den Großteil der Zeit auf der Uni."

Marina erinnerte sich nur zu gut an diese Zeiten. „Vielleicht könnte Alder bei Ginger bleiben. Heather ist da, um zu helfen."

„Das ist von Ginger zu viel verlangt. Sie ist nicht mehr so jung, wie sie mal war."

„Nein, aber sie scheint aufzublühen, wenn sie Menschen um sich hat." Marina arrangierte ihre Kekse unter einer Glaskuppel. „Kannst du dir vorstellen, dass sie einfach nur so zu Hause rumsitzt?"

„Vielleicht eines Tages", sagte Brooke. „Aber ich hoffe, nicht für lang."

„Hat sie dir gesagt, dass sie mit Krafttraining angefangen hat und darüber nachdenkt, einen Marathon zu laufen?"

„Was?" Brooke riss die Augen auf.

„Eine Freundin von ihr ist Bodybuilderin und hat sie dazu ermutigt." Marina konnte es selbst kaum glauben.

„Sie sollte vorsichtig sein", meinte Brooke. „Ich schätze, das passiert, wenn man sich mit jungen Leuten umgibt."

Marina lachte. „Ehrlich gesagt ist ihre Freundin älter als sie, aber genauso unglaublich wie Ginger."

„Wir sind halb so alt. Warum fühlen wir uns so müde, während sie um die Welt ziehen?"

„Weil sie es vor langer Zeit aufgegeben haben, Babys zu bekommen."

Brooke sah sie an und lachte laut auf. „Ich kann nicht fassen, dass du das gerade gesagt hast."

„Was kann man sonst sagen?" Marina lächelte und verspürte einen Anflug von Erleichterung. „Manchmal bleibt uns nichts anderes übrig, als zu lachen. Auch wenn ich deine Situation in keiner Weise kleinreden will."

„Ich weiß. Chip und ich werden das Ganze in dreißig Jahren oder so vermutlich auch zum Schreien komisch finden."

„Ich hoffe, dass es nicht so lange dauert. Lass uns feiern, sobald du so weit bist."

„Was Kai angeht …"

Marina war hin und her gerissen zwischen dem Wunsch, Brooke zu helfen, diese Schwangerschaft anzunehmen, und Kai bei ihren Empfängnisschwierigkeiten zu unterstützen. „Wir finden schon einen Weg", sagte sie und umarmte ihre Schwester. „Das haben wir immer und das werden wir immer."

Ein Paar blieb an ihrem Stand stehen und begutachtete die Brote und das Gemüse.

Brooke schluckte und reckte das Kinn. „Suchen Sie nach etwas Bestimmtem?"

In diesem Moment war Marina so stolz auf Brooke. Ihre Schwester würde das Ganze vermutlich irgendwie hinbekommen, aber Marina wollte es nicht darauf ankommen lassen. So viel sie auch alle zu tun hatten, sie würde sich Zeit für die Familie nehmen.

Während Brooke das Paar bediente, schaute Marina zum Rand des Marktes, wo Ginger und Kai in eine ernste Unterhaltung vertieft an einem Bistrotisch saßen.

Sie und ihre Schwestern würden das hier überstehen, genau wie sie es mit jeder Widrigkeit bisher geschafft hatten. Ihre Eltern zu verlieren hatte ein Band zwischen ihnen geschmiedet, das durch nichts gebrochen werden konnte.Marina wurde bewusst, dass sie genau das auch in ihrer Ehe wollte. Sie wollte, dass sie sich einander so sicher waren, dass nichts sie auseinanderbringen würde und es keine Geheimnisse zwischen ihnen gab.

Während sie das Brot für das Paar einwickelte, überkam sie ein unbehagliches Gefühl. Doch es betraf nicht Kai oder Brooke, sondern Jack.

Sie verstand die berufliche Notwendigkeit für seine Diskretion, aber sie waren jetzt verheiratet. Einige Dinge musste man als Ehepartner wissen, vor allem, wenn die Situation ihr Leben oder ihre Lieben negativ beeinflussen könnte.

Während Brooke abkassierte, arrangierte Marina die Muffins unter einer weiteren Glaskuppel. Dann schaute sie auf und sah, dass Ginger und Kai zu ihnen zurückkehrten.

Brooke hielt ihrer Schwester einen Beutel hin. „Vergiss den nicht."

Kai nahm den Beutel und ließ ihre Finger einen Moment auf Brookes Hand ruhen. „Ich habe das eben nicht so gemeint."

„Ich weiß." Brooke schenkte ihr ein verständnisvolles Lächeln.

„Ich muss los, aber lass uns später reden", bat Kai.

Ginger nickte Brooke zu. „Du bist dran. Wie wäre es mit einer Tasse Tee?"

„Das wäre schön." Brooke wandte sich an Marina. „Kannst du einen Moment übernehmen?"

„Natürlich." Als sie ihrer Schwester hinterher sah, kehrten Marinas Gedanken zu Jack zurück.

Als sie noch vor der Kamera gestanden und die Nachrichten verlesen hatte, waren immer wieder Drohungen an sie eingegangen. Aber das war nichts im Vergleich zu Jacks Arbeit. Seine investigativen Recherchen dienten dazu, die Wahrheit aufzudecken, was oft Menschen ins Gefängnis schicken oder Familien zerstören konnte. Und das hatte seinen Preis.

Als sie sah, wie Ginger einen Arm um Brooke legte, beschloss Marina, mit Jack über seine Arbeit zu reden. Es war essenziell, dass sie ehrlich zueinander waren. Sie waren verheiratet, sie waren ein Team. Auch wenn keiner von ihnen Erfahrungen mit langfristigen Beziehungen hatte, war Marina entschlossen, dass nichts sie je auseinanderbringen würde.

15

*J*ack kletterte mit einem Karton in der Hand die hölzerne Leiter in Gingers Garage hinunter. Dann sahen er und Ginger zu, wie Leo Girlanden in Regenbogenfarben auspackte. Sie planten die Dekorationen für die Hundertjahrfeier, und Ginger steuerte alles bei, was dazu nützlich sein könnte.

Jack lachte über den Enthusiasmus seines Sohnes. „Du hast ganz schön viel eingelagert", sagte er zu Ginger.

„Die sind noch aus meiner Zeit als Lehrerin", erklärte sie und zeigte auf die ordentlich beschrifteten Kartons auf den Regalen. „Und ab und zu leisten sie mir noch gute Dienste."

„Die Kinder hatten Glück, dich als Mathelehrerin zu haben", sagte Jack.

Leo schaute auf. „Ja, das würde ich auch cool finden."

Ginger lächelte den Jungen an. „Ich habe auch bei Theaterproduktionen mitgeholfen. Da hat Kai damals mit dem Schauspielern angefangen. Stellt euch nur vor, hier in

Summer Beach ist ein Star geboren worden. Und nun ist sie wieder zurück."

„Ich gehe dieses Jahr auch in die Theater-AG", sagte Leo. „Der Auftritt in der Muschel hat mir gefallen."

Ginger zerzauste ihm die Haare. „Deine Tante Kai und dein Onkel Axe sind ausgezeichnete Lehrer. Du wirst in der Theater-AG einen guten Vorsprung vor den anderen haben."

Jack schaute sich in der Garage um. Sie erinnerte ihn an das Haus seiner Eltern in Texas. Nun war seine Schwester die Hüterin der Familiengeschichte. „Dieser Raum platzt förmlich vor Nostalgie."

Ginger schaute liebevoll auf. „Vielleicht bin ich ein kleiner Horder, aber zumindest bin ich auch gut organisiert." Sie zeigte auf ein weiteres Regal. „Der Karton mit der Aufschrift *SB-Fotos* könnte vielleicht für die Geschichte des Ortes interessant sein. Wärst du so lieb, ihn herunterzuholen?"

„Na klar." Jack kletterte wieder die Leiter hoch. Er träumte immer noch davon, eines Tages Gingers Biografie zu schreiben. Diese Kartons hier waren eine Goldmine, von deren Existenz er nichts geahnt hatte. „Deine Garage ist der Traum eines jeden Rechercheurs. Warum sind wir diese Kartons noch nie durchgegangen?"

„Das müssen wir nicht. Ich erinnere mich noch ganz deutlich an alles."

Jack klemmte sich den Karton unter den Arm und kam wieder herunter. „Hast du irgendwelche interessanten Erinnerungen an Summer Beach für die Hundertjahrfeier?"

„Das war hundert Jahre her." Leo wandte sich an Ginger. „Warst du damals noch ein Kind?"

„Mein Lieber!", rief Ginger aus. „Für wie alt hältst du mich?"

Leo grinste. „Keine hundert, schätze ich."

„Noch lange nicht", sagte sie. „Und vergiss nie: Das Alter ist nur äußerlich. Was in deinem Herzen und deiner Seele ist, wird niemals alt."

Jack stellte den staubigen Karton auf die alte Werkbank zwischen ihnen. „Wie kommt es, dass du nach Summer Beach gezogen bist?"

„Meine Eltern sind in den 1920er-Jahren hergezogen", erklärte sie. „Sie sind wegen der frischen Meeresbrise und der unberührten Strände gekommen. Damals fingen die ersten Leute an, Sommerhäuser zu bauen, und die Ericksons haben ihr großes Strandhaus errichtet. Dieses Cottage war Bertrands Hochzeitsgeschenk für mich."

„Ich wünschte, ich hätte das damals gesehen", sagte Jack und staubte den Karton ab.

„Diese Fotos habe ich mir seit Jahren nicht mehr angeschaut." Ginger tippte auf den Deckel des Kartons. „Leo, warum wirfst du nicht einen ersten Blick hinein?"

Der Junge rappelte sich auf, hob den Deckel an und linste in den Karton. „Da ist alles mögliche Zeug drin."

„Einiges davon sieht empfindlich aus", merkte Jack an. Aus der Kiste entwich ein leicht muffiger Geruch. „Hier. Ich helfe dir, das Scrapbook herauszuholen."

Ginger lächelte. „Das hat meine Mutter gemacht. Die meisten meiner Fotoalben sind in der Bibliothek oder auf dem Dachboden. Einige von denen hier enthalten jedoch weitere Fotos, Zeitungsausschnitte und andere Erinnerungen."

„Das sieht ziemlich alt aus", sagte Leo und rümpfte die Nase.

Ginger schlug das Scrapbook auf und seufzte vergnügt. „Vielleicht sind meine Erinnerungen ein bisschen verschwommen. Aber es ist auch schwer, sich an jeden Moment im Leben zu erinnern. Wobei es Leute gibt, die eine nahezu perfekte Erinnerung haben."

Jack las die Schlagzeile eines vergilbten Artikels, der auf der Seite klebte. „Mr. und Mrs. Bertrand Delavie sind nach Summer Beach gezogen." Auf dem Foto sah Ginger aus, als wäre sie ungefähr in Heathers Alter, und die Ähnlichkeit zwischen den beiden war unverkennbar.

„Wow", sagte Leo mit Blick auf den Zeitungsausschnitt. „Bist das wirklich du?"

„Das bin ich", bestätigte Ginger. „Ich war auch mal jung."

Als sie durch das Album blätterten, leuchtete Gingers Miene unter den Erinnerungen auf. „Sieh nur, meine Mutter hat einen Artikel über den ersten Spatenstich für den Bau des Rathauses eingeklebt."

„Der Ort hat sich ziemlich verändert", merkte Jack an.

„Alles verändert sich, aber Summer Beach hat sich seinen Charme bewahrt." Ginger blätterte weiter. „Und hier ist ein Foto des ursprünglichen Piers. Der ist natürlich nach Stürmen und Fluten immer wieder neu gebaut worden."

Zwischen zwei Seiten glitt ein Foto des Cottages heraus. Jack nahm es in die Hand. Er fand es schön, diese Erinnerungen mit Ginger gemeinsam anzuschauen. „Auf diesem Bild sieht das Cottage nagelneu aus."

„Damals haben wir gerade angefangen, den Garten zu bepflanzen. Seht euch die Reihe an Obstbäumen im Hintergrund an. Es sollte noch ein paar Jahre dauern, bis die meisten von ihnen Früchte getragen haben."

„Sind das die, die heute noch da stehen?", wollte Leo wissen.

„Der Großteil ja", sagte Ginger. „Wobei wir im Laufe der Jahre einige verloren und andere dazugepflanzt haben."

Auf der nächsten Seite befand sich ein Artikel über eine Party im Cottage. „Habt ihr damals viele Feste gegeben?", fragte Jack.

„Wir haben immer Leute eingeladen." Die Erinnerung ließ Ginger lächeln. „Damals haben uns oft Freunde besucht. Summer Beach war ein beliebter Zwischenstopp, vor allem vor dem Bau des neuen Highways. Wir sind damals langsamer gereist."

„Und jetzt müssen wir uns mit dem Verkehr herumschlagen", warf Jack ein. „In Eile zu sein hilft da nicht." Er beugte sich vor und las die Namen der Gäste. „Wie viele von denen wohnen heute noch in Summer Beach?"

„Von denen, die noch leben, einige", antwortete Ginger. „Und ihre Nachkommen." Sie tippte auf einen Namen. „Das ist der Vater von Jen, der damals *Nailed It* gegründet hat. Und das ist Amelia Erickson vom *Las Brisas del Mar*."

„Das ist jetzt das Seabreeze Inn", erklärte Jack seinem Sohn.

„Es war eine Party, um neu Hinzugezogene in Summer Beach zu begrüßen", sagte Ginger. „Meine Eltern haben mir erzählt, dass die Gemeinde viele Leute aus San Francisco angezogen hat, die auf der Suche nach einem wärmeren Klima waren. Damals hieß das Fleckchen Erde hier noch nicht Summer Beach." Sie hielt inne und versank einen Moment lächelnd in ihren Erinnerungen. „Was für einen Spaß wir als Kinder hatten, jeden Sommer herzukommen, während der Ort neue Nachbarn und Freunde angezogen hat, mit denen wir spielen konnten."

In dem Moment kam Scout mit einem Ball im Maul angetrottet und stupste Leo an.

„Ich komme gleich zurück", sagte er und nahm Scout den Ball ab, um ihn quer über den Rasen zu werfen. Scout rannte los, und Leo folgte ihm.

„Er ist ein guter Junge", sagte Ginger. „Summer Beach wird auch Teil seines Vermächtnisses sein."

Jack, der immer noch neugierig war, was das Foto anging, beugte sich weiter vor und las die Namen darunter. „Mr. und Mrs. John Ellsworth, Mr. und Mrs. Henri de la Fontaine, Mr. Ari Goldmann, Miss Juanita Gonzalez, Miss Pearl Park, und Mr. und Mrs. Chase Bennington." Er hielt inne.

„Das waren die liebe Helen und …" Ginger verstummte kopfschüttelnd. „Sie und ihr Mann Chase waren aus Chicago und haben jahrelang ihre Sommer hier verbracht. Was für eine Schande für die Familie. Helen war sehr versiert und intelligent."

Jacks Stirn kribbelte. „Was ist passiert?"

„Schicksal und Pech haben sie in jeder Generation verfolgt." Erneut schüttelte Ginger den Kopf. „Helen weilt nun nicht mehr unter uns. Aber viele haben geglaubt, auf der Familie läge ein Fluch."

Waren sie mit den Benningtons verwandt, die er heute kannte? Jack musste mehr erfahren. „Was meinst du damit, ein Fluch?"

„Auch wenn ich nicht daran glaube, haben sie unglaubliche Schicksalsschläge hinnehmen müssen. Wobei einige sagen, dass sie sich das selbst zuzuschreiben hatten." Sie zeigte auf das Foto. „Der Ältere hat beim

Börsencrash 1929 alles verloren und musste dann ein Kind begraben. Ein paar Jahre später sind seine Eltern bei einem Schiffsunglück an der Ostküste ertrunken. Während sein Sohn Chase und dessen Familie das Vermögen wieder aufgebaut haben, haben sie sich einiger Abkürzungen bedient, die nicht ganz legal waren. Einige von ihnen mussten sogar wegen Investmentbetrugs ins Gefängnis."

Das kam Jack bekannt vor. „War das erst kürzlich?"

„Vor ungefähr zehn Jahren. Es war überall in den Nachrichten."

„Du meinst das Bennington-System?"

„Ja", bestätigte Ginger. „Chase hat dafür lebenslänglich bekommen."

Überrascht über diese Verbindung nickte Jack. *Chaz war also wirklich mit ihnen verwandt. Zumindest durch Heirat.*

Das war Jahre, bevor Jack von Summer Beach erfahren oder Marina kennengelernt hatte. Die Stadt wäre damals höchstens eine Fußnote wert gewesen, wenn überhaupt. Er hatte in seiner Karriere viele Artikel recherchiert und geschrieben. Doch er konnte sich nicht erinnern, diese Geschichte je Ginger oder Marina gegenüber erwähnt zu haben.

Auch bei seinem Gespräch vor ein paar Tagen mit Ginger hatte er keine Namen genannt.

Er strich sich übers Kinn und versuchte, die Neugierde aus seiner Stimme herauszuhalten. „Ich frage mich, ob Verwandte der Benningtons noch immer in Summer Beach leben?" Das könnte Chaz' Besuch erklären.

„Nein", antwortete Ginger.

„Wie kannst du dir so sicher sein?"

Gingers Augen funkelten stählern. „Es gab da so eine

Situation ... und Chase wurde aus Summer Beach vertrieben."

Jack hatte Ginger noch nie so gesehen. „Wieso?"

Ginger schien ihn nicht zu hören. „Es war besser, dass er gegangen ist. Es ist eine Schande, was prominenten Familien passieren kann. Von reich zu arm in drei Generationen. Natürlich hatten sie es nicht anders verdient."

Er wusste, was sie meinte. Das Vermögen von Familien verschwand oft in der dritten Generation, in der die verwöhnten Enkel Hilfe brauchten, um die Motivation, Geld zu verdienen, zu verstehen oder zu lernen, wie man das Vermögen vernünftig verwaltete.

Aber was meinte sie mit *Situation*? Er war sicher, dass sie ihn gehört, aber beschlossen hatte, seine Nachfrage zu ignorieren. Seiner Erfahrung nach waren die richtigen Geschichten genau dort zu finden. Er wollte gerade erneut nachfragen, als Marina die Garage betrat.

„Hey ihr zwei!", rief sie fröhlich. Sie trug noch immer ihre Kochjacke. „Leo hat mir erzählt, dass ihr hier drin alte Zeitungsartikel lest."

„So in der Art." Jack begrüßte sie mit einem Kuss auf die Wange. „Wie läuft das Geschäft?"

„Gut", antwortete sie. „Das neue Team ist eingearbeitet, deshalb dachte ich, ich schaue mal vorbei und gucke, was ihr so treibt."

„Wir haben alte Erinnerungsstücke an Summer Beach angeschaut", sagte Ginger und zeigte auf das Scrapbook.

Marinas Augen weiteten sich. „Das habe ich noch nie gesehen."

„Nicht?" Ginger zuckte mit den Schultern. „Du warst zu sehr damit beschäftigt, nach vorne zu schauen, um einen Blick zurückzuwerfen."

„Seht euch das alles an." Marina blätterte durch das Buch. „Das Rathaus, der Pier, das alte Inn. Kann ich Kopien davon machen und während der Hundertjahrfeier ausstellen?"

„Das ist eine gute Idee", sagte Ginger. „Wo willst du das machen?"

„Vielleicht im Rathaus. Oder ich könnte einige der Fotos vergrößern und sie im Café und anderen Restaurants im Ort ausstellen. Die Leute fänden es bestimmt spannend, mehr über die Geschichte von Summer Beach zu erfahren."

Jack bewunderte Marinas Kreativität und legte einen Arm um sie. „Das ist eine tolle Idee. Brauchst du dabei Hilfe?"

„Nur wenn du Zeit hast."

„Die habe ich. Und es würde nicht lange dauern."

Ginger blätterte weiter. „Ich werde die Artikel und Fotos raussuchen, die für die Stadt interessant sind. Viele sind es nämlich nicht."

„Habt ihr auch Dekorationen gefunden, die wir benutzen können?", fragte Marina.

„O ja. Leo und ich werden mit diesem Projekt viel Spaß haben." Jack hatte in seinem Leben schon viele Dinge getan, aber seinem Sohn zu helfen, einen alten VW-Bus für einen Festumzug zu dekorieren, war bisher nicht dabei gewesen.

Das war eine neue Erfahrung, die er genießen würde. Er hatte nicht mehr viele Jahre, bevor Leo das Interesse an dem kleinen Strandort verlieren und in die Welt hinaus-ziehen würde, um seine Träume zu verfolgen.

Sie unterhielten sich eine Weile, bis Marina ins Café

zurückkehrte. Jack half Ginger mit ein paar weiteren Kartons.

Nachdem sie fertig waren, versuchte er es erneut. „Ich hatte keine Ahnung, dass sich die Vergangenheit von Summer Beach wie eine Seifenoper liest."

„So würde ich es nicht nennen", sagte Ginger und richtete ihre Stacheln ein wenig auf. „Viele kleine Orte haben Rivalitäten, schlechte Schauspieler und Tragödien."

„Siehst du, das ist es, was die Leute wissen wollen. Die Benningtons klingen, als hätten sie von allem ausreichend gehabt."

„Ich werde hier keinen Klatsch und Tratsch verbreiten", sagte Ginger und zog eine Augenbraue in die Höhe.

„Das ist kein Klatsch und Tratsch", versicherte Jack ihr schnell. „Das ist Recherche. Was für eine Situation meintest du vorhin? Warum mussten die Benningtons Summer Beach verlassen?"

Er wartete auf ihre Antwort.

Ginger verspannte sich. „Wenn du es unbedingt wissen musst, es war etwas zwischen meinem Bertrand und Chase."

„Ein schiefgelaufener Finanzdeal?"

„Nein, mein Lieber." Seufzend presste sie die Lippen zusammen. „Ich war der Mittelpunkt dieser Situation. Und Bertrand hat mich verteidigt."

Mit einem Mal dämmerte es Jack. „Hat Chase …"

„Mich entehrt?" Ginger reckte das Kinn. „Nein, aber er hat es versucht. Die feine Gesellschaft sprach damals nicht über solche Dinge, aber das hat mich nicht davon abgehalten, andere junge Frauen zu warnen."

„Ich wette, das hat dich zur Bösen gemacht."

„Schockierend, oder?" Sie fuhr fort: „Chase besaß die

Frechheit, mir vorzuwerfen, dass ich seinen Ruf beschmutzt hätte. Er hatte es auf uns und andere Bewohner von Summer Beach abgesehen."

„Es klingt, als wäre es gut, dass ihr ihn losgeworden seid." Ihm kam ein Gedanke. „Wo haben sie gewohnt?"

„Auf den Klippen. Sie hatten ein ziemlich großes Haus. Nicht so stattlich wie *Las Brisas del Mar*, aber mit Blick über deren Anwesen, was Gustav Erickson gehasst hat. Das Haus wurde für einen Apfel und ein Ei verkauft, als die Immobilienwerte in den Keller sackten. Ich glaube, das hat er uns nie verziehen."

„Aber er hat den Streit angefangen, oder?"

Sie nickte kurz. „Chase hatte die Angewohnheit, die Wahrheit zu verdrehen und anderen die Schuld zu geben."

Das konnte Jack sich nur zu gut vorstellen. Die Moral dieses Mannes war erbärmlich. Kein Wunder, dass Chaz sich entschieden hatte, ihn nicht zur Rede zu stellen. Aber teilte er womöglich den Groll seines Schwiegervaters? „Wer wohnt jetzt in dem Haus?"

„Carol Reston hat das Anwesen vor Jahren gekauft. Damals war es nach mehreren Besitzerwechseln in einem ziemlich heruntergekommenen Zustand. Sie hatte vor, es zu restaurieren, aber bevor sie anfangen konnte, ist alles abgebrannt."

„Was für eine Schande."

„Aber es war nicht überraschend." Ginger schwieg einen Moment. „Chase hat versucht, sich das Grundstück zurückzuholen. Er behauptete, es wäre ihm vor Jahren widerrechtlich weggenommen worden. Doch er hat den Kampf gegen Carol verloren. Danach hat er die Beamten von Summer Beach bedroht – ehrlich gesagt sogar den ganzen Ort. Er wollte das letzte Wort haben, und das hat er bekommen."

„Wie?"

„Indem er das Haus niedergebrannt hat, natürlich. Er war schon immer von Feuer fasziniert gewesen."

„Er hat das Feuer gelegt, das das Haus zerstört hat?"

„Es konnte nicht bewiesen werden. Und Carol und Hal waren zu klug, um sich mit jemandem wie ihm anzulegen. Sie haben dann ein neues Haus gebaut." Ihre Augen bewölkten sich. „Chase Bennington ist genau dort, wo er hingehört."

Jack hatte Ginger noch nie so reden gehört. Sie arbeiteten seit beinahe zwei Jahren zusammen und er war jetzt Teil der Familie, aber das hier ging weit über das hinaus, was er erwartet hatte. Er fragte sich, ob Marina davon wusste.

Ginger seufzte schwer. „Jack, du bist ein sehr talentierter Interviewer."

„Was meinst du damit?", fragte er gespielt unschuldig.

„Du weißt ganz genau, was ich meine. Es gibt Dinge, über die ich nur selten spreche. Und das aus gutem Grund, wie du gerade erfahren hast."

Sie schloss den Karton. „Lass uns auf die positiven Seiten von Summer Beach konzentrieren. Wir haben so viel, auf das wir stolz sein können, und viele talentierte Bewohner, die es wert sind, geehrt zu werden."

„Das sehe ich genauso."

Er versuchte, das Gefühl abzuschütteln, das ihn beim Hören der Geschichte überkommen hatte. Die Bennington-Tragödie mochte die Bewohner von Summer Beach faszinieren, aber er würde Gingers Wünsche respektieren.

Die Hundertjahrfeier war ein Anlass zu ehren, wie weit die Gemeinde gekommen war, und einen Blick in die Zukunft zu werfen.

Ihm kam ein Gedanke. Vielleicht war Chaz hier gewesen, um seine eigene Familiengeschichte zu recherchieren. Was für einen Grund könnte er sonst gehabt haben?

In dem Moment kam Leo mit Scout auf den Fersen in die Garage gestürmt. „Hey Dad. Können wir für die Hundertjahrfeier eine Zeitkapsel machen? Ich habe gehört, dass Leute Zeug vergraben, das dann hundert Jahre später ausgegraben wird. Wir können sie in unserem Garten verbuddeln. Aber ich bin mir nicht sicher, was ich da reinlegen soll."

Jack lachte leise. Er war froh, dass Leo zurück war. „Na klar können wir das machen. Uns fällt schon was ein."

„Meinst du", fragte Leo aufgeregt, „es gibt eine von vor hundert Jahren?"

Grinsend zeigte Jack auf die Wand mit den Regalen. „Ich glaube, die haben wir schon gefunden."

16

*A*ls Jack mit dem VW-Bus vor der alten Zitronenverpackungshalle am Rand des Ortes anhielt, öffnete Marina das Fenster und rief Kai etwas zu, die sich auf dem Parkplatz mit Jen vom Eisenwarenhandel unterhielt. „Ich hätte nicht damit gerechnet, so viele Autos hier zu sehen!"

Kai nickte. „Es sind viele Helfer aufgetaucht."

„Das erleichtert mich. Es war so nett von Carol und Hal, uns diese Halle zur Verfügung zu stellen." Marina stieg aus und umarmte ihre Schwester zur Begrüßung.

Hinter ihnen öffnete Jack die Tür für Ginger. Leo sprang von der Rückbank, begierig darauf, die Kartons mit Gingers Dekorationen auszupacken. Jack half ihm dabei.

Der Kies knirschte unter Marinas Turnschuhen, und aus dem Lagerhaus hallte Popmusik. Die letzten Wochen waren wie im Flug vergangen, und sie machte sich Sorgen, dass ihnen die Zeit davonlief. Das Komitee aus Freiwilligen hatte jedoch unermüdlich daran gearbeitet, alles auf die Beine zu stellen.

Eine Wetterwarnung poppte auf ihrem Handy auf, als sie zum VW-Bus zurückging, um beim Auspacken zu helfen. „O nein, über dem Pazifik braut sich ein Tropensturm zusammen", sagte sie stirnrunzelnd. „Er kommt von der Baja hoch." Sie presste sich eine Hand gegen die Stirn. „Und es wird erwartet, dass er dieses Wochenende auf die Küste trifft."

Kai und Ginger tauschten einen ängstlichen Blick. Würde ihnen nach all der harten Arbeit das Wetter einen Strich durch die Rechnung machen?

„Lasst uns noch nicht in Panik verfallen", sagte Ginger entschlossen. „Die Meteorologen werden den Sturm verfolgen. Summer Beach hat schon früher Stürme überstanden, also werden wir uns damit beschäftigen, wenn es so weit ist. Im Notfall müssen wir die Feierlichkeiten eben verschieben, um die Sicherheit der Besucher und Teilnehmer zu gewährleisten."

„Wir bekommen im Sommer normalerweise nie viel Regen", sagte Kai hoffnungsvoll.

Marina biss sich auf die Unterlippe und ging ihre Optionen durch. „Die Rosen-Parade in Pasadena wird egal bei welchem Wetter durchgezogen, und so werden wir es auch machen. Außer, es ist ein wirklich heftiger Sturm." Bei dem Gedanken seufzte sie. „Ich werde sofort Regenponchos bestellen."

Im Café hatte sie große Schirme, aber die schützten die Tische auf der Terrasse eher gegen die Sonne als gegen Regen.

Kai zog eine Augenbraue in die Höhe. „Einen Alternativplan zu haben ist immer gut", sagte sie. „Aber wir haben verdammt viel Pappmaschee verarbeitet, und das mag kein Wasser."

Ginger drückte die Hände ihrer Enkelinnen. „Egal, was passiert, ich bin stolz auf euch. Ihr habt so hart für diese Veranstaltung gearbeitet. Sie wird stattfinden."

Marina und Kai umarmten Ginger fest. Dank ihres Komitees und der Einwohner von Summer Beach stand der Festumzug jetzt. Sie konnten nur abwarten und hoffen, dass die Naturgewalten kooperieren würden.

„Was ist los?", fragte Jack.

Marina zeigte ihm die Wetterwarnung. „Aber wir finden schon eine Lösung."

„Das tut ihr immer." Er gab ihr einen Kuss auf die Wange. „Das liebe ich so an dir."

„Komm, lass mich hiermit helfen." Marina nahm einen Karton aus dem Bus.

Jack schüttelte den Kopf. „Stell den auf meinen. Der ist leicht." Er trug die Kartons die Rampe hinauf. Leo folgte ihm.

Einen Moment später kehrte Jack zurück und wischte sich die Hände ab. „Ich hatte keine Ahnung, dass diese Halle überhaupt existiert. Sie ist beeindruckend."

Leo wirkte überrascht. „Mom und ich haben hier geholfen, Festwagen zu bauen."

„Tja, ich war damit beschäftigt, meine Arbeit zum Abschluss zu bringen", sagte Jack. „Wofür ist das Gebäude früher genutzt worden?"

„Es hat schon mehrere Phasen durchgemacht, aber ursprünglich wurden hier Zitrusfrüchte verpackt." Marina schaute an den weißen Stuckwänden mit dem Glockenturm hinauf. „Es ist im spanischen Missionsstil erbaut worden."

„Das umgebende Grundstück war früher eine große Zitrusplantage, bevor Summer Beach sich in diese Richtung ausgeweitet hat", erklärte Ginger. „Große Gebiete von Südkalifornien waren früher Zitrusplantagen, von denen aus die Goldschürfer oben in San Francisco und Umgebung versorgt wurden. Skorbut war damals ein großes Problem, und die Leute haben viel Geld für Orangen bezahlt."

„Das erklärt, woher Orange County seinen Namen hat", sagte Jack gedankenverloren, während er einen weiteren Karton anhob.

„Der Großteil des Landes gehörte zur alten Irvine Ranch, die Hunderte Hektar an Zitrusbäumen hatte." Ginger rollte die Ärmel ihres gestärkten Hemds auf.

„Das muss ein schöner Anblick gewesen sein", sagte Jack.

„Stellt euch nur den Duft all der Orangenblüten vor", warf Marina ein.

Der Gedanke ließ Ginger lächeln. „Hier waren es hauptsächlich Valencia-Orangen und Zitronen – bis die Navel-Orangen in Riverside County ankamen. Eliza Tibbits, eine entschlossene Frau, die zu den frühen Suffragetten gehörte, hat dafür gesorgt. Ihr ursprünglicher Baum steht immer noch in Riverside. Das war alles vor meiner Zeit, aber da drüben," sie zeigte auf ein Schild am Gebäude, „kann man mehr über unsere Vergangenheit lesen. Es ist ein beliebter Schulausflug für Schüler aus Summer Beach."

„Einmal Lehrerin, immer Lehrerin", sagte Kai und lächelte Ginger an.

Marina machte Leo auf die alten Eisenbahnschienen aufmerksam. „Man kann noch die alten Schienen sehen, auf denen die Früchte zum Zug gebracht wurden. Sei vorsichtig damit."

„Kommt rein", sagte Kai. „Die Festwagen sehen toll aus."

„Wem gehört das Gebäude jetzt?", wollte Jack wissen.

„Carol Reston und ihrem Mann", antwortete Ginger. „Hal hatte seine Oldtimersammlung hier, bis er die Autos für einen guten Zweck versteigert hat. Jetzt benutzen sie die Halle für Videodrehs."

„Sie vermieten sie auch für besondere Events wie das Kürbislabyrinth und den Weihnachtsbaumverkauf", ergänzte Marina. „Wir sollten im Herbst mit Leo herkommen."

Als sie eintraten, war Marina erfreut von dem, was sie sah. Die gesamte Halle war in eine große Werkstatt verwandelt worden.

„Das ist unglaublich", sagte Jack und nahm die hochmodernen Sound- und Beleuchtungssysteme in sich auf, die über ihnen an der Decke hingen.

Marina sah förmlich, wie die Ideen in seinem Kopf erblühten. „Was stellst du dir vor?"

„Ich bin mir nicht sicher", sagte er. „Aber das hier ist ein Spitzenraum. Sieh dir nur all die Systeme an, die sie installiert haben."

„Axe hat dieselbe Crew für sein Amphitheater engagiert", sagte Kai. „Aber im Moment ist das hier ein Hundertjahrfeierwunderland."

Ein Festwagen war mit roten, weißen und blauen Girlanden geschmückt. Der Java-Beach-Wagen von Mitch hatte Palmen aus Pappmaschee, eine blaue Welle und altmodische Strandstühle.

„Wartet nur, bis ihr Leilanis und Roys Gartenwagen seht", sagte Kai. „Sie werden ihn mit frischen Blumen und Pflanzen schmücken."

„Er sieht jetzt schon so charmant aus", sagte Marina. Der kleine Festwagen hatte eine schmiedeeiserne Bank, einen kleinen Pavillon und eine Gartenstatue.

„Roy verkleidet sich als Gartenzwerg und Leilani als Schmetterlingsfee." Kai grinste. „Axe und ich haben die Kostüme gestellt."

„Das wird großartig", sagte Marina. „Danke, dass ihr die Leitung von all dem hier übernommen habt."

„Abgesehen davon, dass wir die Kostüme verliehen haben, haben wir nicht viel gemacht", sagte Kai. „Das waren alles die Freiwilligen, Einwohner und Geschäftsinhaber."

„Wer braucht Hilfe?", fragte Jack.

„Frag die vom Hauptwagen", sagte Kai. „Bei denen sind heute ein paar Leute krank."

Jack legte einen Arm um Leo. „Komm, mal sehen, ob sie das Material gebrauchen können, das wir mitgebracht haben."

„Klar, Dad."

Marina schaute den beiden hinterher. Sie war froh, dass Jack seinen Teil des Artikels fertig hatte. Sein Chef war damit sehr zufrieden gewesen. Nun musste Jack nur noch hin und wieder Fragen von seinen ehemaligen Kollegen beantworteten, die seine ursprüngliche Geschichte weiter ausführten.

Sie war nicht sicher, warum er von der Geschichte zurückgetreten war. Das passte so gar nicht zu ihm. Aber er hatte nur gesagt, dass er diesen Sommer Zeit mit Leo verbringen wollte, bevor sein Sohn in die Schule zurückkehrte. Marina fragte sich, ob noch ein anderer Grund dahinter steckte.

Ginger sah eine Freundin und entschuldigte sich, um mit ihr zu plaudern.

„Habt ihr die Reihenfolge des Umzugs schon festgelegt?", fragte Marina.

„Beinahe", antwortete Kai. „Wir haben noch ein paar Nachzügler hinzugefügt, und ein paar sind abgesprungen. Ist es dir gelungen, weitere Spenden zu sammeln?"

„Gerade heute Morgen." Marina hatte Spender für die Kostüme der Jugendgruppen, für Materialien, Erinnerungsstücke und das Reinigungsteam organisiert. „Wir haben jetzt noch weiteres Material für diejenigen, die mitmachen wollen, aber Hilfe brauchen. Wir wollen, dass alle Bewohner das Gefühl haben, Teil der Feierlichkeiten zu sein."

„Das ist super", sagte Kai. „Ich telefoniere noch ein wenig herum."

Als ihre Schwester gerufen wurde, um bei etwas zu helfen, erblickte Marina ihre Tochter auf einer Leiter. Sie winkte, und Heather bedeutete ihr, zu ihr zu kommen.

„Hi Mom. Erinnerst du dich an Blake?", fragte sie.

Der gut aussehende junge Tierarzt begrüßte sie mit einem breiten Lächeln. „Schön, dich wiederzusehen."

„Ich habe gehört, dass ihr die Seelöwen wieder in die Freiheit entlassen habt", sagte Marina.

Blake nickte. „Ich bin froh, dass Heather dabei sein konnte. Danke, dass ihr die Tiere gesehen und uns angerufen habt."

„Sie waren bezaubernd." Heather kam von der Leiter, und Blake streckte ihr die Hand hin.

Marina sah den Blick, den die beiden tauschten, und spürte, dass sich dort eine Beziehung entwickelte. Nach dem letzten Schreck – der Marinas Schuld gewesen war, weil sie die Situation falsch gedeutet hatte – hätte sie sich nicht mehr für ihre Tochter freuen können.

Was Kai anging, die sprach nicht mehr über das Thema. Brooke machte ebenfalls mit ihrem Leben weiter, und nachdem sie und Chip sich von dem Schock erholt hatten, freuten sie sich nun auf das neue Baby.

„Blake hat wundervolle Neuigkeiten, Mom."

„Was deine Arbeit angeht?"

„Ja, Ma'am", antwortete er. „Ich habe das Angebot angenommen und werde in zwei Wochen nach Summer Beach ziehen."

„Das ist wirklich wundervoll", rief Marina aus. „Wenn du so kurzfristig nichts zum Wohnen findest, kannst du gern in unserem Gästehaus unterkommen." Seit sie und Jack verheiratet waren, mussten sie das Atelier über der Garage nicht länger an Touristen vermieten.

„Danke für das Angebot", sagte Blake. „Ich werde vielleicht darauf zurückkommen. Es ist schwer, im Sommer eine Wohnung zu finden."

„Im Herbst wird die Auswahl dafür umso größer sein." Marina lächelte Heather an, die überglücklich wirkte. Sie unterhielten sich ein wenig über Blakes neue Arbeit, die faszinierend klang. Summer Beach konnte sich glücklich schätzen, seine Expertise zu haben.

„Was ist das Thema dieses Festwagens?", fragte Marina.

„Er soll die frühen Tage von Summer Beach repräsentieren", antwortete Heather. „Das hier wird eine dieser alten Umkleidekabinen aus gestreiftem Stoff. Es wird auch altmodische Badeanzüge geben. Wir haben in Gingers Alben Fotos von einem Schönheitswettbewerb gefunden.

Oder besser gesagt in einem der Alben, die ihrer Mutter gehört haben."

„Das ist dann sehr alt. Aber ich liebe die Idee. Wer fährt auf dem Wagen mit?"

Heather und Blake tauschten wieder einen Blick. „Wir sind gefragt worden", sagte Heather. „Aber Ethan will auch mit einem dekorierten Golfkart mitfahren, deshalb sind wir noch nicht sicher. Aber egal wie, es wird ein Riesenspaß. Macht es dir was aus? Ich übernehme danach im Foodtruck."

Einmal im Leben, dachte Marina und nickte.

Ihre Tochter strahlte vor Aufregung, und Blake legte einen Arm um sie. „Ich habe noch nie bei einem Fest-umzug mitgemacht", sagte er. „Heißt ihr jeden so in Summer Beach willkommen?"

Marina lächelte. „Nur die, die sich gut um unsere Meeresbewohner kümmern."

Sie lachten, doch in dem Moment fiel Marina jemand an einem anderen Festwagen ins Auge. „Ist das da drüben Cruise?"

Heather drehte sich um. „Ja, er hilft mit."

„Hat er einen neuen Job gefunden?"

„Noch nicht, aber er meinte, er hätte ein paar Bewer-bungen im Umlauf."

Marina verspürte einen Anflug von Schuldgefühlen, stand aber zu ihrer Entscheidung. Die Chefin zu sein war nicht leicht. Und nicht jede Entscheidung war richtig. Aber sie mussten dennoch getroffen werden.

„Ich glaube, er will mit dir reden."

„Heather, ich hoffe, dass du ihm nichts versprochen hast."

„Wir haben nicht mal darüber geredet. Aber er kommt her."

Seufzend drehte Marina sich um.

Cruise kam auf sie zugeeilt. Seine von der Sonne gebleichten Haare fielen ihm auf die Schultern. „Hey Marina. Wenn du eine Minute hast, können wir dann draußen reden?"

„Cruise, ich glaube nicht …"

„Bitte. Ich möchte nur etwas klarstellen."

Sie nickte und ging mit ihm nach draußen.

„Brauchst du eine Empfehlung?"

„Nur wenn du mir eine geben willst." Er wirkte reumütig. „Aber was ich wirklich will, ist, mich zu entschuldigen. Ich hatte Zeit, darüber nachzudenken, was ich getan habe, und ich weiß, dass es falsch war. Du hattest jedes Recht, mich zu feuern."

Mit dieser Wende hätte Marina nicht gerechnet. Jetzt war sie neugierig. „Wie bist du zu dem Schluss gekommen?"

„Ich habe mit ein paar Freunden geredet, und sie hätten dasselbe gemacht, nur früher." Er errötete leicht. „Ich war zu forsch und habe mit den Langustinen einen Fehler gemacht. Ich werde für den Verlust aufkommen, wenn du mir sagst, wie viel es war. Das ist das Mindeste, was ich tun kann."

„Das ist nicht nötig." Dennoch war sie von seinem Angebot beeindruckt. Es stellte ihr Vertrauen in ihn wieder her. Sie hatte sein Talent vom ersten Tag an erkannt, aber er musste mehr lernen, als nur zu kochen. „Ich habe gehört, dass du nach Arbeit suchst. Hattest du schon Glück?"

„Nicht wirklich." Er wirkte verlegen. „Ich schätze nicht, dass du …"

„Ich brauche jemanden, der während der Hundertjahrfeier den Foodtruck managt. Wenn du nicht zu viel zu tun hast, würde ich dich gerne dafür engagieren."

„Wirklich?" Erleichterung breitete sich auf seiner Miene aus.

„Ja. Würdest du das machen?"

„Das wäre super, danke."

„Und kein Kaviar, außer der Gast bittet darum."

„Du hast mein Wort." Cruise lächelte, und seine gesamte Haltung veränderte sich.

Marina war erleichtert. Auch wenn sie glaubte, dass es richtig gewesen war, Cruise zu entlassen, bedauerte sie es. Als sie diese Gedanken mit Jack geteilt hatte, hatte er ihr zugestimmt und ihr davon erzählt, wie er sich einmal in einer Entscheidung geirrt hatte. Manchmal mussten die Leute eine Lektion lernen.

Und das galt auch für sie. Sie wollte eine bessere Managerin und Unterstützerin der Leute sein, die für sie arbeiteten. „Cruise, du bist sehr talentiert. Was willst du mit deinem Leben anfangen?"

„Das ist leicht." Er strahlte. „Ich will reisen und auf der ganzen Welt für Leute kochen. Ich will alles lernen, was es über das Kochen zu lernen gibt. Jeder muss essen, und einige der schönsten Momente in unserem Leben finden bei einer guten Mahlzeit statt."

„Also ein wenig wie der Koch Anthony Bourdain?"

„Er war eine große Inspiration für mich", gestand Cruise. „Das Essen, das er auf seinen Reisen gefunden hat, war unglaublich. Wie zum Beispiel die köstlichen, scharfen

Krebse, die er in dem kleinen Restaurant unter einer Brücke in Hongkong entdeckt hat."

Er wurde immer lebhafter, und die Worte purzelten nur so aus ihm heraus. „Ich habe versucht, das Rezept mit geröstetem Knoblauch und Frühlingszwiebeln nachzukochen, aber ich weiß nicht, wie das Original schmeckt. Was ich gezaubert habe, ist köstlich, aber ich weiß, dass ich es noch verbessern kann. Ich will wirklich dort hin und an so viele andere Orte. Wie Südamerika, Spanien und Italien. Und das ist nur der Anfang."

Sein Enthusiasmus ließ Marina lächeln. „Ich habe das Gefühl, dass du das alles tun wirst. Ich werde dir beibringen, was ich kann, darunter, wie man ein Restaurant vernünftig führt."

„Ja, das muss ich lernen. Und noch viel mehr."

„Wir hören nie auf, zu lernen."

„Ich bin dir sehr dankbar. Du wirst es nicht bereuen, mir eine zweite Chance gegeben zu haben." Cruise streckte ihr seine Hand hin.

Marina schlug auf ihren neuen Deal ein. „Ich werde dich auch nicht zurückhalten. Wenn du ein besseres Angebot bekommst und es annehmen möchtest, kannst du jederzeit gehen." Wenn sie mit jungen Leuten zusammenarbeitete, erwartete sie nicht, dass sie für immer blieben. „Bist du bereit, wieder reinzugehen?"

Sie kehrten in die Halle zurück, und Marina sah, dass Heather vor Neugierde platzte. Ginger stand bei ihr und Blake und bewunderte die Arbeit an ihrem Festwagen.

„Komm, lass uns ihnen die guten Neuigkeiten mitteilen", schlug Marina vor.

Als sie die kleine Gruppe erreichten, verkündete Marina, dass Cruise wieder bei ihr arbeiten würde.

„Das ist super." Heather umarmte ihn.

„Herzlichen Glückwunsch", sagte Blake. „Wir wurden uns noch gar nicht richtig vorgestellt. Ich weiß nur, dass du die fabelhaften Fisch-Tacos gemacht hast, die ich vor ein paar Wochen gegessen habe. Ich bin Blake Hayes."

„Cruise Bennington. Schön, dich kennenzulernen." Die beiden schüttelten einander herzlich die Hand.

„Blake zieht nach Summer Beach", sagte Heather.

„Entschuldige bitte", unterbrach Ginger sie. „Hast du Bennington gesagt?"

Cruise verlagerte unbehaglich das Gewicht und senkte den Blick. „Ja, Ma'am."

Marina spürte sofort eine Veränderung in der Atmosphäre ihrer kleinen Gruppe. Was machte ihre Großmutter da? Sie kannte Cruise; sie hatte ihn oft im Café gesehen. Und doch hatte sie noch nie so mit ihm gesprochen.

Ginger presste die Lippen zusammen und reckte das Kinn. „Cruise, hast du je Familie hier in Summer Beach gehabt?"

17

*M*arina fragte sich, was um alles in der Welt hier los war.

Cruises Gesicht bewölkte sich, und er stotterte für einen Moment. „Nun ja, Bennington ist ein ziemlich geläufiger Name."

„Nicht hier in der Gegend", sagte Ginger und musterte ihn eingehend.

Marina berührte fragend die Hand ihrer Großmutter, doch Ginger ignorierte sie.

Sie kniff die Augen zusammen und sagte: „Du ähnelst jemandem, den ich mal kannte."

„Viele Leute haben unbekannte Doppelgänger", erwiderte Cruise und wandte den Blick ab. „Wenn es dir nichts ausmacht, ich muss jetzt los."

„Komm morgen vorbei und wir entwickeln einen Plan für den Foodtruck!", rief Marina ihm hinterher.

Ohne zu antworten, verließ Cruise die Halle.

„Was war das denn?", fragte Marina und wirbelte zu ihrer Großmutter herum.

Ginger und Jack tauschten einen besorgten Blick, der auch Heather auffiel.

„Ich biege das wieder hin", sagte Jack und eilte Cruise nach.

Irgendetwas stimmte hier nicht. Um ehrlich zu sein, kannte Ginger den jungen Koch kaum, und doch hatte sie ihn mit ihrer Frage aufgebracht. „Was glaubst du, mit wem Cruise in Summer Beach verwandt ist?", fragte Marina ihre Großmutter.

Ginger schüttelte nur den Kopf. Ihre Stirn war gerunzelt. „Das ist so lange her, meine Liebe. Es ist jetzt nicht mehr wichtig."

Doch Marina war nicht überzeugt. „Wenn du das so sagst, weiß ich, dass es sehr wohl noch wichtig ist." Sie wandte sich zum Gehen, um Jack und Cruise zu folgen, doch Ginger hielt sie zurück.

„Lass Jack mit ihm reden. Er weiß, was passiert ist."

„Ich wünschte, ich wüsste es auch", sagte Marina und hatte Mühe, sich zusammenzureißen. „Ich hoffe, dass Cruise morgen kommt. Und ich würde immer noch gerne wissen, warum er so aufgebracht war."

Ginger presste sich eine Hand an die Stirn. „Ich fühle mich auf einmal sehr erschöpft. Bitte Jack, dir alles zu erklären, Liebes."

An diesem Abend, nachdem Leo ins Bett gegangen war, kam Scout im Wohnzimmer auf Jack und Marina zugetrottet. Er wedelt mit dem Schwanz und winselte in Richtung Haustür.

„Er muss noch mal raus", sagte Jack und machte sich auf die Suche nach der Leine. „Ich gehe eben."

„O nein, das tust du nicht." Marina verschränkte die Arme vor der Brust. So leicht würde er nicht davonkommen. „Ich warte den ganzen Abend darauf, mit dir zu reden. Du wirst jetzt nicht auf einen langen Spaziergang mit Scout verschwinden. Er kann in den Garten gehen."

Sie marschierte in die Küche, öffnete die Hintertür und pfiff. Scout wirkte verwirrt, lief dann aber in den Garten hinaus. Sie schloss die Tür hinter ihm und wandte sich an Jack.

„Ich warte auf eine Erklärung", fing sie an. „Aus irgendeinem Grund war Ginger emotional mitgenommen, und du wolltest vor Leo nicht darüber reden. Aber ich muss wissen, was Cruise so aufgeregt hat und warum Ginger glaubte, du könntest ihn beruhigen. Er arbeitet für mich, deshalb ist das wichtig."

Jack fuhr sich mit der Hand durchs Haar. „Ich hänge da irgendwie in der Mitte. Hat Ginger dir von den Benningtons erzählt?"

„Nein. Aber warum hat sie mit dir darüber gesprochen?"

Er stieß den Atem aus. „Das ist eine lange Geschichte. Komm, setzen wir uns auf die Veranda. Ich brauche frische Luft."

Marina konnte sich nicht vorstellen, was los war oder was Cruise damit zu tun hatte. Sie hatte nicht gedacht, dass Jack und Ginger Geheimnisse vor ihr hatten.

Sie setzte sich auf die Hollywoodschaukel. „Warum war Cruise so aufgebracht?"

Jack legte einen Arm um sie und stieß die Hollywoodschaukel mit dem Fuß an. „Als wir die alten Alben in ihrer Garage durchgesehen haben, habe ich einen Namen wiedererkannt."

„Bennington. Ich glaube, den habe ich hier in Summer Beach noch nie gehört."

„Aber du hast von ihnen gehört."

„Natürlich." Marina erinnerte sich. „Als ich Nachrichtensprecherin war, habe ich über den Finanzskandal berichtet, in den Charles …" Sie hielt inne. „Er sitzt immer noch im Gefängnis. Hat deine Zeitung die Geschichte damals nicht ans Licht gebracht?"

„Ja, das war einer meiner Artikel. Ginger hat ihn Chase genannt."

„Ach ja. Ich glaube, so wurde er von seinen Freunden und seiner Familie genannt." Marina versuchte, sich an Einzelheiten zu erinnern, aber das alles war schon so lange her. „Er hat seinen Sohn in das Chaos mit hineingezogen. Wenn ich mich recht erinnere, wurde er auch zu einer Gefängnisstrafe verurteilt."

„Seinen Schwiegersohn", korrigierte Jack. „Er hat nach der Heirat den Namen seiner Frau angenommen."

So langsam kam alles zurück. „Stimmt, das war damals selten. Einige glaubten, er hätte es getan, um seine Vergangenheit zu verschleiern. Aber was hat Ginger damit zu tun?"

Jack zuckte zusammen. „Das ist persönlich."

„Aber sie hat es dir erzählt und mir nicht?" Marina versuchte, das alles zu verstehen, aber Jack war nicht gerade redselig.

„Ich habe es aus ihr herausgekitzelt", antwortete er entschuldigend. „Alte Interviewgewohnheiten schätze ich. Es tut mir leid."

Jack hatte das Talent, deshalb verstand sie es. „Egal. Erkläre es mir einfach."

Marina hörte zu, während Jack ihr alles erzählte, was

Ginger ihm gestanden hatte. Eine Welle der Traurigkeit spülte über sie hinweg, als sie sich Ginger als Frischverheiratete vorstellte, die sich eine solche Behandlung hatte gefallen lassen müssen.

Sie wünschte, sie könnte sagen, die Zeiten hätten sich mehr geändert.

Vielleicht hatte es Ginger aber auch stärker gemacht, sie zu der formidablen Frau heranwachsen lassen, die sie heute war.

Während sie in der lauen Abendluft auf der Hollywoodschaukel sanft hin und her schwangen, erzählte Jack ihr auch, wie rachsüchtig Chase gewesen war, was das ehemalige Familienanwesen anging. Er sprach von dem Haus auf den Klippen und von Chase Benningtons Rachefeldzug gegen Carol Reston.

„Er hat das Haus niedergebrannt?"

„Das wurde vermutet, konnte aber nie bewiesen werden", antwortete Jack. „Ich kann mir vorstellen, dass Carol und Hal Anwälte hatten, die sich um die Sache gekümmert haben. Sie haben damals nicht dort gewohnt, und Carol war oft auf Tournee."

Als er zum Ende kam, wandte Marina ihr Gesicht der Brise zu. „Jetzt verstehe ich, warum Cruise so beschämt war. Was für ein Vermächtnis. Ich schätze, dass es sein Vater und Großvater waren, die wegen Betrugs verurteilt wurden?"

Jack massierte sich die Stirn. „Ja, das hat er mir heute bestätigt. Ich habe ihm versichert, dass wir das nicht im Ort herumerzählen."

„Natürlich nicht." Das würde keinen von ihnen in einem guten Licht dastehen lassen. Dennoch zog sich Marinas Herz für den jungen Mann zusammen. „Cruise muss noch jung gewesen sein, vermutlich zehn oder zwölf, als sein Vater und Großvater aus seinem Leben verschwanden."

„Das war bestimmt schwer für ihn."

„Ich frage mich, ob Cruise sie im Gefängnis besucht oder mit ihnen in Kontakt geblieben ist. Was ist mit seiner Mutter passiert?"

„Sie ist an einem Herzinfarkt gestorben", antwortete Jack.

Jetzt erinnerte Marina sich wieder. „Einige sagten, es wäre ein gebrochenes Herz gewesen. Bei wem hat Cruise dann gelebt?"

„Er kam auf ein Internat."

„Das ist seltsam. So wirkt er gar nicht." Sie lächelte. „Vielleicht erklärt das seine Vorliebe für Kaviar."

„Er blieb nur wenige Monate. Ich weiß nicht, was danach passiert ist."

Marina wusste, dass in seinem Lebenslauf nichts dazu stand. Soweit sie es sagen konnte, finanzierte er sein Leben ganz allein. Er arbeitete hart und hatte seine Träume. „Ich frage mich, ob die Familie noch Geld hat."

Jack verlagerte sein Gewicht. „Das bezweifle ich."

„Ich bin froh, dass du es mir erzählt hast." Nun ergab endlich alles einen Sinn und die Dinge waren für sie in die richtige Perspektive gerückt worden. „Es hilft mir, Cruise besser zu verstehen. Und natürlich auch Ginger."

Jack nahm ihre Hand und zog sie an seine Lippen. „Ich hoffe, du bist nicht sauer auf mich", sagte er und schaute sie an.

Mit Augen zu blau, um ihnen zu vertrauen, dachte sie und erinnerte sich an ihren ersten Eindruck von ihm. Warum ihr das in diesem Moment in den Sinn kam, konnte sie nicht sagen, aber es erstaunte sie. Jack war jetzt ihr Mann. Sie sollten nichts voreinander zurückhalten.

„Bist du sicher, dass du mir alles erzählt hast?", fragte sie.

„Alles, was Ginger mir erzählt hat."

Marina war angenehm überrascht, als Cruise am nächsten Morgen früh im Café auftauchte. „Es ist schön, dich wieder hierzuhaben, Cruise."

„Danke, dass du mir noch eine Chance gibst." Er schaute nachdenklich drein, als er die Haare im Nacken zum Pferdeschwanz zusammenband. „Ich schätze, Jack hat dir so einiges erzählt."

„Er ist mein Mann." Und doch war sich Marina nicht sicher, ob Jack ihr wirklich alles erzählt hatte.

Cruise nahm sich eine Schürze und band sie sich um. „Mein Dad ist kürzlich aus dem Gefängnis entlassen worden. Ich habe ihn seit Jahren nicht gesehen, und jetzt will er so tun, als wäre nichts passiert."

„Willst du eine Beziehung zu ihm haben?"

„Ich kenne den Mann gar nicht. Ich habe ihn vorher auch nur selten gesehen. Er hat für meinen Großvater gearbeitet, und der war wirklich ein harter Brocken."

„Klingt, als hätte es da keine Liebe gegeben."

Cruise verzog das Gesicht. „Überhaupt kein. Er war ein echter Krimineller. Mein Dad hat nur mitgemacht. Meine Mutter hat mir erzählt, wie sehr er sich bemüht hat, von meinem Großvater akzeptiert zu werden. Aber der war ein barscher Mann." Blinzelnd hielt er inne. „Meine Mutter hat mir gesagt, dass ihr Vater ihr nie gesagt hat, dass er sie liebt."

Dabei hätte Marina es belassen sollen, aber Cruise schien darüber reden zu wollen. „Und dein Vater?", fragte sie sanft.

„Ich erinnere mich nicht, aber er behauptet, er hätte es gesagt." Er strich sich mit der Hand übers stoppelige Kinn. „Ich habe keine Zeit, das Chaos zu richten, das er in seinem Leben angestellt hat. Ich will nur das tun, worin ich gut bin."

„Wo hast du gelernt, zu kochen, Cruise?"

„Wie in meinem Lebenslauf steht …"

„Ich weiß, was darin steht. Aber ich will deine Geschichte hören."

Er schenkte ihr ein schüchternes Lächeln. „Nachdem meine Mutter gestorben war, bin ich auf ein Internat geschickt worden, aber ich habe es dort gehasst. Ich hatte keine Freunde, und die anderen Kinder haben mein Essen geklaut. Die Küchencrew hat das mitbekommen, deshalb haben sie mich in die Küche kommen lassen, um mir was zu essen zu geben. Ich habe sie bei allem, was sie gemacht haben, beobachtet. Sie waren meine ersten Lehrer."

„Warst du lange dort?"

„Nein. Mein Onkel hat die Zahlungen dafür eingestellt, als er herausgefunden hat, dass er die Kosten dafür nicht erstattet bekommen würde, weil kein Geld mehr da war. Ich musste mein eigenes Geld verdienen. Das ist meine Geschichte. Den Rest kennst du."

„Eines Tages wirst du zurückblicken und staunen, wie weit du gekommen bist."

„Glaubst du das wirklich?"

„Ganz sicher", sagte sie. „Und jetzt lass uns über das Angebot für die Hundertjahrfeier sprechen. Wir haben nicht mehr viel Zeit, und ich will, dass es fabelhaft wird."

Marina hatte so viel Mühe in die Veranstaltung gesteckt – die Telefonate, die Spendensammlungen, das Management der Freiwilligen. Auch wenn sie anfangs nur widerstrebend zugestimmt hatte, hatte sie die Herausforderung aus ganzem Herzen angenommen. Das hier war ihr Geschenk an Summer Beach. Dafür, dass der Ort sie bei ihrem Neuanfang und ihrem neuen Leben unterstützt hatte.

So viele Menschen hatten ihre Zeit investiert. Sie wollte nicht, dass irgendetwas die Feierlichkeiten verdarb.

18

Marina ging mit Cruise ihre Pläne für das Café und den Foodtruck durch, und er erfasste schnell, was zu tun war.

„Hast du noch irgendwelche Fragen?", fragte sie.

Cruise grinste. „Noch nicht, aber ich verspreche, sie dieses Mal zu stellen, wenn ich welche habe."

„Dann werden wir uns gut verstehen." Marina freute sich über seine neue Einstellung. „Während du anfängst, werde ich nach Ginger und Heather schauen. Bin gleich wieder da."

Sie überließ ihn den Vorbereitungen und ging zum Cottage ihrer Großmutter hinüber. Durch das Fenster sah sie Heather und Ginger bei einem Kaffee zusammensitzen. Sie öffnete die Tür.

Heather stellte gerade ihren Becher in die Spüle. „Hi Mom. Ich gehe eben unter die Dusche, dann komme ich ins Café rüber."

„Mach nicht zu lang", sagte Marina. „Heute werden

wir viel zu tun haben. Die ersten Besucher sind schon wegen der Veranstaltung angereist."

„Gott sei Dank, dass Cruise zurück ist", sagte Heather und verschwand nach oben.

Ginger nickte in Richtung der Kaffeemaschine. „Da ist frischer Kaffee, wenn du eine Tasse möchtest."

„Nur eine kleine." Marina schenkte sich einen halben Becher ein und setzte sich auf einen der Stühle an dem alten roten Resopaltisch mit den Chrombeinen.

Ginger schaute auf. „Hast du gestern Abend mit Jack gesprochen?"

„Ja. Er hat mir erzählt, was passiert ist." Sie berührte die Hand ihrer Großmutter. „Es tut mir leid, was du durchmachen musstest."

„Das passiert immer noch viel zu oft, aber ich hatte Glück - und Bertrand, der ein wahrer Prinz von einem Mann war."

Marina nippte an ihrem Kaffee und beobachtete ihre Großmutter. Sie war von ihren Schlachten gezeichnet, aber immer noch wunderschön – sowohl innerlich wie äußerlich. „Ich wusste gar nicht, dass die Benningtons etwas mit Summer Beach zu tun hatten. Warum reden die Leute nie davon?"

Ginger winkte ab. „Das ist so lange her. Sie waren Sommergäste, die sich nicht viel mit den Einheimischen abgegeben haben. Nur wenige, die damals hier gelebt haben, sind heute noch da, und noch weniger kennen Chase oder seinen Schwiegersohn Chaz."

„Cruise und ich haben uns gerade unterhalten", sagte Marina. „Ich habe ihm gesagt, dass wir im Ort nicht über seine Familiengeschichte reden werden. Sein Vater ist kürzlich aus dem Gefängnis entlassen worden. Er hat versucht, mit seinem Sohn Kontakt aufzunehmen, aber Cruise will nicht mit ihm reden. War Chaz nicht auch ein Opfer von Chase Bennington?"

Ginger dachte einen Moment nach. „War er das? Chaz wusste, dass etwas nicht stimmte, aber er hat mitgemacht, weil er die finanziellen Vorzüge genossen hat. Deshalb ist er ebenfalls verurteilt worden."

„Das war dann eine schlechte Entscheidung von ihm." Marina beugte sich vor. „Hat Jack dir erzählt, dass er damals darüber berichtet hat?"

„Ja, das hat er", bestätigte Ginger.

„Ich frage mich, ob Jack Kontakt zu Cruises Vater hatte, seitdem der aus dem Gefängnis entlassen wurde", überlegte sie laut.

„Hast du ihn danach gefragt?"

„Er würde es mir sagen." Noch während sie das sagte, kam ihr ein Gedanke. *Wenn er könnte.*

Nach allem, was Jack ihr erzählt hatte – ohne Einzelheiten zu verraten –, ähnelte die Geschichte, an der er gearbeitet hatte, dem Bennington-Fall. Dasselbe soziale Milieu, nur eine andere Methode von Finanzbetrug. Vielleicht war Cruises Vater Jacks Informationsquelle.

Ginger hatte gesagt, dass sie nichts von einem Kontakt dieser Art wusste, aber Marina war sich nicht mehr so sicher.

Dennoch würde sie Jack nicht bedrängen. Sie verstand, wie heikel seine Arbeit war, und dass er seine Quellen schützen musste.

Auf dem Weg zurück zum Café sah sie den Restaurantkritiker, den Rhoda geschickt hatte. Marina hatte ihn Mr. Manschetten genannt, und auch heute war er wieder tadellos gekleidet. Sie fragte sich, warum er wieder hier war. Und warum er in Richtung Küche ging, vor allem, weil das Café noch nicht geöffnet hatte.

In dem Moment sah sie, wie Cruise ihn zur Rede stellte. Sie näherte sich der Küche und hörte die Unterhaltung, die über die Terrasse hallte.

„Komm mit mir", sagte der Mann. „Wir sind eine Familie."

Cruise verschränkte die Arme. „Ich werde nicht mit dir in irgendeinem von der Regierung organisierten Zeugenschutzprogramm verschwinden. Ich habe hier ein gutes Leben."

Der Mann hob die Hand und zeigte auf Cruise. „Sprich nicht davon."

Marina verlangsamte ihre Schritte. Dieser Mann war kein Restaurantkritiker; er war Cruises Vater.

Das Sonnenlicht brach sich in einem seiner goldenen Manschettenknöpfe. „Ich werde dich vermutlich nie wiedersehen. Und ich weiß nicht, wie viel Zeit mir noch bleibt."

„Was du mit deinem Leben angestellt hast, liegt nicht in meiner Verantwortung", sagte Cruise und verzog das Gesicht. „Ich bin hier glücklich."

„Es liegt an diesem Ort, oder?"

Cruise zuckte mit den Schultern. „Mir gefällt es hier."

„Dir würde es besser gefallen, wenn wir noch unser Anwesen auf den Klippen hätten."

„Das hätte Mom gehört, nicht dir." In diesem Moment erblickte Cruise sie. „Hör mal, meine Chefin kommt. Ich muss weitermachen."

„Denk darüber nach." Der Mann wandte sich ab und ging davon.

Marina stieß den Atem aus, den sie unbewusst ange-halten hatte, und ging weiter.

Als sie die Küche erreichte, stützte sie sich auf der Arbeitsfläche ab. „Hey, geht es dir gut?"

„Ich schätze, du hast das gehört. Das war mein angebli-cher Vater. Ich habe ihn nicht gebeten, herzukommen."

„Das weiß ich." Marina erwähnte nicht, dass der Mann schon einmal hier gewesen war. Cruise tat ihr leid, und sie wollte, dass sie den Tag positiv begannen. „Seine Eltern kann man sich nicht aussuchen, aber sein Leben schon. Was du mir vorhin erzählt hast … Mach das. Verfolge deine Träume."

„Das werde ich. Und er wird schon bald weg sein." Cruise spannte den Kiefer an. „Lass uns anfangen, okay? Du hast gesagt, wir müssen eine Million Cupcakes und Tonnen von Popcorn machen."

„Das stimmt." Sie lächelte und klatschte mit ihm ab. Sie hatten wirklich viel zu tun.

Die Hundertjahrfeier stand vor der Tür, und die ersten Besucher strömten nach Summer Beach. Das hier war für den Ort das wichtigste Ereignis des Jahres. Marina war für die Veranstaltung verantwortlich, und sie wollte, dass alles glatt lief – der Festumzug, die Essensmärkte, die Party und das Feuerwerk.

Würde sie Jack von Cruises Vater erzählen? Außer ihr hatte niemand etwas mitbekommen. Sie drehte sich um. Aus dem Küchenfenster von Gingers Cottage hatte man einen klaren Blick auf die offene Küche des Cafés, doch Ginger war nirgendwo zu sehen.

Während Marina Platz schuf, um mit der Arbeit loszu-legen, kam Heather herein. „Hey, schön, dich wieder hier zu haben", sagte sie zu Cruise. „Ich werde mit dir im Foodtruck arbeiten. Mom schließt das Café während des Fest-zugs, sodass wir alle hingehen können."

„Das wird bestimmt lustig", sagte er. „Blake wirkt wie ein netter Kerl. Ist er das auch?"

Heather grinste. „Hör auf, mich beschützen zu wollen."

„Dafür sind männliche Freunde da." Er warf einen Blick zu Marina. „Ich habe ein Auge auf sie. Aber nicht mehr, das verspreche ich."

„Dafür bin ich dir dankbar", sagte Marina. „Auch wenn ich glaube, dass sie ganz gut allein auf sich aufpassen kann."

„Aber ich werde weder Hunderte Cupcakes noch Tonnen an Popcorn allein machen", warf Heather ein, und alle lachten.

Marina hatte ein besonderes Angebot für den Food-truck und das Café ausgearbeitet. Schlichte, leckere und leicht vorzubereitende Speisen. Kleine Burger, verzierte Cupcakes und vier verschiedene Popcornsorten: herzhaft mit Rosmarin oder Käse und süß mit Karamell oder weißer und dunkler Schokolade.

Summer Beach erwartete Tausende Besucher. Marina schaute auf und sah, dass sich schon die ersten Gäste am Eingang versammelt hatten.

„Wie es aussieht, sind die Touristen früh dran", sagte sie. „Dann können wir genauso gut aufmachen. Los geht's." Sie hob die Hände, und alle klatschten miteinander ab.

Nach dem Lunch zeigte Marina, was Cruise und Heather für den Foodtruck vorbereiten mussten.

„Hey, gibt es da hinten eine Schüssel Tortilla-Suppe?", rief Jack. „Ich will nicht allzu viel Aufwand machen."

„Setz dich", sagte Marina und gab ihm einen Kuss. Das Angebot des Tages simmerte noch auf dem Herd. Sie füllte eine Schüssel für Jack und gab Avocadoscheiben und geriebenen Käse darauf.

„Das wird ein großes Wochenende", sagte Jack, der an dem Tisch vor der Küche Platz genommen hatte.

Während Cruise den Müll rausbrachte, füllte Marina ein Glas mit Wasser für Jack und setzte sich neben ihn. „Sein Vater war vorhin hier. Cruise war darüber nicht sonderlich glücklich."

„Ach ja?" Jack nahm den Löffel in die Hand.

„Du hast mit dem Typen nach seiner Entlassung aus dem Gefängnis nicht mehr gesprochen, oder?"

Mit einem kleinen Seufzer legte Jack den Löffel wieder ab und ergriff Marinas Hand. „Pass in seiner Nähe auf. Lass dich da bitte in nichts reinziehen."

Sie sah die Besorgnis in seinen Augen und hörte sie in seiner Stimme. „Ich verstehe. Danke für die Warnung."

„Es gibt da etwas, worüber ich nachgedacht habe." Er streichelte ihre Hand, während er sprach. „Ich suche nach einem neuen Weg, wie ich das, was ich gelernt habe, auf sicherere Weise tun kann."

„Indem du Kinderbücher illustrierst?", fragte sie.

Jack lachte leise. „Ich dachte mehr an ein Forum, in dem ich auf informelle Art mit Menschen über ihre Ideen sprechen kann. Vielleicht wäre es auch gut, ein paar Leute für Diskussionen bei einem guten Essen zusammenzubringen."

„Das klingt faszinierend. An was für Themen denkst du?"

„Alles." Er tippte nachdenklich mit den Fingern auf den Tisch. „Worin die Leute auch immer gut sind. Was sie entdeckt haben. Was ihnen Sorgen bereitet. Hast du die Küche am Ende des Lagerhauses gesehen?"

Marina erinnerte sich. „Die wird vermutlich für Cateringzwecke benutzt."

„Es fällt Leuten leichter, bei einer gemeinsamen Mahlzeit zu reden." Er wurde lebhafter. „Ich dachte, wir könnten ein Essen anbieten, vielleicht ein Familienrezept, dessen Zubereitung die Leute kennen. Wir könnten reden, während wir kochen und essen. So käme ein natürlicher Austausch von Ideen zustande."

Das war wirklich faszinierend, aber … „Warte mal, *du* willst kochen?"

„Das ist Teil des Charmes – ein Kerl, der nicht weiß, was er tut."

Sie lachte. „Das ist zu klischeehaft."

„Oder … vielleicht könnte ich dort eine Köchin zur Unterstützung haben." Er zog vielsagend eine Augenbraue in die Höhe.

Marina schüttelte den Kopf, obwohl ihr Kopf schon vor Ideen überquoll. „Wie wäre es mit Cruise?"

„Nicht du?"

Kopfschüttelnd sagte sie: „Du willst jemanden, der jung, trendig und kameratauglich ist. Ich habe meine Zeit vor der Kamera bereits gehabt."

„Willst du meine Regisseurin sein?"

„Auf keinen Fall. Ich habe mich aus dem Medienzirkus zurückgezogen. Und ich muss jetzt ein Foodtruck-Imperium aufbauen."

Grinsend nahm Jack den Löffel wieder auf. „Klingt, als würden wir uns bald um Cruise streiten."

Sie schaute auf und sah, dass Cruise in die Küche zurückgekehrt war. „Er wird seine eigenen Entscheidungen treffen. Dieser junge Mann hat noch sein ganzes Leben vor sich."

„So wie wir." Jack sah sie an. „Ich werde Carol und Hal heute Nachmittag anrufen, bevor ich es mir wieder ausreden kann."

„Ich glaube, sie werden die Idee lieben." Marina strich ihm über die Schulter. Sie war so stolz auf ihren Mann.

„Und ich verspreche", fügte er an, „keine Geheimnisse mehr zwischen uns. Das meine ich ernst. Meine alte Arbeit passt nicht länger zu unserem neuen Leben."

„Ich werde dich in allem, was du tust, unterstützen", sagte Marina.

Jack berührte ihre Wange. „Ich brauche sowieso eine Veränderung. Ich will mich auf etwas Neues freuen und mich nicht mehr mit dem gleichen alten Kram herumschlagen. Ich habe gesehen, wie du deinen Traum verwirklicht hast. Jetzt bin ich dran."

Er hielt inne und presste seine Stirn gegen ihre. „Ich liebe dich, Marina. Mehr, als ich je für möglich gehalten hätte. Wir werden das hier gemeinsam überstehen."

„Ich liebe dich auch." Sie musste nicht fragen, was *das hier* war. „Du solltest Carol und Hal anrufen, sobald du deine Suppe gegessen hast. Lass sie nicht kalt werden."

Lachend aß er einen Löffel. „Meinst du wirklich, dass das funktionieren kann?"

Marina gab ihm einen kleinen Kuss. „Ich weiß, dass du das hinbekommst."

„Genau, wie du es hinbekommen hast." Er strich ihr eine Strähne aus der Stirn. „Zuerst mit dem Café und jetzt mit der Hundertjahrfeier."

„Beschrei es nicht", sagte sie lachend.

„Mal ehrlich, was sollte schon schiefgehen?", fragte er.

19

*J*ack warf einen abgewetzten, gelben Tennisball über den Strand, und Scout rannte hinterher. Er lachte in sich hinein. So schmuddelig der Ball inzwischen auch war, er war immer noch Scouts Lieblingsspielzeug.

Er wandte sich der morgendlichen Brise zu, ließ sich von ihr die Haare zerzausen, während er seinen Blick über Summer Beach schweifen ließ. Es war noch ziemlich ruhig, nur wenige Touristen hatten sich einen Platz am Strand gesichert und ihre Sonnenschirme, Liegen und Kühltaschen ausgepackt. Später würde es hier voller sein. Sie erwarteten das geschäftigste Wochenende des Sommers.

Das Handy klingelte in seiner Tasche, und er zog es heraus. „Jack."

„Ich muss mit dir reden."

Es war Chaz. Jacks Magen zog sich zusammen. „Ich bin raus aus der Story."

„Darum geht es nicht."

Scout kam zurückgetrabt und ließ den Ball vor Jacks

Füße in den Sand fallen. Er hechelte, wobei er immer aussah, als würde er grinsen.

Das Meeresrauschen im Hintergrund erschwerte es Jack, Chaz zu verstehen. „Ich bin beschäftigt, Chaz."

„Aber nicht sehr. Wirf den Ball noch einmal, und wir treffen uns am Strand."

Jack schloss die Augen und legte den Kopf in den Nacken. „Wo bist du?"

„Dreh dich um, mein Freund."

Jack legte auf und warf den Tennisball. Scout schoss wie eine Rakete los, sodass der Sand nur so spritzte. Seufzend drehte Jack sich um. Chaz kam auf ihn zugeschlendert. Sein Leinensakko hatte er sich über die Schulter geworfen, und mit seinen polierten Schuhen wirbelte er den feuchten Sand auf.

„Ich hätte bei dir eher einen Deutschen Schäferhund erwartet", sagte Chaz und streckte Jack die Hand hin.

„Dinge ändern sich", sagte Jack und wandte sich ab.

„Was für eine Schande, dass wir keine Freunde sein können."

„Hör mal, du hast bekommen, was du wolltest. Wenn der Artikel erscheint, werden die Verantwortlichen vermutlich hinter Gittern landen. Und du wirst frei sein, zu tun, was immer du willst."

„Nicht ganz. Mein Schwiegervater hingegen könnte da, wo er jetzt ist, einige seiner alten Freunde aus dem Country-Club gebrauchen. Was natürlich eine ganz andere Art von Club ist."

Jack verstand nicht, worauf Chaz hinauswollte. „Was willst du? Einen weiteren Medienkontakt? Denn ich bin raus …"

„Aus der Geschichte. Ja, das hast du erwähnt. Vielleicht

gibt es hier in Summer Beach aber noch eine andere Geschichte für dich", unterbrach Chaz ihn geschmeidig.

„Ich habe keine Ahnung, wovon du redest."

Scout kam zurück und wirkte ein wenig erschöpft. Jack nahm ihm den sandigen Ball ab und sagte: „Nur noch einmal, mein Junge."

Er warf den Ball erneut und legte seinen ganzen Frust in den Wurf. Scout hetzte ihm mit neu erwachter Energie nach.

„Nicht schlecht. Hast du auf dem College Baseball gespielt?"

„Lass den Small Talk. Was ist los?"

Chaz drehte sich in Richtung des Coral Cafés. „Du bist ein kluger Mann. Ich schätze, dass du angesichts der anstehenden, pittoresken Hundertjahrfeier des Ortes auf die Geschichte meiner Familie gestoßen bist."

Jack folgte seinem Blick unbehaglich. „Der Familie deiner Frau meinst du."

Chaz schnaubte. „Als ich geheiratet habe, sind die Benningtons aus offensichtlichen Gründen meine Familie geworden. Ich hätte nie gedacht, dass ich das mal gedruckt sehen würde. Oder in einem Gerichtssaal Fragen zu meiner Vergangenheit beantworten müsste. Du hast keine Ahnung, wie schwer das war."

„Schwieriger, als sich den Familien zu stellen, die deine Firma finanziell ruiniert hat?"

Er zuckte mit den Schultern. „Die Leute sollten vorsichtiger sein."

„Selbst nach all dieser Zeit zeigst du keine Reue gegenüber denen, die du betrogen hast. Wenn du das getan hättest, wärst du vermutlich mit einer Bewährungsstrafe davongekommen."

„Ich habe gar nichts getan. Mein Schwiegervater …"

„Was willst du, Chaz?" Jack biss die Zähne zusammen. Jede Minute mit diesem Mann fühlte sich wie eine Ewigkeit an.

Chaz reckte das Kinn. „Du hast zweifelsohne herausgefunden, in welche Beziehung ich zu dem jungen Koch deiner Frau stehe?"

„Das habe ich."

„Diese Stadt hat meine Familie ruiniert." Er hob eine Hand und zeigte auf das Haus von Carol Reston hoch oben auf den Klippen. „Das war unser Anwesen. Es sollte immer noch uns gehören."

Ein Gefühl der Vorahnung erfasste Jack. „Du lebst in der Vergangenheit. Lass sie los."

„Ich werde nicht zulassen, dass die engstirnigen Menschen dieses Ortes meinen Sohn auch ruinieren."

Jack wusste, dass er hätte gehen sollen, als Chaz sich ihm genähert hatte. Aber jetzt war es dafür zu spät. „Ich kann dir nicht folgen."

„Cruise weigert sich, zu gehen." Chaz schnaubte. „Wenn dieser neue Gerichtsprozess vorbei ist und ich alles gesagt habe, was ich weiß, könnte er mit mir irgendwo anders auf der Welt im Zeugenschutzprogramm leben. Wir würden von denselben Leuten beschützt, die versucht haben, mich zu zerstören. Ist das nicht köstlich?"

Jack überlief ein Schauder. „Du kannst Cruise nicht zwingen, mit dir zu kommen. Was ist, wenn die Bewohner von Summer Beach ihm die Geschichte der Benningtons erzählen und ihn dazu bringen, sich gegen dich zu wenden? Was würde sein Großvater wohl dazu sagen?"

Ein Muskel in Chaz' Kiefer zuckte und seine Augen wurden glasig. „Die boshaften Menschen von Summer

Beach werden weder mich noch die Benningtons je verges-
sen. Mein Schwiegervater wird mein Verhalten gutheißen,
darauf gebe ich dir mein Wort. Er hätte hier der Grand
Marshal sein sollen, nicht *sie*. Ginger Delavie hat unsere
Familie zerstört. Aber was ich geplant habe, wird in die
Geschichtsbücher eingehen."

Scout rannte durch die Brandung, spritzte Chaz'
polierte Schuhe nass und riss ihn damit aus seinen
Rachefantasien.

Chaz fluchte. „Du wirst es noch früh genug sehen."

„Was werde ich sehen?" Jack griff nach jedem Stroh-
halm, um weitere Informationen aus ihm herauszu-
bekommen.

Chaz winkte ab und marschierte über den Strand
davon.

Während Jack zusah, wie der gebrochene, verbitterte
Mann in seiner fehlgeleiteten Wut über den Sand stolperte,
winselte Scout zu seinen Füßen.

„Schluss für heute, alter Junge." Jack spülte den Tennisball ab und steckte ihn ein.

Scout hörte nicht auf, Chaz hinterher zu winseln.

Selbst der Hund weiß, dass mit dem Typen etwas nicht
stimmt, dachte Jack. „Komm, Junge. Wir müssen sofort zu
Ginger." Ein Gefühl der Dringlichkeit trieb ihn an, und er
joggte auf das korallenfarben Cottage zu.

„Mit deinen sandigen Pfoten musst du hier draußen
warten", sagte er zu Scout, als er die Veranda erreichte.
Der Hund legte sich gehorsam hin. Während Jack sich die
Schuhe auf der Fußmatte abtrat, drehte er den Türknauf
und drückte die Tür auf. „Sind alle angezogen?"

„Natürlich. Komm herein", sagte Ginger. „Wir sind in

der Küche und gerade dabei, weitere Muffins in den Ofen zu schieben."

Als er in die Küche kam, schaute Marina erstaunt auf. „Ich dachte, du würdest heute früh Leo abholen."

„Mir ist etwas dazwischengekommen. Und die Haustür muss immer abgeschlossen sein", fügte er schärfer an, als er es vorgehabt hatte, aber sein Herz raste. Er musste auch nach Leo sehen. „Da draußen sind alle möglichen Leute, vor allem an diesem Wochenende."

„Was ist passiert?", fragte Marina alarmiert.

„Chaz hat mich am Strand gefunden." Jack fuhr sich mit der Hand durchs Haar und nahm sich einen Moment, um sich zu fassen. „Er hat etwas vor, und er hat versucht, mich zu ködern. Ich weiß nicht, was er tun wird, aber wir müssen ihn aufhalten."

Ginger stand auf. Ihr Blick war stählern. „Dieser rachsüchtige kleine Mann. Ich bin nicht überrascht. Er ist seinem Schwiegervater so ähnlich."

„Wir müssen Chief Clarkson anrufen", sagte Marina. „Und ich werde Cruise Bescheid sagen."

„Ich warne Vanessa." Jack versuchte, seinen Atem zu beruhigen. „Und jemand sollte Carol Reston informieren."

„Das mache ich", sagte Ginger. „Sie tritt morgen auf."

Das verursachte Jack ein ungutes Gefühl. „Sie ist der Überraschungsgast? Marina, warum hast du mir das nicht erzählt?"

Sie hob abwehrend die Hände. „Ich dachte, du wüsstest es, nachdem du sie wegen des Lagerhauses angerufen hast. Außerdem sollte es eine Überraschung sein."

Jack presste sich eine Hand gegen die Stirn. Die Unterhaltung mit Carol und Hal war so gut gelaufen, wie er es

sich erhofft hatte, aber sie hatten nicht über die Hundertjahrfeier gesprochen.

„Wer ruft den Polizeichef an?", fragte Ginger.

Marina holte ihr Handy heraus. „Ich stelle ihn auf
laut."

In dem Moment kam Heather nach unten. „Mom, was
ist hier los?"

Marina warf Jack einen Blick zu. „Liebes, hol doch
bitte Cruise her. Wir erzählen es euch dann gemeinsam."

„Okay, wie du meinst." Heather wirkte verwirrt,
wandte sich aber zum Gehen.

„Nein, warte." Jack berührte ihre Schulter. „Schick ihm
eine Nachricht und bitte ihn, herzukommen. Im Moment
verlässt niemand das Haus."

„Es geht um Cruises Vater", erklärte Marina. „Er hat
gedroht, etwas im Ort anzurichten. Vielleicht sogar an
diesem Wochenende."

Heather schaute zwischen ihnen hin und her. „Nicht
während der Hundertjahrfeier", sagte sie bestürzt.

Marina umarmte sie, und Jack legte seine Arme um
beide. Marinas Herz schlug so schnell wie seines. „Es tut
mir leid, aber wir werden ihn aufhalten."

Schuldgefühle drohten, ihn zu überwältigen. Wenn er
nicht den Artikel vorgeschlagen und damit ein Portal zur
Vergangenheit geöffnet hätte, würden sie jetzt nicht in
dieser Situation stecken.

Er schickte Vanessa schnell eine Nachricht wegen Leo.
„Kommt, lasst uns den Polizeichef anrufen."

„Brennt hier gerade was an?", fragte Heather
schnüffelnd.

„O je", sagte Ginger. „Die Cupcakes."

„Ich mach das schon", sagte Cruise, der in diesem

Moment in die Küche kam. Er schnappte sich ein Geschirrhandtuch, öffnete die Ofentür und zog das Blech mit den Muffins heraus, bevor er alle anschaute. „Was ist hier los?"

„Ich fürchte, das Frühstück muss warten", antwortete Marina. „Es geht um deinen Vater."

„Ich habe keinen Vater", knurrte Cruise.

„Vergiss den Gedanken nicht", sagte Jack und legte sein Handy auf den Küchentisch. Dann wählte er eine Nummer und schaltete den Lautsprecher an.

Als Chief Clark ranging, erklärte Jack ihm kurz den Hintergrund dessen, was los war. „Chaz Bennington hat eine Drohung gegenüber Summer Beach ausgesprochen. Ich glaube, er wird bei der Hundertjahrfeier irgendetwas versuchen."

In ihm tobte das Chaos. Die Veranstaltung, für die alle so hart gearbeitet hatten, sollte eine Zeit der Einigkeit und Reflexion sein, aber nun wurde sie durch diese Drohung gefährdet.

Am anderen Ende der Leitung entstand eine kleine Pause. „Jack, bist du dir sicher?" Die Stimme von Chief Clarkson war so ruhig wie immer. Das war einer der Gründe, warum Jack ihn so sehr respektierte.

„Ich würde keinen Alarm ausrufen, wenn ich es nicht wäre." Er erzählte Clark alles, was er wusste. „Wir sind im Moment alle bei Ginger im Coral Cottage."

„Okay", erwiderte Chief Clarkson. „Wir übernehmen von hier an. Es war richtig von dir, anzurufen, Jack. Sorge dafür, dass alle in Sicherheit sind."

Jacks Herz raste, als sein Beschützerinstinkt aus allen Rohren feuerte. „Das mache ich. Aber ich kann das nicht einfach aussitzen. Ich kann in fünf Minuten bei euch sein."

„Du hast deinen Teil erledigt, lass uns die Sache regeln. Ich schicke einen Streifenwagen zum Cottage. Hast du eine Ahnung, wo der Typ sich jetzt aufhalten könnte?"

Jack wandte sich an Cruise, der den Kopf schüttelte. „Das weiß keiner von uns." Er legte auf und spürte die Last der Verantwortung für diese Situation.

Wütend boxte Cruise in die Luft. „Was mich betrifft, kann dieser Mann in Flammen aufgehen."

„Interessante Wortwahl", sagte Jack. Dann hatte er eine Idee. Er rief im *Nailed It* an. Jen ging ran.

„Hi Jen, ich bin´s, Jack. Ich habe mich gefragt, ob du Benzinkanister führst."

„Natürlich", antwortete sie. „Soll ich dir den letzten zurückstellen?"

„Den letzten?", fragte er, und Übelkeit überkam ihn.

„Irgend so ein Typ hat gestern mehrere gekauft, aber wir hatten noch einen im Lager, den ich heute erst gefunden habe."

Jack stand vom Tisch auf. „Verkauf den nicht. Ich erkläre es dir später. Es könnte sein, dass Chief Clarkson dich anruft." Er legte auf.

Marina nahm Heather und Ginger in den Arm. „Wir müssen unser Haus jetzt gut beobachten."

„Und das Café", fügte Ginger entschieden an.

Cruise spannte den Kiefer an, und alle nickten. Jack wandte sich an den jungen Koch. „Du und ich, wir müssen das Grundstück bewachen. Bist du dazu bereit?"

Cruise nickte. „Chaz wird damit nicht durchkommen."

Vor Sorge zitternd legte Heather die Arme um Cruises Nacken. „Sei vorsichtig da draußen."

Cruise lächelte und gab ihr einen Kuss auf den Scheitel. „Ich würde niemals zulassen, dass dir etwas passiert."

Jacks Gedanken rasten. Hatte genug getan? Und würde es Chief Clarkson gelingen, Chaz rechtzeitig zu fassen?

Er hoffte, dass nach all dem das Herz und die Seele von Summer Beach durchscheinen würden, ungedimmt von der dunklen Seele, die vorhatte, es zu zerstören.

ie ersten schwachen Strahlen der Morgensonne schienen durchs Fenster und weckten Marina. Sofort überprüfte sie die Wettervorhersage auf ihrem Handy und atmete erleichtert auf. Dann stützte sie sich auf einem Arm ab und schüttelte Jack, der verschlafen grummelte.

„Hör dir das an", sagte sie. „Die Sturmfront hat in Richtung Pazifik abgedreht und sich dort aufgelöst. Wir haben für die heutige Feier klaren Himmel."

Jack drehte sich auf die Seite und umarmte sie. „Meine Frau ist unglaublich. Sie kontrolliert sogar das Wetter."

Lachend schlug sie ihm auf die nackte Brust. „Komm schon, wir haben einen großen Tag vor uns. Ich bin so aufgeregt."

Er nahm ihr Gesicht in seine Hände. „Und ich muss mich bei Chief Clarkson wegen der Chaz-Sache melden."

Bei der Erwähnung dieses Namens blinzelte Marina. Die Erinnerungen an den gestrigen Tag warfen einen

Schatten über den sonnigen Tag. „Guck mal, ob er dir eine Nachricht geschickt hat."

Sie hatten sich damit abgewechselt, Gingers Grundstück zu bewachen, bis die Polizei einen Streifenwagen davor geparkt hatte. Marina hatte das Café geöffnet, das von den für die Hundertjahrfeier angereisten Besuchern förmlich überrannt worden war. Heather, Cruise und die neuen Angestellten hatten bis in den späten Abend hinein gearbeitet, um alles vorzubereiten und den Foodtruck für den heutigen Tag zu beladen.

Dennoch machten sie sich alle weiterhin Sorgen, was Chaz wohl geplant hatte. Chief Clarkson hatte ihnen versprochen, sich sofort zu melden, sobald sie ihn gefunden hatten.

Nun griff Jack nach seinem Handy und runzelte die Stirn. „Noch nichts Neues. Es tut mir leid, wenn das den Feierlichkeiten einen Dämpfer verpasst."

„Das ist nicht deine Schuld." Sie fuhr mit den Fingern durch seine dichten, zerzausten Haare. „Wie hättest du wissen können, dass er solche eine Drohung ausspricht? Ich weigere mich, mir von ihm das Wochenende verderben zu lassen."

„So ist es richtig." Jack lächelte ermutigend und presste dann seine Lippen auf ihre. „Wenn er auftaucht, werden wir für ihn bereit sein. Clark und sein Team sind in Bereitschaft."

Darauf vertraute Marina. „Wir können nicht zulassen, dass ein Mann die Arbeit zerstört, die all die Freiwilligen geleistet haben." Dennoch war sie sich des Risikos bewusst.

Jack strich ihr die Haare aus der Stirn. „Ich verspreche, dass ich diese Art der Arbeit hinter mir lasse. Ich kann dich und Leo keinem Risiko mehr aussetzen. Glaub mir, es gibt unzählige hungrige, junge Journalisten, die nur zu begierig darauf sind, meine Aufträge zugeteilt zu bekommen. Ich habe es Gus bereits mitgeteilt, und das hier bestärkt mich nur in meinem Entschluss. Ich habe andere Optionen."

Marina war erleichtert, das zu hören. „Ich bin mir sicher, dass wir bald von Clark hören." Sie war zwar besorgt, versuchte aber, es sich nicht anmerken zu lassen. Jack fühlte sich so schon schlecht genug.

Gestern hatte Chief Clarkson ihnen gesagt, dass er Polizisten aus Nachbargemeinden dazugeholt hatte, um mit den Besuchermengen und allem, was passieren könnte, zu helfen. Marina hatte eine Nachricht an alle Freiwilligen geschickt und sie gebeten, sofort die Polizei zu kontaktieren, sollten sie fragwürdige Menschen oder seltsames Verhalten beobachten. Das sollte man sowieso immer bei solchen Veranstaltungen machen, hatte sie sich eingeredet.

Nun drückte sie sich vom Bett ab, aber Jack schlang die Arme um ihre Taille, bevor sie aufstehen konnte. „Hey, hast du nicht was vergessen?", grummelte er.

„Ich glaube nicht." Sie lächelte ihn an. „Wir müssen uns beeilen, Jack."

„Ein paar Minuten haben wir noch." Er fing an zu lachen. „Zumindest ausreichend, um dir einen schönen ersten Hochzeitstag zu wünschen, Darling."

Marina lachte mit ihm. „O mein Gott, du hast recht."

„Ich wette, du dachtest, ich würde es vergessen." Er nahm ihre Hand und setzte einen Kuss darauf. „Wir können später privat feiern." Er wackelte mit den Augenbrauen. „Was sagst du dazu, wenn wir nächstes Wochenende ins *Beaches* gehen – nur du, ich und Scout?"

Sie lachte über diesen Insider-Witz. „Nächstes Wochenende klingt gut, aber wie wäre es mit irgendwo anders?"

„Auch gut." Er stand mit ihr auf, zog sie an sich und wirbelt sie herum. Dann tanzte er mit ihr aus dem Schlafzimmer.

Während Jack seinen Sohn weckte, machte Marina Protein-Shakes mit Spinat und Früchten, um sie bis zum Frühstück über Wasser zu halten.

Sie hatten vor, zusammen zum Cottage zu fahren, wo Jack und Leo den VW-Bus dekorieren würden, während Marina und ihr Team letzte Hand an den Foodtruck legten. Denise und John würden Samantha vorbeibringen, die Leo helfen wollte.

Danach würde Marina noch einmal den Veranstaltungsort an der Main Street inspizieren und bei Kai am Lagerhaus checken, ob alles nach Plan lief.

Als sie am Cottage ankamen, stieg ihr der Duft von Popcorn in die Nase. Heather kam ihnen entgegen, um sie zu begrüßen. Sie war bereits angezogen und hatte die langen Haare zum Pferdeschwanz gebunden.

„Du bist aber früh auf den Beinen." Marina umarmte sie. „Ich dachte, ich müsste dich wecken."

„Cruise hat mich bei Sonnenaufgang angerufen. Er macht seit Tagesanbruch Popcorn." Ihre Augen weiteten sich. „O mein Gott, dein Rezept für das Popcorn mit weißer und dunkler Schokolade ist unglaublich. Das hatte ich zum Frühstück."

Marina lachte. „Ich freu mich, dass es dir schmeckt, aber du musst was Gesundes essen. Du wirst heute Energie brauchen." Sie schaute zum Foodtruck.

„Wie geht es ihm?" Ihr war aufgefallen, dass Cruise und Heather gestern lange miteinander gesprochen hatten.

Heather verzog den Mund. „Er ist ein guter Kerl, deshalb regt ihn das mit seinem Dad furchtbar auf. Ich kann mir nicht vorstellen, so jemanden als Vater zu haben. Cruise ist ein wenig neidisch, weil ich meinen Dad nie kennengelernt habe."

„Ich wünschte, das hättest du", sagte Marina und berührte ihre Tochter an der Schulter. „Er war einer der Guten. Wann wollte Ethan kommen?"

„Bald. Er bringt ein Golfcart für den Festumzug mit. Blake und ich fahren mit ihm, und danach werde ich Cruise im Foodtruck helfen."

„Wenn du nicht gebraucht wirst, kannst du dir den Nachmittag auch freinehmen", bot Marina an. „Wir haben jetzt mehr Helfer."

„Danke, Mom. Ich möchte Ethan wirklich gerne Blake vorstellen. Ich dachte, falls wir im Foodtruck überrannt werden, können die beiden sich gegenseitig unterhalten. Oder Blake könnte Cruise beim Popcorn machen helfen."

Marina lächelte. „Ich glaube, Blake würde lieber Zeit mit dir verbringen. Er scheint sehr von dir angetan zu sein."

Heather errötete leicht. „Das geht mir mit ihm genauso. Er ist so klug. Wir können uns stundenlang unterhalten. Und er liebt Summer Beach."

„Das ist ein großes Plus", sagte Marina. Sie wollte ihre Tochter nicht in irgendeine Richtung drängen, aber natürlich fände sie es schön, wenn sie in der Nähe bliebe.

Ginger tauchte auf der Treppe des Cottages auf. In einer Hand hielt sie einen Korb. Sie winkte ihnen zu, bevor sie zu dem Streifenwagen ging, der noch immer vor dem Haus parkte. Marina beobachtete sie, um zu sehen, was sie vorhatte, aber sie hatte so eine Vermutung.

„Guten Morgen, Officer", sagte Ginger. „Ich habe Ihnen ein paar Muffins und eine Quiche frisch aus dem Ofen mitgebracht. Wir sind Ihnen sehr dankbar, dass Sie ein Auge auf uns haben."

Die Polizisten bedankten sich überschwänglich bei ihr.

Zufrieden gesellte Ginger sich zu Marina und Heather. „Die Polizei bei guter Laune zu halten ist wichtig", sagte sie und umarmte ihre Tochter.

„Ja. Wir sind ihnen auch sehr dankbar." Marina schaute auf die Uhr. „Ich muss zur Main Street, um sicher-zugehen, dass alles aufgebaut ist. Einige der Freiwilligen sind bereits da. Danach will ich zu Kai, um mich zu versi-chern, dass mit dem Festumzug alles nach Plan läuft. Es wird nicht lange dauern."

„Fahren wir", sagte Jack, der die ganze Zeit schweigend neben ihr gestanden hatte.

„Du kannst mit Leo hierbleiben und den Bus schmü-cken", schlug Marina vor. „Ich habe ja mein Auto."

Besorgnis verdüsterte seine Miene. „Ich würde mich besser fühlen, wenn ich dich begleite."

Ginger drückte seine Schulter. „Warum geht ihr zwei nicht, und ich leiste Leo Gesellschaft."

„Er hat vermutlich Hunger", sagte Marina. „Wir hatten heute Morgen kaum Zeit. Samantha und ihre Familie werden auch bald hier sein." Leicht besorgt schaute sie sich auf dem Grundstück um, bis ihr Blick an dem Streifen-wagen hängen blieb.

„Ich habe noch eine Quiche und Muffins in der Küche", sagte Ginger. „Hier wird keiner verhungern."

Zufrieden, dass alles unter Kontrolle war, gingen Marina und Jack los.

„Soll ich fahren?", bot er an.

„Gern." Marina warf ihm den Schlüssel zu, und Jack öffnete ihr die Tür.

Sie fuhren den kurzen Weg zur Main Street und stellten den Wagen ab. Freiwillige Helfer waren bereits dabei, Klappstühle in dem Bereich aufzustellen, der für Menschen mit Mobilitätsproblemen reserviert war. Viele Leute würden Campingstühle mitbringen, um sich den Festzug anzuschauen.

Die alten Fotos von Ginger, die Jack vergrößert hatte, waren im älteren Teil der Main Street ausgestellt und hingen in einigen Schaufenstern. Frühmorgendliche Spaziergänger blieben bereits davor stehen und lasen interessiert die von Jack verfassten Erklärungen.

„Das war eine gute Idee", sagte Marina. „Die Geschichte von Summer Beach ist wirklich faszinierend. Und durch die Fotos wird sie zum Leben erweckt."

Als sie über den geschäftigen Markt schlenderten, sahen sie Verkäufer, die ihre Stände aufbauten, und die ersten Foodtrucks, die vorfuhren. Sie kamen an Buden vorbei, die in bunten Farben gestrichen waren und ihre Namen in das Holz eingeritzt hatten.

„Da ist Cookies Stand", sagte Marina und bewunderte, wie kunstvoll ihre Freundin ihr Gebäck ausgestellt hatte.

Cookie's Confections war eine bunte Palette aus dekadenten Erdbeer-Tartes, Zitronenkeksen und Blaubeertörtchen.

Neben ihr stand Rosas Mann in dem Foodtruck von *Rosa's Tacos* hinter dem Grill. Rosa selbst war gerade dabei, ihre hausgemachte Guacamole, scharfe Salsa und Tortilla-Chips auf einem Tisch zu arrangieren.

Jack zog eine Augenbraue in die Höhe. „Wie seltsam, dass Rosa direkt neben Cookie steht."

Das war es. Und doch lachten und scherzten die beiden ehemaligen Rivalinnen wie alte Freunde miteinander.

Marina war fasziniert. „Siehst du das?", fragte sie Jack.

Er lachte leise. „Sieht so aus, als hätten sie endlich das Kriegsbeil begraben. Sie zu zwingen, zusammen zu arbeiten, war brillant. Ich schätze, dass es jetzt doch keine Essensschlachten gibt. Wie schade."

Nachdem sie mit Rosa und Cookie gesprochen hatten, überprüften sie die Route des Festumzugs und das Podium für die Ansprachen. Dabei hielten sie beide Ausschau nach Chaz. Jack war überzeugt, dass der heute etwas versuchen würde, während Marina immer noch hoffte, dass es sich nur um leeres Geprahle gehandelt hatte.

Am Eingang zu dem kleinen Rummelplatz neben dem Pier blieb Jack stehen. „Ich wette, dass Leo und Samantha hier hinwollen."

Die Hauptattraktion waren ein Riesenrad, ein Karussell, ein Spiegelkabinett und verschiedene Spiele. Stofftiere hingen als Preise von hohen Stangen, und der süße Geruch von Zuckerwatte waberte schon durch die Luft.

„Das sieht alles großartig aus", sagte Marina aufgeregt und erleichtert. „Komm, lass uns gucken, wie es Kai und Axe am Lagerhaus geht."

Sie stiegen wieder in den Mini Cooper. Bevor Jack den Wagen startete, schaute er auf die Benzinanzeige. „Wir sollten auf dem Weg tanken."

„Ach, ich bin mir sicher, dass es bis zum Lagerhaus und zurück noch reicht. Der Mini schluckt nicht so viel wie dein Bus."

Jack zog eine Augenbraue in die Höhe. „Wie würde es wohl aussehen, wenn wir auf dem Weg zum Festzug ohne Benzin liegen bleiben? Wir haben noch Zeit, um zu tanken.

Außerdem mag ich es nicht, wenn du mit fast leerem Tank herumfährst."

„Ich liebe dich auch", sagte sie und gab ihm einen Kuss auf die Wange.

Das war eines dieser kleinen, fürsorglichen Dinge, die Jack für sie tat, und Marina war ihm dafür dankbarer, als er ahnte. Sich füreinander um Kleinigkeiten zu kümmern war ihre Art, ihre Liebe zu zeigen.

Nach ein paar Minuten bog Jack auf die Tankstelle ein und hielt an der Benzinpumpe an. Der Verkehr nahm langsam zu, aber auf dem Rückweg konnten sie eine Abkürzung nehmen.

Jack stieg aus, zog die Kreditkarte durch den Kartenleser und steckte den Tankrüssel in den Tank. Während das Benzin lief, setzte er sich wieder auf den Fahrersitz, wobei er die Tür offenließ. „Willst du einen Kaffee?"

„Ja, das klingt …" Als Marina sich ihm zuwandte, überlief sie ein Schauder und sie erstarrte. „Dreh dich nicht um. Aber Chaz ist gerade auf der anderen Seite vorgefahren."

„Kein Problem. Ich kümmere mich um ihn." Jack machte Anstalten, wieder auszusteigen.

„Nein, nicht", flüsterte Marina und packte ihn am Handgelenk. „Wenn er etwas vorhat, ist er womöglich bewaffnet."

Vorsichtig holte sie ihr Handy heraus. „Ich rufe die Polizei."

„Pass auf, dass er dein Handy nicht sieht", warnte Jack leise.

Den Blick auf Chaz gerichtet, öffnete Marina ihre Handtasche und holte eine kleine weiße Box heraus, aus der sie einen Kopfhörer zog. Nachdem sie sich den ins Ohr gesteckt hatte, wählte sie den Notruf.

Während es klingelte, flüsterte sie: „Er hat gerade drei Benzinkanister aus dem Kofferraum geholt."

„Beeil dich", hauchte Jack.

Die Zentrale ging ran.

„Können Sie mich hören?", fragte Marina leise. Als der Disponent bejahte, gab sie schnell ihren Namen und ihren Standort durch. „Wir stehen an der Tankstelle, und gerade ist Chaz Bennington vorgefahren." Sie beantwortete ein paar Fragen, dann bat der Disponent sie, in der Leitung zu bleiben.

„Dreh dich nicht von mir weg", bat Marina und hielt Jacks Blick fest. Jeder Muskel in seinem Gesicht und seinem Körper war angespannt. Der Geruch von Benzin erfüllte den Wagen und verursachte Marina leichte Übelkeit.

Eine Bewegung im Rückspiegel erregte Jacks Aufmerksamkeit. „Er geht hinter uns lang. In die Tankstelle. Rühr dich nicht. Er kann uns durch die Fenster sehen."

Marina blieb so still sitzen, wie sie nur konnte. Sie glaubte nicht, dass Chaz ihren Wagen kannte.

Nach einer gefühlten Ewigkeit kehrte er aus dem Laden zurück, zählte sein Wechselgeld und stopfte sich eine Handvoll Feuerzeuge in die Jackentasche.

„Bitte sagen Sie Ihren Kollegen, dass sie sich beeilen sollen", flüsterte Marina und berichtete dem Disponenten, was sie beobachtet hatte.

Dann endlich sah sie im Rückspiegel einen Streifenwagen vorfahren. Der Disponent sprach weiter mit ihr.

Anstatt hinter dem Auto entlangzugehen, wählte Chaz dieses Mal den Weg vorne herum. Dabei schaute er auf und blinzelte in die Sonne.

Mit einem Mal verfinsterte sich seine Miene, und er kam auf sie zu.

„Runter", flüsterte Jack rau. „Er hat uns gesehen."

Chaz kam schnellen Schrittes auf die Fahrerseite zu.

„Wir müssen hier weg", rief Marina und glitt in den Fußraum, wo sie sich zusammenrollte.

„Halt dich fest." Jack startete den Motor, um loszufahren, auch wenn der Benzinhahn noch im Tank steckte.

In dem Moment heulte eine Sirene auf und ein Streifenwagen stellte sich quer vor Chaz Fahrzeug, während ein anderer ihn von hinten blockierte.

Türen schlugen zu, und Marina hörte, wie die Polizisten Chaz ansprachen. Zitternd zog sie Jack zu sich herunter.

Er schlang einen Arm um sie, schirmte sie mit seinem Körper ab und zog sie so fest an sich, dass sie kaum noch Luft bekam.

„Bleiben Sie ruhig, Ma'am", sagte der Disponent übers Handy.

Trotz ihres hämmernden Herzens hörte Marina, dass der Tumult draußen lauter wurde. Sie betete, dass Chaz sich ergeben würde, fürchtete aber, dass er vorhatte, eine Szene zu machen. Er hatte nur noch wenig zu verlieren.

Doch nach ein paar angespannten Minuten ergab Chaz sich tatsächlich.

Endlich sagte der Disponent ihr, dass sie auflegen könne, und Marina seufzte erleichtert auf. „Gott sei Dank", sagte sie und presste sich die Hände an ihre pochenden Schläfen.

Jack richtete sich auf und stieg aus dem Auto, um den Tankrüssel zurückzuhängen. Marina setzte sich wieder ordentlich hin. Als ein großer Polizist mit breitem Brustkorb auf ihren Wagen zukam, stieß sie einen kleinen Schrei aus, so erleichtert war sie, ihren Freund Clark zu sehen.

„Chief Clarkson", sagte Jack und packte seine Hand. „Es tut gut, dich zu sehen."

„Ihr beide hattet Glück", sagte Clark und zeigte mit dem Daumen auf den Streifenwagen hinter sich, in dem Chaz auf der Rückbank saß. „Und ihr habt die Stadt vermutlich vor einer potenziellen Katastrophe gerettet. Bevor ich euch gehen lassen kann, brauche ich noch ein paar Einzelheiten für meinen Bericht."

Nachdem sie ihre Aussagen gemacht hatten, fühlte Marina sich zutiefst ausgelaugt. Selbst ihre Hände kribbelten, und von dem ganzen Stress war ihr ein wenig schwindelig.

Sie umfasste Jacks Oberarm und lehnte ihren Kopf an seine Schulter. „Du bist solche brenzligen Situationen durch deine Arbeit vermutlich gewohnt, aber ich bin ein Wrack."

„Damals war ich wesentlich jünger und hatte keine Verantwortungen", sagte Jack mit einem fernen Blick in den Augen. „Ich bin auch erschüttert. Ich habe die ganze Zeit an Leo, an unsere Familien gedacht. Der heutige Tag hätte schrecklich enden können. Gott sei Dank, dass unser Tank beinahe leer war."

Obwohl die Sonne die morgendliche Kälte vertrieben hatte, zitterte Marina. „Steht dein Angebot für einen Kaffee noch?"

„Darauf kannst du wetten." Jack legte einen Arm um sie und gab ihr einen Kuss. „Komm mit rein. Ich kann dich nach dem nicht allein hier draußen lassen."

„Ich bin so dankbar, dass wir zusammen sind", sagte sie und umfasste seinen Arm fester. „Wenn ich ihn allein gesehen hätte …"

„Dann hättest du genau das Gleiche getan", sagte er

und hob ihr Kinn an, um ihr einen sanften Kuss zu geben. „Ich kenne dich, und ich bewundere deine Ruhe unter Druck. Es gibt niemanden, den ich in jedweder Situation lieber an meiner Seite hätte. Du bist meine Frau, meine Partnerin, mein alles. Diesen Hochzeitstag werden wir garantiert niemals vergessen."

Die Tränen, die Marina bisher zurückgehalten hatte, stiegen ihr in die Augen, und sie schluchzte auf. „Ich liebe dich so sehr. Das hätte furchtbar enden können … Ich will nicht mal daran denken."

„Dann lass es", sagte er und wiegte sie in seinen Armen. „So etwas kommt in Summer Beach zum Glück nur selten vor."

Marina spürte, wie seine Brust vibrierte, und erkannte, dass er ebenfalls zitterte. Sie wusste, dass das eine normale Reaktion auf so eine angespannte Situation war.

Sie gab ihm einen Kuss und zog sich zurück. „Schüttle deine Hände so fest du kannst. Ginger hat mir mal erzählt, dass das hilft, um muskuläre Verspannungen zu lösen und das Nervensystem zu beruhigen."

Er grinste, und dann schüttelten sie beide den Stress ab.

„Fühlst du dich besser?", fragte sie.

„Ja, das hat tatsächlich geholfen." Er lachte. „Komm, lass uns jetzt einen Kaffee holen."

Sie betraten die Tankstelle, holten sich je einen Kaffee und kehrten zu ihrem Auto zurück. Dort blieben sie einen Moment sitzen, riefen ihre Liebsten an, um ihnen die Neuigkeiten zu erzählen, und rüsteten sich für den Tag. Kai war geschockt und Axe wollte zu ihrer Rettung kommen, doch Marina und Jack versicherten, dass es ihnen gut ginge und sie gleich vorbeikommen würden.

Nachdem er aufgelegt hatte, streckte Jack eine Hand nach Marina aus. „Bereit für die große Feier?", fragte er und massierte ihren Nacken.

„Mehr als bereit", antwortete sie.

21

*A*ls Marina und Jack am Lagerhaus ankamen, summte die Halle nur so vor Freiwilligen, die sich auf den Festumzug vorbereiteten. Alle lachten und stellten sich in der vorgegebenen Reihenfolge auf, um über die Main Street zu fahren.

Die Neuigkeit von Chaz' Verhaftung hatte bereits die Runde gemacht. Als die Leute sie sahen, applaudierten sie und riefen ihnen Glückwünsche zu.

„Gut gemacht, Jack", sagte Axe, und alle lachten.

Kai begrüßte sie mit einer Umarmung. „O mein Gott, ich habe mir solche Sorgen gemacht. Geht es euch gut?"

„Es ist vorbei, und wir sind bereit, zu feiern", sagte Marina und fasste die Hände ihrer Schwester. „Ich bin so erleichtert, dich zu sehen."

„Du bist so ein Rockstar", sagte Kai, und in ihren Augen schimmerten die Emotionen. „Ihr beide seid wie Superhelden, die den Ort vor einem Bösewicht gerettet haben."

Marina lachte. „Du hast zu viele Filme gesehen." Aber

sie liebte den Enthusiasmus ihrer Schwester. Kai sprach immer aus dem Herzen.

Axe legte seine Arme um Marina und Jack. „Ich bin froh, dass ihr die Situation überstanden habt", sagte er. „Wir haben heute viel zu feiern."

„Und wie es aussieht, sind alle bereit." Marina betrachtete bewundernd die bunten Festwagen.

Kai drückte sich ihr Klemmbrett an die Brust. „Was sagst du zu den Anstrengungen, die alle unternommen haben?"

„Die Wagen sind so toll geworden", antwortete Marina. Sie war überrascht von der Kreativität und Vorstellungskraft der Leute. „Das hätte ich mir nie vorstellen können. Ein Hoch auf die Organisatoren der Parade."

„Es war uns ein Vergnügen." Kai verbeugte sich in ihrem an alte Zeiten angelehnten Strandoutfit aus einem blumenbedruckten Haltertop und einem Wickelrock. Axe trug ein dazu passendes Hemd und Surfshorts.

Kai senkte die Stimme, und ihre Augen funkelten aufgeregt. „Wir werden unser Strand-Medley auf einem der Festwagen performen, und als Überraschung wird Carol Reston sich für das letzte Lied zu uns gesellen. Davon weiß keiner was."

„Das werden die Leute lieben." Marina war gerührt von all der Arbeit, die in diese Feier gesteckt worden war.

Ihr Herz schwoll an, als sie ihren Blick noch einmal über alle Festwagen gleiten ließ, die ein Testament an die reiche Geschichte von Summer Beach waren, und sie presste sich eine Hand auf die Brust, als die Gefühle drohten, sie zu überwältigen.

„Das ist auch wesentlich mehr, als ich erwartet hatte", sagte Jack und ergriff ihre Hand, um sie leicht zu drücken.

Der Vorfall, der gedroht hatte, den Tag zu überschatten, war nun nur noch eine Erinnerung, die sich langsam auflöste wie der Morgennebel. Marina atmete tief ein, während sie den Trubel um sich herum beobachtete.

Viele ihrer Freunde legten letzte Hand an ihre Festwagen. Andere waren dabei, die Anhänger an ihre Autos zu koppeln – hauptsächlich SUVs und Pick-up-Trucks, die ebenfalls geschmückt waren.

Jen und George vom *Nailed It* halfen den Leuten bei Reparaturen in letzter Minute. Jen schaute auf und winkte, dann presste sie sich eine Hand aufs Herz und formte mit den Lippen ein *Dankeschön*.

Dankbar für Jens Freundschaft winkte Marina zurück. Die Neuigkeiten hatten sich schnell verbreitet.

Leilani und Roys *Hidden Garden*-Wagen erblühte unter einer erstaunlichen Anzahl von Topfpflanzen und Blumen. Pinkfarbene Bougainvilleas bogen sich über einen weißen Pavillon, und gelbe Rosen flankierten die Gartenbank. Das Paar hatte sich verkleidet, und Leilani sah aus wie eine Gartenfee.

Kai klatschte in die Hände. Sie war eine Naturgewalt, und ihre Stimme klang klar und selbstbewusst durch die Halle, als sie die Teilnehmer mit der Effizienz einer erfahrenen Regisseurin auf ihre Plätze schickte.

„Denkt daran, wir feiern nicht nur ein Jahrhundert, wir erzählen auch die Geschichte von der Geburt unserer Gemeinde", sagte sie.

Axe, der neben ihr stand, nickte zustimmend. Sein Bariton hallte durch das Lagerhaus. „Wir bitten alle, sich jetzt in der angegebenen Reihenfolge aufzustellen. Wenn ihr bereit seid, werden wir die Parade zur Main Street anführen."

„Dort angekommen werden sich andere in den Zug einreihen", erklärte Kai. „Die Reiter mit ihren Pferden, die Marschkapelle der Schule und die Tanzteams."

Jack nahm Marinas Hand und drückte sie. „Das wird der beste Festzug aller Zeiten."

„Und das haben wir Kai und Axe zu verdanken", sagte sie.

„Und unserer Leiterin." Er gab ihr einen Kuss auf die Wange. „Du hast es geschafft, die ganzen freiwilligen Helfer zusammenzutrommeln und Spenden zu sammeln. Ohne dich wäre das hier das reinste Chaos geworden."

„Danke." Marina war wirklich dankbar für alles. „So viele Menschen haben dazu beigetragen."

Sie bewunderte die Festwagen, die sich nun aufstellten. Die Schlange reichte um das Lagerhaus herum. Auf einigen Wagen befanden sich kleine Cottages und sandige Strände, ein anderes war mit alten Surfboards geschmückt. Duke stand in der Mitte und winkte. Direkt hinter ihm war Mitch mit seinem Wagen vom Java Beach. Der Festwagen von der *Summer Beach Art Guild* enthielt Staffeleien mit Arbeiten Einheimischer, was eine Gemeinde zeigte, die Kreativität förderte und unterstützte.

Axe blies in die Trillerpfeife, die er um den Hals trug. „Wenn ich das Signal gebe, fahren wir los. Alle bleiben bitte an ihrem Platz. Und geht es langsam an."

„Das hier wird eine Weile dauern", sagte Kai grinsend. „Wir haben eine Polizeieskorte, weil wir den Verkehr aufhalten werden."

Marina umarmte ihre Schwester. „Wir sehen uns auf der anderen Seite."

Sie waren inzwischen spät dran, obwohl Marina ausreichend Zeit eingeplant hatte.

Als sie wieder am Coral Cottage ankamen, hatten Cruise und das neue Team den Foodtruck schon komplett beladen.

Blake war ebenfalls gekommen und hatte mit Heather zusammen mit angepackt. Marina sah ein glückliches Funkeln in den Augen ihrer Tochter, und Blake wirkte ebenfalls, als hätte er Spaß.

Nachdem Marina den Inhalt des Foodtrucks noch einmal gecheckt und abgenickt hatte, fuhr Cruise los, um sich mit Rosa und Cookie auf dem Marktplatz zu treffen. Heather und Blake blieben zurück, um auf Ethan zu warten.

Leo und Samantha waren mit dem Schmücken des VW-Busses fertig. „Was meinst du, Dad?", fragte er.

„So gut hat der Bus noch nie ausgesehen", sagte Jack und klatschte mit ihnen ab.

Mit der Hilfe von John und Denise hatten die Kinder ein altes Surfbrett, das sie in Gingers Garage gefunden hatten, aufs Dach geschnallt und die Fenster mit bunten Girlanden geschmückt. Auf ein großes Blatt Schlachterpapier hatten sie eine riesige Geburtstagstorte mit hundert Kerzen gemalt, die sie seitlich an den Bus geklebt hatten. Über der Torte stand: „Herzlichen Glückwunsch, Summer Beach."

„Miss Ginger hat gesagt, dass ich auch im Wagen des Bürgermeisters mitfahren darf", sagte Samantha und hüpfte vor Aufregung von einem Fuß auf den anderen.

Ginger zog die beiden Kinder an sich. „Ich freue mich, meine beiden brillanten Helfer an meiner Seite zu haben."

„Danke, Ginger", sagte Jack und presste sich eine Hand aufs Herz. „Das bedeutet den Kindern so viel."

Marina machte ein paar Fotos von Ginger mit den

Kindern und ihrem Kunstwerk, weil sie nichts von diesem besonderen Tag vergessen wollte.

Ein paar Minuten später kamen der Bürgermeister und seine Frau Ivy, die Besitzerin des Seabreeze Inn, in Ivys kirschrotem 1950er Chevrolet Cabriolet vorgefahren. Sie hatten das Dach heruntergelassen und winkten, als sie am Bürgersteig anhielten.

Bennett und Ivy stiegen aus. „Wir sind hier, um den ehrenwerten Grand Marshal zur Parade zu geleiten", sagte er und begrüßte Ginger.

Nachdem sie kurz besprochen hatten, wer wo sitzen sollte, nahm Bennett hinter dem Lenkrad Platz und Ivy auf dem Beifahrersitz. Ginger saß hinter ihnen auf der roten Lederbank wie eine Kaiserin, das Kinn stolz gereckt und mit einem selbstbewussten Lächeln auf ihrem bezaubernden Gesicht. Leo und Samantha kletterten links und rechts neben ihr in das Cabriolet und strahlten vor Aufregung.

„Übt auf dem Weg euer Winken", riet Marina ihnen lachend und winkte zum Abschied. „Wir sehen uns gleich."

Sie waren kaum weggefahren, da kam Ethan. Er zog ein Golfcart hinter seinem Wagen her, das er und seine Freunde bereits geschmückt hatten. „Hey Heather", rief er seiner Schwester beim Aussteigen zu. „Blake, schön, dich zu sehen. Ich habe schon viel von dir gehört."

Blake schüttelte ihm die Hand. „Ich auch von dir. Danke, dass ich mitmachen darf."

Marina sah zu, wie die drei das Golfcart lösten. Dann half sie Heather, flauschige Pom-Poms an das Dach des Carts zu hängen. Nach ein paar letzten Handgriffen stiegen die drei ein. Ethan und Blake unterhielten sich bereits entspannt miteinander und machten Witze.

Ethan setzte sich eine Chauffeursmütze auf. „Ich bin heute der Chauffeur und stehe euch zu Diensten." Alle lachten.

„Wir sehen uns dort", sagte Heather und kuschelte sich auf dem Rücksitz glücklich an Blake.

„Da fahren sie dahin", sagte Marina sehnsüchtig und schaute den dreien nach. „Mir kommt es vor, als wären sie über Nacht erwachsen geworden."

„Ich schätze, bei Leo wird es genauso sein", sagte Jack und legte einen Arm um sie. „Ethan und Blake scheinen sich auf Anhieb verstanden zu haben. Das ist ein gutes Zeichen, oder?"

„Ja", stimmte Marina zu. Sie verstand, wie wichtig es für die Zwillinge war, dass der jeweils andere den Partner akzeptierte. Das war nicht immer der Fall gewesen. Um Heathers Willen hoffte sie, dass die beiden jungen Männer sich verstehen würden.

Sie gingen zum VW-Bus und lachten darüber, wie die Kinder ihn dekoriert hatten.

„Leo ist ganz aufgeregt, weil wir auch in dem Festzug mitfahren", sagte Marina und hakte sich bei Jack unter. „Das wird lustig."

„Du hast das super gemacht, alles zu koordinieren. Das ist verdammt beeindruckend, und das sage ich nicht nur, weil wir verheiratet sind."

Marina lachte, nahm sein Lob aber an. Die verschiedenen Freiwilligenkomitees hatten ihre Aufgaben gut gemacht, sodass sie ein sehr gutes Gefühl hatte, was die gesamte Veranstaltung anging. Nach dem stressigen Vorfall am Morgen fing sie langsam an, sich zu entspannen.

Als sie sich dem Startpunkt der Parade näherten, erhaschte Marina einen Blick auf die Sonne, die auf dem

Meer funkelte. Keine Wolke am Himmel, bemerkte sie erfreut. Die Regenponchos, die sie bestellt hatte, würden sie nun also nicht brauchen, aber die wären während der Regensaison später im Jahr bestimmt noch mal nützlich.

„Es wird offensichtlich doch ein schöner Tag", sagte sie zu Jack, der daraufhin ihre Hand drückte.

An der Main Street angekommen, waren Kai und Axe damit beschäftigt, noch einmal die Plätze der einzelnen Teilnehmer in dem Festzug zu bestätigen und die Neuankömmlinge einzuweisen.

Axe blies in seine Trillerpfeife, um die Aufmerksamkeit aller zu erregen.

„Die Fahrradbrigade ist hier", sagte Kai und zeigte auf eine Stelle. „Wenn ihr mit dem Fahrrad da seid, kommt zu mir." Einige Kinder kamen zu ihr gefahren, die Fahrräder mit bunten Luftschlangen und Ballons geschmückt, die Gesichter vor Aufregung gerötet.

„Wo sollen wir hin?", fragte Marina.

Kai deutete auf einen Platz hinter dem Wagen des Java Beach. „Da wäre perfekt. Ihr alle habt den Strand-Vibe. Habt ihr gesehen, wie viele Leute die Main Street säumen? So viele Besucher habe ich im Ort noch nie gesehen."

„Das ist fabelhaft für die Ladenbesitzer auf der Main Street", sagte Marina.

Kai nickte und schaute auf ihre Uhr. „Öffnest du das Café nach dem Umzug?"

„Wir öffnen fürs Abendessen. Die Leute wollen das Feuerwerk von der Terrasse aus sehen. Ich bin mir sicher, dass wir viel zu tun bekommen werden."

„Nicht jeder kann von Hotdogs und Zuckerwatte leben", sagte Kai. „So verlockend das auch sein mag."

Marina und Jack stiegen in den VW-Bus und reihten sich hinter Mitch ein.

Erneut blies Axe in seine Trillerpfeife. „Jeder bleibt an seinem Platz in der Schlange. Kai und ich müssen jetzt auf unseren Wagen für unsere Musical-Aufführung. Brandy vom *Beach Waves* wird unsere Rolle übernehmen. Ihr habt sie alle am Lagerhaus kennengelernt. Also wartet auf ihr Signal, bevor ihr losfahrt."

Brandy hob die Hand und winkte. „Ich sage euch Bescheid, wenn ihr dran seid."

„Lasst den Festumzug beginnen!", rief Kai über das Geplapper der Menge hinweg. Sie reichte Brandy ihr Klemmbrett, die damit zum Anfang der Schlange ging und dem Bürgermeister das Signal gab.

Bennett fuhr langsam los. „Auf geht's."

Ginger, Leo, Samantha und Ivy winkten den Bewohnern von Summer Beach und Besuchern zu, und die Menge brach in Jubelrufe aus.

Marina war begeistert von der Reaktion und der Unterstützung der Leute. Sie dachte daran, wie viel Summer Beach ihr bedeutete. Die Freundschaften, die sie hier geschlossen, und das neue Leben, das sie sich erschaffen hatte – sowohl beruflich als auch privat.

Sie war so dankbar, dass Ginger sich immer noch guter Gesundheit erfreute und das Coral Cottage behalten hatte, auch während der Zeiten, als sie und Bertrand in Übersee gearbeitet hatten. Summer Beach war jetzt ihr Zuhause, und Marina hätte nicht glücklicher sein können.

Hinter dem Wagen des Bürgermeisters begannen die anderen Festwagen, loszurollen. Jede Epoche von Summer Beach erwacht zum Leben, und die Menschen drängten sich auf den Bürgersteigen, um ihnen zuzujubeln.

Marinas Herz war leicht, ihre Seele frei von den früheren Ängsten. Heute war ein Tag für die Bewohner von Summer Beach, um mit ihren Nachbarn zu feiern und Besucher willkommen zu heißen. Sie ehrten auch die Voraussicht derer, die vor ihnen gekommen waren und den Grundstein für ihren sonnigen Ort am Meer gelegt hatten.

„Jetzt sind wir dran", sagte Jack und legte den ersten Gang ein.

Während Marina neben Jack die Main Street hinunterfuhr, war sie erfüllt von Dankbarkeit für ihre Familie, ihre Freunde und den beständigen Geist von Summer Beach. Heute waren sie alle nicht nur durch die Vergangenheit vereint, sondern auch durch eine geteilte Vision für die Zukunft ihrer Gemeinde: Summer Beach als einen Ort zu erhalten, den sie mit Stolz ihr Zuhause nennen konnten.

„Sie rufen nach dir", sagte Jack und nickte in Richtung der Menschen auf dem Bürgersteig.

„Und nach dir", sagte sie glücklich.

„Warum sollten wir hundert Jahre warten, um wieder so zu feiern?", rief Jack über den Lärm der Menge, und Marina lachte.

22

*N*ach dem Festzug lauschten alle dem Bürgermeister, der von dem Podium am Ende der Main Street nahe dem Strand eine Rede hielt.

Marina stand mit Kai und Brooke zusammen, umgeben von ihrer Familie. Heather, Ethan und Blake waren da, genauso wie Axe, Brookes Mann Chip und ihre drei Jungs. Chip hatte seine Arme beschützend um Brooke gelegt. Dank der Schwangerschaft schienen die beiden noch näher zusammengerückt zu sein.

„Ich danke Ihnen allen, dass Sie heute mit uns hundert Jahre Summer Beach feiern", sagte Bennett. „Vor uns liegen so viele gute Zeiten, die in nur wenigen Minuten mit unserem altmodischen Sackhüpfen beginnen."

Gelächter erhob sich in der Menge.

Leo zupfte an Jacks Hand. „Können wir da mitmachen, Dad?"

„Wie wäre es, wenn du mit Samantha ein Team bildest?", schlug er vor.

Ein Anflug von Enttäuschung huschte über Leos Gesicht.

Jack beugte sich zu Marina. „Ich habe Angst, mich in dem Gedränge zu verletzen."

„Ich weiß nicht", erwiderte sie grinsend. „Wenn andere Väter mitmachen …"

Er verzog das Gesicht. „Okay. Ich verstehe, was du meinst." Er legt einen Arm um Leo. „Weißt du, wenn ich so darüber nachdenke … Ich bin dabei."

Nachdem der Bürgermeister geendet hatte, sprach Ginger. Es gelang ihr mühelos, die Aufmerksamkeit der Anwesenden zu halten, als sie über die Geschichte ihrer Familie in Summer Beach sprach, wobei sie auch Marinas Café und Kais und Axes Amphitheater erwähnte. „Die Jahre, die ich in Summer Beach verbracht habe, gehören zu den glücklichsten in meinem Leben. Und wenn die Biografie meines Lebens geschrieben ist, wird es mir ein Vergnügen sein, die Erinnerungen noch einmal nachzuerleben."

Die Leute applaudierten, doch Marina öffnete überrascht den Mund. Ginger hatte die Idee, ihre Geschichte aufzuschreiben, immer vehement abgewehrt. Bevor sie etwas sagen konnte, beugte Jack sich zu ihr.

„Hast du das gehört?", fragte er aufgeregt. „Das könnte meine Chance sein."

Jack hatte es Ginger schon mehrmals vorgeschlagen, aber sie war bei ihrem Entschluss geblieben. Marina schätzte, dass viele der Erlebnisse ihrer Großmutter nicht geteilt werden konnten, weil es sich um geheime Informationen handelte.

Was hatte sich geändert? Oder hatte Ginger einen anderen Grund für diesen Meinungsumschwung?

Als würde sie ihre Gedanken lesen, zwinkerte Ginger ihr lächelnd zu und bestätigte damit, dass sie etwas im Schilde führte.

Nachdem Ginger fertig war, verteilten sich die Leute – einige gingen zu den Essensständen und zum Rummel-platz, und Leo zog Jack mit sich zum Sackhüpfen.

„Was war das mit deiner Biografie?", fragte Marina, als Ginger sich zu ihnen gesellte.

„Jeder Mensch schreibt die Geschichte seines Lebens", erwiderte sie mit einem Mona-Lisa-Lächeln. „Wir reden später darüber, meine Liebe."

Marina würde wohl oder übel warten müssen. Ginger machte die Dinge immer auf ihre Weise und nach ihren Regeln. Sie nickte in Richtung eines Fotografen. „Wie es aussieht, wartet der Bürgermeister auf dich. Ich sehe mal nach dem Foodtruck."

Als Marina am Truck ankam, sah sie eine Schlange vor dem Ausgabefenster stehen – es waren mehr Menschen als bei jedem anderen Stand. Erfreut ging sie zur Hintertür und trat ein. „Wie läuft es?", fragte sie Cruise, der gerade Panini und Süßkartoffel-Pommes-frites machte.

„Super. Die Kekse und das Popcorn sind heute beson-ders beliebt. Vermutlich werden wir bald ausverkauft sein. Das war eine gute Idee von dir."

„Braucht ihr Hilfe?", fragte sie.

„Nein, wir haben alles im Griff. Keine Sorge. Wir nehmen keine Abkürzungen." Grinsend legte Cruise ein Panini auf einen Pappteller. „Ich habe meine Lektion gelernt."

Das zu hören freute Marina. „Soll Heather dir helfen kommen?"

„Nein, sie soll ruhig Zeit mit Blake und Ethan verbringen", antwortete Cruise. „Sie sind vor ein paar Minuten hier gewesen. Blake scheint mir ein guter Kerl zu sein. Ich mag ihn."

Marina stieß mit ihm an. „Ruf mich an, wenn du mich brauchst. Und danke, dass du den Foodtruck rockst."

„Ha, hör dich einer an", sagte Cruise lachend. „Genieß den Tag, Chefin."

Marina kehrte zu Jack und Leo zurück, um ihnen beim Sackhüpfen zuzuschauen, und auch wenn die beiden nicht gewannen, schienen sie den meisten Spaß zu haben.

Vanessa und ihr Ehemann Noah kamen, und sie unterhielten sich, während sie den Wettbewerben weiter zuschauten. Nach dem Rennen zog Leo mit seiner Mutter und seinem Stiefvater los, um zum Rummelplatz zu gehen.

Jack wandte sich an Marina. „Hast du Ginger gefragt, was sie mit der Bemerkung über ihre Biografie meinte?"

„Ich habe es versucht, aber du kennst sie ja. Sie liebt es, uns auf die Folter zu spannen. Sie wird es uns sagen, wenn sie so weit ist."

„Sie hat ein unglaubliches Leben geführt", sagte Jack. „Ich habe das Gefühl, dass sie noch einige Überraschungen in petto hat."

Bei dem Gedanken überlief Marina ein Kribbeln. „Dessen bin ich mir sicher."

Sie unterhielten sich, während sie an den Ständen vorbeischlenderten und hier und da Kostproben genossen.

„Frische, hausgemachte Guacamole!", rief Rosa von ihrem Stand.

„Die müssen wir probieren", sagte Marina. Sie hatten noch Zeit, bevor sie ins Café zurückkehren und alles für die abendliche Öffnung vorbereiten mussten. Also bestellten sie Tacos, Salsa und Guacamole.

„Hey ihr", sagte Kai und gesellte sich zu ihnen.

Rosa brachte ihnen ihre Bestellung. Mit einem spielerischen Funkeln in den Augen schenkte sie limonengrüne Flüssigkeit in drei Gläser und schob sie über den Tisch. „Ihr solltet euren Erfolg feiern", sagte sie. „Euer Lieblingsgetränk. Das geht aufs Haus."

„Das ist es", sagte Marina und trank einen Schluck von der Frozen Margarita. „Hm, lecker." Sie reichte Kai und Jack je ein Glas. „Prost. Auf eine erfolgreiche Hundertjahrfeier." Sie stieß mit Jack an.

„Äh, Prost. Darauf trinke ich auch." Kai stieß zwar auch mit ihnen an, trank aber nicht, sondern drehte sich um. „Ah, da kommt Axe."

„Auch einen für ihn?", fragte Rosa.

Kai warf Marina einen Blick zu. „Er kann meinen haben."

Marina verengte den Blick. Es war komplett untypisch für Kai, an einem warmen Tag ihre Lieblingsmargarita abzulehnen.

Dann verstand sie es.

Axe gesellte sich zu ihnen, und Kai hakte sich strahlend bei ihm unter.

„Habt ihr Neuigkeiten für uns?", fragte Marina und hielt den Atem an. Sie hoffte, dass sie dieses Mal richtig lag.

„Die haben wir", erwiderte Kai und stieß ein Quietschen aus. „Wir haben es gerade erst erfahren. Wir hatten warten wollen, bis alle zusammen sind, aber jetzt wisst ihr es. Es wird nicht mehr lange dauern, bis Brooke und ich unsere Kleinen miteinander spielen lassen können."

Jack gratulierte Axe, und sie umarmten einander gerade, als Brooke und Ginger zu ihnen stießen. Marina freute sich so sehr für ihre Schwestern, die beide überglücklich waren.

„Das Leben findet immer einen Weg", sagte Ginger und gab ihnen alle einen Kuss auf die Wange.

Marina fasste Jacks Hand. „Das tut es tatsächlich."

An diesem Abend war das Café gut besucht. Marinas Angestellte kehrten mit dem leer gekauften Foodtruck vom Markt zurück. Die jüngeren Familien und Teenager waren auf dem Rummelplatz geblieben, während die anderen zum Abendessen gegangen waren. Die Sonne war untergegangen, und die Leute warteten auf das große Feuerwerk.

„Wenn du eine Pause brauchst, können wir übernehmen", sagte Cruise.

„Danke." Marina zog ihre Kochjacke aus, unter der sie ein leichtes Top trug.

Sie und Cruise hatten unter ihrer Anleitung gemeinsam gekocht. Das hier war der geschäftigste Abend, den sie je gehabt hatten, doch alles war glatt gelaufen. Ein zufriedenes Gefühl machte sich in ihr breit, und sie nahm sich einen Moment, um es zu genießen und all das wertzuschätzen, was sie und ihre Familie im Laufe der Generationen hier am Strand erschaffen hatten.

Bevor sie ging, steckte sie sich ein schmales Objekt in die Hosentasche.

Draußen hieß sie die kühle Abendluft willkommen, die über ihre erhitzte Haut strich. Sie lehnte sich gegen den Stamm einer Palme und ließ die Ereignisse der Feier noch einmal durch eine neue Perspektive des Verstehens Revue passieren. Dieser Tag würde ihr für immer als die Leinwand in Erinnerung bleiben, auf der die Geschichte von

Summer Beach gemalt war – jeder Pinselstrich eine Farbe seiner Geschichte, jede Farbe ein Hauch seiner Kultur.

Für sie war diese Hundertjahrfeier mehr als ein Meilenstein; sie war der Beginn eines neuen Kapitels in der Erzählung ihres Lebens. Über die Jahre, die vor ihnen lagen, würden Leben mit jedem geteilten Lachen, jedem genossenen Bissen, jeder Erinnerung, die unter diesem sonnigen Himmel erschaffen wurde, verändert.

Blinzelnd wischte sie sich die Glückstränen von den Wangen. Ihre Gefühle waren heute Amok gelaufen und hatten ständig unter der Oberfläche gebrodelt.

Jack kam, ein Glas Rotwein in der Hand, auf sie zugeschlendert. Sanft strich er ihr die Haare aus dem Gesicht. „Ist alles in Ordnung, Liebes?"

„Es war nie besser." Sie lächelte ihn an. „Ich bin glücklich, dass du hier bist."

Er reichte ihr das Glas. „Mit lieben Grüßen von Ginger. Ein feiner Tropfen Margaux, den du mögen wirst, wie sie sagte. Er ist so selten wie du." Er folgte ihrem Blick. „Wie es aussieht, haben alle Spaß."

„Mehr habe ich nie gewollt", sagte sie und war zutiefst dankbar für den Punkt an ihrem Leben, an dem sie sich befand. „Gutes Essen zubereiten und einen behaglichen Platz bieten, an dem man es am Strand genießen kann."

Jack bot ihr seinen Arm an. „Wollen wir ein Stück spazieren gehen?"

Sie hakte sich bei ihm unter. „Das wäre schön." Sie hob das Glas an die Nase und roch, dann trank sie einen Schluck und stellte sich die Geschichte vor, die von dieser rubinroten Flüssigkeit eingefangen worden war.

Sie gingen zum Strand, wo das Mondlicht die weißen Spitzen der tiefblauen Wellen beleuchtete. Als sie die

Dünen erreichten, zogen sie ihre Schuhe aus und vergruben ihre Zehen im Sand, der obenauf immer noch warm und weiter unten kühl war.

Ein dünner Lichtblitz zerriss die sternklare Nacht und barst dann in ein Kaleidoskop aus Farben. Hinter ihnen ertönten Jubelrufe von der Terrasse des Cafés.

„Du hast ein großartiges Timing", sagte sie zu Jack.

Lächelnd legte er einen Arm um ihre Schultern und küsste sie. „Du hast mich ertappt."

„Du überraschst mich immer wieder." Sie lehnte sich in seine Umarmung, genoss ihren Wein und erschauerte vor Behagen.

Jack streichelte ihr über die Wange und gab ihr einen Kuss auf die Stirn. „Du erstaunst mich mit deinem Mut und deiner Kreativität. Ich werde nie erfahren, warum ich so ein Glück hatte."

„Stell dein Licht nicht unter den Scheffel", sagte sie und zog eine Augenbraue in die Höhe. „Du bist das Komplettpaket: attraktiver, alleinstehender Vater mit einem bezaubernden Kind, einem tollpatschigen Hund und einem tollen Auto. Über Männer wie dich werden romantische Komödien geschrieben."

Ein weiterer Feuerwerkskörper schoss in den Himmel hinauf und explodierte in einem silbernen Wasserfall.

Jack lachte. „Und ich dachte die ganze Zeit, du willst mich nur wegen meines Pulitzerpreises."

Sie stieß ihm mit gespielter Entrüstung den Ellbogen in die Rippen. „Ach, genug davon. Weißt du nichts Besseres mit deinem Leben anzufangen?"

„O doch, darauf kannst du wetten." Ein geheimer Ausdruck huschte über seine Miene. „Erinnerst du dich an die Idee, Diskussionen im Lagerhaus zu filmen? Wie es aussieht, besteht große Interesse daran, diese Idee umzusetzen."

Marinas Herz machte vor Freude einen Satz. „O Darling, das freut mich so für dich."

„Das Leben ist nie besser gewesen, Marina. Lass es uns genießen." Aus seiner Tasche zog er eine dünne Goldkette mit einem glitzernden Herzen daran, das dem funkelnden Sternenhimmel Konkurrenz machte. „Alles Gute zum ersten Hochzeitstag, meine Liebe. Du hast mein Herz für so viele Jahre, wie es schlägt. Und hundert wären nicht genug."

„Oh, die ist wunderschön, Liebling", sagte sie und bewunderte das goldene Herz. Seine Aufmerksamkeit bedeutete ihr so viel. Sie küsste ihn und hob dann ihre Haare an. „Legst du sie mir um?"

Jack tat es und setzte dabei eine Spur aus Küssen auf ihren Hals. „Du erweckst sie zum Leben."

Unter seinen süßen Berührungen erschauerte Marina. „Und jetzt habe ich etwas für dich." Sie griff in ihre Tasche. „Für die Widmungen in deinem neuen Buch."

Jacks Augen blitzten auf, als er den glänzenden Füller sah. „So einen habe ich schon immer gewollt, Liebes. Und zwar genau den hier. Woher wusstest du das?"

„Ich habe so meine Quellen", sagte sie und erinnerte sich an die Unterhaltung mit seiner Schwester. „Vielleicht wird das nächste Buch, das du schreibst, über Ginger sein."

„Das wäre schön. Wenn sie mir nicht das Gästehaus vermietet hätte, würden wir heute vielleicht nicht hier stehen." Seine Stimme hatte einen rauen Unterton, und er legte den Arm um ihre Schultern und presste seine Lippen sanft auf ihre. „Diesen Festtag werde ich nie vergessen."

Sie genoss seinen Kuss. „Ja, es ist einer von vielen Tagen, an die wir uns immer erinnern werden."

Über ihnen explodierte das Feuerwerk in den buntesten Farben, die die Nacht erhellten.

Marina bot Jack einen Schluck von ihrem Wein an und beobachtete seine faszinierenden blauen Augen, als er ihn probierte. Untergehakt standen sie da und schauten in den nächtlichen Himmel, während sie aus demselben Glas tranken.

„Was für ein fabelhaftes Leben", murmelte Marina und war dankbar für alles, was sie durchgemacht, alles, was sie überstanden hatten. Und für alles, was noch vor ihnen lag in der Geschichte ihres Lebens, die noch geschrieben werden würde.

- ENDE -

ANMERKUNG DER AUTORIN

Vielen Dank, dass ihr *Sommerfest im Coral Cottage* gelesen habt.Ich hoffe, dass Ihnen das Sommerfest gefallen hat.

Neue Charaktere könnt ihr in *Summer Beach at the Seabreeze Inn* kennenlernen, dem ersten Buch der Sommer-Beach-Serie.

Auf meiner Webseite JanMoran.com/Deutsch bleibt ihr über alle Neuerscheinungen auf dem Laufenden. Tretet auch gerne meinem VIP-Leseclub bei, um über besondere Angebote oder andere tolle Sachen informiert zu bleiben. Mehr Spaß und andere Leserinnen und Leser, die euren Geschmack teilen, findet ihr in meiner Facebook-Gruppe.

Noch mehr zum Genießen

Wenn das hier euer erstes Buch in der Coral-Cottage-Serie ist, solltet ihr nachlesen, wie Marina überhaupt nach Summer Beach gekommen ist. Die Geschichte findet ihr in *Rückkehr ins Coral Cottage*. Wenn ihr die *Seabreeze Inn at Summer Beach*-Scric noch nicht kennt, möchte ich euch einladen, Kunstlehrerin Ivy Bay und ihre Schwester Shelly kennenzulernen, während sie ein historisches Strandhaus, das *Seabreeze Inn*, renovieren. Es ist das erste Buch in der originalen *Summer Beach*-Reihe.

Noch mehr Sonnenschein und internationale Reisen mit einer Gruppe von Freunden gibt es in der *Love California-Serie*, die mit dem Titel *Flawless* und einem aufregenden Trip nach Paris beginnt.

Und schließlich möchte ich euch noch einladen, meine historischen Romane zu lesen, darunter *Sterne über dem Comer See*, *Die Zeit der Traubenblüte*, und *Die Chocolatière*, alles Sagas aus den 1950er-Jahren, die im wunderschönen Italien spielen.

Die meisten meiner Bücher sind als E-Book, Taschenbuch oder Hardcover, als Hörbuch und in großer Schrift erhältlich. Wie immer wünsche ich euch frohes Lesen!

POPCORN AUF VIER ARTEN

In „Sommerfest im Coral Cottage" bereitet Marina Popcorn auf vier verschiedene Arten zu, um es bei der Hundertjahrfeier in ihrem Foodtruck zu verkaufen. Ob ihr es lieber herzhaft mit Rosmarin- und Käsegeschmack mögt oder es süß mit Karamell und Schokolade vorzieht, es gibt für jeden den passenden Geschmack.

Popcorn mit Rosmarin und Parmesan

Zutaten:

100 g Popcornmais
3 TL Olivenöl
2 TL frischer Rosmarin, fein gehackt
50 g geriebener Parmesankäse
Meersalz nach Geschmack

Zubereitung:

1. Popcorn herstellen und in eine große Schüssel geben.

2. In einer kleinen Schüssel Olivenöl und Rosmarin vermischen.

3. Das Rosmarinöl gleichmäßig über das Popcorn geben.

4. Geriebenen Parmesan darüberstreuen und gut vermischen.

5. Nach Geschmack Meersalz dazugeben.

Popcorn mit weißer und dunkler Schokolade

Zutaten:

100 g Popcornmais
115 g weiße Schokolade, fein gehackt
115 g dunkle Schokolade, fein gehackt
Meersalz nach Geschmack

Zubereitung:

1. Popcorn herstellen und in eine große Schüssel geben.

2. Die weiße und dunkle Schokolade getrennt voneinander in der Mikrowelle oder im Wasserbad schmelzen.

3. Zuerst die dunkle, dann die weiße Schokolade über das Popcorn träufeln.

4. Für einen süß-salzigen Geschmack mit Meersalz würzen.

5. Vor dem Servieren die Schokolade abkühlen und aushärten lassen.

Popcorn mit Karamell

Zutaten:

100 g Popcornmais
200 g brauner Zucker
115 g ungesalzene Butter
60 ml heller Mais- oder Glukosesirup
½ TL Salz
½ TL Backnatron

Zubereitung:

1. Popcorn herstellen und in eine große Schüssel geben.

2. In einem mittelgroßen Topf braunen Zucker, Butter, Sirup und Salz vermischen. Bei mittlerer Hitze aufkochen lassen.

3. 5 Minuten kochen lassen, ohne umzurühren. Vom Herd nehmen und das Backnatron unterrühren.

4. Die Karamellsoße über das Popcorn geben und gleichmäßig verteilen.

5. Das Popcorn auf einem Backblech verteilen und 45-60 Minuten bei 120 °C backen, dabei alle 15 Minuten wenden.

6. Aus dem Ofen nehmen und vor dem Servieren abkühlen lassen.

Popcorn mit dreierlei Käse

Zutaten:

100 g Popcornmais
60 ml geschmolzene Butter
25 g geriebener Parmesan
25 g geriebener Cheddar
25 g geriebener Mozzarella
Meersalz nach Geschmack

Zubereitung:

1. Popcorn zubereiten und in eine große Schüssel geben.

2. Die geschmolzene Butter über das Popcorn geben und gleichmäßig verteilen.

3. Parmesan, Cheddar und Mozzarella mischen, über das Popcorn streuen und gleichmäßig verteilen.

4. Mit Meersalz würzen und sofort servieren.

ÜBER DIE AUTORIN

JANICE HOLLENBECK MORAN ist Autorin von romantischen Liebesromanen, die regelmäßig auf den Bestsellerlisten von *USA Today* und dem *Wall Street Journal* zu finden sind. Zu ihren Lieblingsdingen gehören eine gute Tasse Kaffee, dunkle Schokolade, frische Blumen, Gelächter und Musik, die ihre Seele berührt. Sie liebt es, zu reisen, und ihre Lieblingsorte, um sich inspirieren zu lassen, sind die mit reicher Geschichte und Geheimnissen - ob vor verschneiten Bergen, palmengesäumten Stränden oder funkelnden Großstadtlichtern. Jan stammt aus Austin, Texas, und einen Hauch von ihrem Akzent hat sie sich bis heute bewahrt, auch wenn sie seit Jahren in Südkalifornien am Strand wohnt.

Die meisten ihrer Bücher sind auch als Hörbuch erschienen, und ihre historischen Romane werden auf Deutsch, Italienisch, Polnisch, Niederländisch, Türkisch, Russisch, Bulgarisch, Portugiesisch, Litauisch und in andere Sprachen übersetzt.

Wenn euch das Buch gefallen hat, hinterlasst doch gerne dort, wo ihr das Buch gekauft habt, oder bei Goodreads eine kurze Bewertung für andere Leser.

Um Jans andere historische und zeitgenössische Romane zu lesen, besucht sie auf JanMoran.com/Deutsch, tretet ihrem VIP-Leseclub bei und kommt in ihre Facebook-Gruppe, um stets über Neuveröffentlichungen, Sonderverkäufe und Wettbewerbe auf dem Laufenden zu bleiben.